中文可以更好 29

如何捷進寫作詞彙
景物篇

黃淑貞　編

編輯說明

一、本書是寫作參考的工具書，依照事物的概念類別以及實用原則，分為八大類、二十九小類；小類之下再根據語義相近或對立關係列出一百三十六個詞組，每一組有代表性詞語，表明收詞的範圍，由此路徑查詢，可找到適切的詞彙。

二、詞組之下蒐羅的詞彙共約五千條，先根據詞意正反、褒貶，程度淺深、輕重，順序發展變化，再依照字數、筆劃多寡排列，並有解釋，方便讀者了解字義、辨析差異、選擇用詞。

三、詞語之後，精選歷來四百多位作家，合計一千餘佳句範例，供讀者在欣賞觀摩之餘，迅速從中學習用法與巧妙變化，體會語境，提供自己的寫作與表達能力。

四、閱讀是增進詞彙的不二法門。期望本書除滿足查詢功能，有助於學生與讀者從平日閱讀工夫中，加強運用詞彙的敏感度，在捷進寫作詞彙上更有方法與心得。

五、此外，本書概念分類可參照彩色拉頁「景物詞彙心智圖」。並在詳細目錄的代表性詞語下方列有關鍵詞，可供參考，加速正確查詢。

編者黃淑貞與商周出版編輯部

大專院校與國高中校長、國文教師一致推薦

無論詩詞或文章，多有抒情與寫景，且二者之間息息相關，互為表裡且相輔相成。《如何捷進寫作詞彙——景物篇》，秉持過去一貫周詳細膩的手法，提供讀者最豐富完整的內容，是年輕朋友增進寫作能力的重要工具。

——裕德國際學校校長　李慶宗

絕景在前，黃湯落肚，詩興大作，卻苦少妙句起首；橫觀側視，山水美人，動靜皆「怡」，怎能缺佳篇釀酒？此卷在握，佳篇妙句，俯仰即是，何愁變不出風流。

——中央警察大學通識教育中心教授　鄒濬智

對於同一景物，每個人的感受都不相同。如何精準地向他人傳達自己的感受，需要絕佳的想像力。豐富及奇特的想像是寫作的成功要素之一，要想在寫作上有所精進，就絕對不能錯過這本書。

——中壢高商國文教師　曾家麒

本書是作文時「詞窮者」的知音，也能協助多數人寫出靈動佳篇。詞彙是文句的靈魂，有了它，便有源源不絕的詞彙創意，為文章增添色彩。

——臺北市蘭雅國中國文教師　黃美瑤

如何言說「床前明月光」的幽光？如何形容「月出驚山鳥」的清輝？如何描摹「明月出天山」的皎皎？本書系列著作「景物篇」讓你筆下的月色更美。

——臺北市士林高商國文教師　鄒依霖

你會在 Facebook 或是 Blog 上，分享飲食或是旅遊經驗嗎？如果你也是一位樂於分享的人，那麼——《如何捷進寫作詞彙——景物篇》能讓你在「好吃」、「好玩」的文字外，更添好風、好景、好心情的生活況味！

——國立台灣科技大學人文社會學科國文領域助理教授　蔡明蓉

本書撒播景色、物態的詞彙種子，深耕一畝景語田。引導青青子衿，耕讀名家經典例句，鍛鍊緣情寫景的向度，豐贍行文，開拓景物文學的新藝境。

——臺北市萬華國中國文教師　藍淑珠

目錄

壹・景色

一 天文

1 日月

太陽

【白日】太陽。

【日頭】太陽。

【日華】太陽的光華。

【日陽】太陽。也指日光、陽光。

【日精】太陽的精光。

【日晏】日光晴朗。另指太陽升得很高，天色已晚。

【赤蓋】比喻太陽。

【火輪】太陽。也作「火輪子」。

【炎精】太陽。

【飛輪】太陽。

【紅輪】太陽。

【金烏】神話傳說太陽中有三足烏，故以此代稱太陽。

【陽烏】太陽。也作「暘烏」。

【陽彩】指日光。

【曜靈】太陽。

【曦軒】太陽。也作「曦馭」、「曦輪」。

【日輪滿滿】形容圓而滿的太陽。

【皦日】明亮的太陽。皦ㄐㄧㄠˇ。

【麗日】耀眼的太陽。

【豔陽】豔麗的陽光。

【火傘】比喻烈日。

【烈日】炎熱的太陽。

【驕陽】強烈逼人的陽光。另有「炎陽」。

【毒日頭】形容太陽非常熾熱。

【統御著宇宙】此形容陽光普照天下。統御，統領、控制。

【君臨大地似地】此形容陽光如君主統馭天下般普照到每個地方。君臨，君主統轄，後泛指統治。

【日蝕】月球運行到太陽與地球的中間，此時太陽的光為月球所遮蔽，無法照射到地球上的現象。也作「日食」。

在河邊一個人呆著，時間長了，就終於明白為什麼總是有人會說「白花花的日頭」了，原來它真的是白的！真的，世界只有呈現白的質地時，才能達到極度熱烈的氛圍，極度強烈的寧靜。這種強烈，是人的眼睛、耳朵，以及最輕微的碰觸都無力承受的。（李娟〈河邊洗衣服的時光〉）

車隨坡轉，我戀戀回顧酣熟的落日，才一瞬間，咦，怎麼日輪滿滿竟變成了月鉤彎彎，缺了三分之二，唯有金輝不改。驚疑間，過了五秒鐘才回過神來。「是日蝕！快停車！大家一齊回頭，都看見了，一時嗟嘆連連，議論紛紛。（余光中〈雁山甌水〉）

路上偶有走過的士兵，投過來好奇的眼光。烈日發狠的曬著熱，投照出兩個緩緩挪動的影子。（黃驗〈冷熱胸膛〉）

盛夏的天氣，烈火般的陽光，掃盡清晨晶瑩的露珠，統御著宇宙一直到黃昏後，這是怎樣沉重悶人的時光啊！（盧隱《象牙戒指》）

四點鐘，太陽掛在西山上面的晴空；隨著雲兒的濃淡，有時四周有一圈暈黃，有時像君臨大地似地普照萬物，〔……〕（阿圖〈含笑看我〉）

日光

【照耀】光線照射。

【西曬】指房屋朝西的門窗，在午後受到陽光的照射，使屋內相當炎熱。

【折射】光線或能量從一種介質射入另一種介質，而改變行進方向的一種現象。

【投照】照射。

【投影】光線將物體的影子投射到另一個面上。

【投擲】投射。另有向一定的目標拋或扔之意。

【映照】光線照射。

【映射】映照；照射。

【穿過】穿透、通過。

【穿照】穿透、照射。

【朗照】明亮的照射。
【透射】光線穿過孔洞或縫隙照射。
【普照】普遍照耀。
【滲透】滲入、透過。也可作液體從物體的細小空隙中慢慢穿透或沁出。
【輝映】景致相互照映。
【篩透】孔隙中透穿而過。
【篩落】從孔隙中落下。
【篩漏】從孔隙中漏下。
【耀映】照耀、映射。
【流洩】流淌。
【流淌】流動。
【流瀉】流散、傾瀉。
【傾瀉】流失；倒出。也作液體大量從高處傾倒流瀉。
【潑灑】灑向空中使散開。
【灑落】分散地落下。

【灑瀉】潑灑、傾瀉。
【光燦】光輝、燦爛。
【杲杲】ㄍㄠˇ，日光明亮。
【明豔】明亮、豔麗。
【金燦】形容光芒閃耀、燦爛。
【瑰麗】奇特、絢麗。
【暵暵】ㄏㄢˋ，陽光普照。
【暾暾】ㄊㄨㄣ，日光明亮的樣子。
【燁燁】明亮；燦爛。
【錯落】閃爍、閃耀貌。
【燦亮】光燦、明亮。
【燦麗】燦爛、耀眼。
【耀眼】光線或色彩強烈，使人目眩。
【爛漫】形容光彩四射。也作「爛熳」、「爛縵」。
【豔麗】鮮明、華麗。

【豔豔】光彩燦爛。
【白花花】白得耀眼。
【亮澄澄】形容光亮耀眼的樣子。
【不可逼視】可形容陽光亮眼到令人無法直視。
【白熾白熾】形容陽光耀眼強烈。白熾，物體加熱至產生白色光亮的現象。熾，ㄔˋ。
【光輝燦爛】色彩鮮明，光芒耀眼。
【澄金耀亮】形容光芒金黃耀眼明亮。
【熾熾閃閃】形容陽光耀眼閃亮。
【炎炎】火光猛烈的樣子。
【炎熱】極熱。
【抹辣】形容皮膚曬在熾熱的陽光下。

【毒烈】極為猛烈。
【烈火】形容天氣炎熱，陽光猛烈。也作炎熱、猛烈的火焰。也有「烈焰」。
【縱火】放火。此形容陽光炙熱的程度像是在天空放火般。
【發狠】橫了心；惱怒生氣。可形容太陽發出猛烈熾熱的狠勁。
【溶溶】陽光暖熱的樣子。也有月光淨潔的樣子。另有形容水流盛大的樣子。
【熔熔】形容陽光非常強烈。熔，用高溫使固體物質轉變為液態。
【赫赫】形容陽光熾盛。
【赤燄燄】形容陽光火熱。
【毒花花】形容陽光非常

酷烈。

【毒辣辣】形容陽光非常強烈。也有「火辣辣」、「火刺刺」。

【火紅】像火一樣紅的顏色。

【輝紅】光輝燦爛的紅色。

【紅橙】帶紅色的橘黃色。

【紅黃】帶有紅色的黃色。

【橙黃】像橙一樣黃裡帶紅的顏色。

【通黃】顏色十分黃。

【金黃】像金子般的黃色。

【金輝】金光輝煌。

【淡白】淺白色。此形容陽光微弱。

【菴菴】ㄢˋ，黯淡無光。

【澹澹】淡而不濃。可形容日光微弱。也作水波蕩漾貌。另作風吹拂貌。

【收殺】收場；結束。此指陽光完全為樹木所遮蔽而不見。也作「收煞」。

【收斂】減弱或消失。

他眼光望向門外，正好迎上了西曬進來的日頭，那時四月底五月初，花蓮一年當中氣候最溫宜適切底時陣，連要下山底的太陽也紅橙得特別豔麗，把小全一張清淨底小臉都給耀映得有如鍍了一層金，〔……〕（王禎和〈香格里拉〉）

約在連鎖速食店裡，太陽很大，整片陽光穿過落地窗走進來，如家外不遠處的綻綠光的樹種，篩落的陽光愈往外緣融入更完整的金黃，看起來很溫暖，溫度很適合曬衣服。（周紘立〈分離事〉）

一抬頭，眼前出現陌生的景象，無數銀絲從樹葉間垂下，滲透樹的陽光把它們照得閃閃發亮，銀絲的盡頭是一隻一隻的毛毛蟲，像空降傘兵從天而降，小里低頭一看，地上也爬滿朝同一個方向前進的毛毛蟲，好像要趕赴去一個神祕的地點，執行蛻變的任務。（花柏容〈龜島少年〉）

然而，留在麗江的那些天，只是炎熱，亮澄澄的陽光流瀉，手臂被曬脫了一層皮。（鹿憶鹿〈那一年夏天在麗江〉）

北歐冬日黃昏很快就來了。燃起的煙，很快就撲向瑰麗陽光的大氣層，若不大口一吸，很快就火花熄滅於一瞬。陽光吃掉冰山一角，那陽光的最後燦麗使我有種錯覺，以為那海邊一角應該很溫暖。實則那是極地的雪獄方向，很像愛情，光色予我們幻覺。（鍾文音〈在奧斯陸〉）

一到了下午，太陽就顯得格外炎熱，白熾白熾的，一點都不像已過了中秋的天氣。（王拓〈金水嬸〉）

在光輝燦爛的太陽底下散步的白白鵝子真是美極了。牠們不理睬孩子們的取笑，很高興這毫無拘束的草地，越來越靠得緊緊地吃著青草。（楊逵〈鵝媽媽出嫁〉）

下了課，沿河邊走回家，順便在土堤上看黃昏。日落的方向恰巧是觀音山，一輪紅黃的太陽，呼呼而下，澄金耀亮的光，逼出了山勢的暗影。（蔣勳〈山盟〉）

十點多，天上陰霾裂出微陽，雨點收束，陽光亮點熾熾閃閃浮上海面。（廖鴻基〈黑與白——虎鯨〉）

這裡的男人孔武有力，善於煉油、拆船，任憑太陽在肌肉上抹辣，盡責地養家餬口。（簡媜〈天涯海角——給福爾摩沙〉）

九月的太陽在天空縱火，把天空熔成薄薄的半透明晶體。雲絲早已化成煙散。（簡媜〈陽光不到的國度〉）

雖說是九月底，但還是很熱。被製糖會社經營的五分仔車搖了將近兩個小時，步出小車站，便被赫赫的陽光刺得眼睛都要發痛似的暈眩。街道靜悄悄地，不見人影。（龍瑛宗〈植有木瓜樹的小鎮〉）

大片的玻璃窗外，是無盡的天空，有時蔚藍、有時灰白，夏日的黃昏還可以看到斜前方一輪橙黃的太陽逐漸隱匿進天際。（廖玉蕙〈只好繼續坐下去〉）

陽光尾隨雨雲之後，掙脫出來，密林中斑斑淡白色的陽光，像失色的菌菇蕈。（洪素麗〈惟山永恆〉）

印象裡外婆是跟白山茶聯在一起的，從院中剪來插在瓶中，客廳裡一室冬陽澹澹，迎光只見枝葉的剪

姿很雅致，堂楣上一副匾額「壽世壽人」。（朱天文〈家，是用稿紙糊起來的〉）

我抱著孩子，往路的盡頭跑去，那兒一彎就是「澳洲動物區」。那兒種了一些欒樹或雜葉林植物，算是園區較偏僻的角落。陽光收殺而去。（駱以軍〈長頸鹿〉）

太陽更向西轉，忽然，靜靜的天空飛捲著大團灰霧，而收斂的陽光使湖面變成黑色，震顫出長長的漣漪。（劉白羽〈天池〉）

月亮

【鉤】形狀彎曲，用來懸掛或探取東西的器具。可形容月亮的外形細而彎。

【鐮】形狀彎曲如鉤的鐮刀。形容月亮的形細而彎。

【弓】形容月亮的外形像弓箭一樣。

【彎刀般的】形容月亮好像一把形狀彎曲的刀似的。

【一彎快鐮】形容月亮好像一把外形細彎、可供快速割草的鐮刀。

【月鉤彎彎】形容月亮如鉤般細長彎曲。

【月牙】形狀似鉤的新月。也作「月牙兒」。

【眉月】形狀如眉的月亮。

【新月】陰曆每月初時所見的細彎形月亮。另可指陰曆十五日新滿的月亮。

【纖月】月牙；未弦之月。

【纖細】細長；細微。

【弦月】呈弓弦狀的月亮。

【上弦】陰曆每月初七、八日前後，月形如弓，弓形偏西，弦口向東。

【下弦】陰曆每月二十二、二十三日前後，月形如弓，弓形偏東，弦口向西。

【一丸鵝蛋似的】此形容月亮像是上圓下尖的鵝蛋形狀般。

【圓月】滿月。也指陰曆每月十五日夜晚的月亮。

【滿月】圓月。

【望月】滿月。

【肥圓】形容月亮圓滿。

【渾圓】形體很圓。

【圓圓】極圓。

【團團】圓貌。指圓月。

【盈缺】月亮盈虧變化。

【盈虧】指月的圓缺。

【皓月】明月。

【宵月】夜晚的月亮。

【殘月】將落的月亮。

【曉月】拂曉的月亮。

【煙月】朦朧的月色。或雲霧籠罩的月亮。

【冷月】月亮，因月光給人清涼的感覺，故稱之。

【玉盤】月亮的代稱。另有「玉輪」。

【玉蟾】傳說月宮中有蟾蜍，故以此代稱月亮。也作「玉蟾蜍」。

【金兔】月的別稱。

【桂輪】月亮。

【寒璧】比喻月亮。

【銀幣】銀質的錢幣。可比喻月亮。

【嬋娟】明月。也可形容月色明媚。

【碧華】月亮。

【冰盤】比喻月亮。

【冰鏡】比喻月亮。

【水鏡】比喻月亮。

【孤懸】孤立。

【高掛】在高遠處懸掛著。

【月華】月光。

【冷光】月光。

【冷輝】月光。

【寒光】月光。

【流光】如水般流動的月光。

【蟾光】月光。亦作「蟾彩」。

【月蝕】地球運行到太陽與月球中間時，三者正好成一直線，此時太陽的光為地球所擋，無法射到月球，而使月球出現黑影的現象。也作「月食」。

那晚上天空拎著一鉤眉月，又大又黃，我問阿丁為甚麼會那麼黃，他說是剛昇起的緣故。（鍾曉陽〈月亮像一根眼睫毛〉）

十一月尾的纖月，僅僅是一鉤白色，像玻璃窗上的霜花。然而海上畢竟有點月意，映到窗子裡來，那薄薄的光就照亮了鏡子。（張愛玲〈傾城之戀〉）

清冷的月牙兒像一彎快鐮，收割一簇一簇浪花，波濤吃吃地笑著，糾纏著蒼白的石階。（舒婷〈到石碼去〉）

猶未下弦，一丸鵝蛋似的月，被纖柔的雲絲們簇擁上了一碧的遙天。冉冉地行來，冷冷地照著秦淮。（俞平伯〈槳聲燈影裡的秦淮河〉）

從小店的窗口望出去，山林沐浴在溶溶的月光下，像敷著一片銀霜。尤其是那翠峰湖，光滑平靜若一面明鏡，圓圓的月亮孤懸在山顛，倒映在湖面之上，不見一絲波紋。（古蒙仁〈異象〉）

直到昏多於黃，洩漏出星光／夐遼的冷輝壁照著天穹／似乎在探索落日的下落／而無論星光怎樣地猜疑／或是濤聲怎樣地惋惜／落日是喊不回魂了（余光中〈西子灣的黃昏〉）

月色

【明朗】明亮貌。

【玲瓏】明亮的樣子。也可比喻人靈活、聰明貌。

【盈盈】清澈貌。

【炯炯】光亮。

【閃耀】光亮、耀眼。

【耿耿】明亮貌。

【皎皎】明亮的樣子。

【皎然】明亮、潔白貌。

【皎潔】光明的樣子。

【清光】清亮的光輝。

【清亮】清淨、明亮。

【清柔】清明、柔和。

【清朗】清淨、明朗。

【清輝】明亮、澄淨的光輝。

【溶溶】形容月光明淨、潔白的樣子。

【瑩光】澄澈透明，光采煥發。

【白光光】潔白、明亮的樣子。

【明月光】明亮的月光。

【亮晃晃】明亮、閃爍的樣子。也有「明晃晃」。

【月光如水】形容月色皎潔柔和。

【月光如洗】月色潔淨得像洗過一樣。形容月色皎潔明亮。

【月色如練】月光像一匹柔軟潔白的絲絹。

【月明星稀】月色皎潔明亮，星星顯得稀疏不明。

【夜月如鏡】夜晚的月亮像鏡子一樣明亮。

【娟娟】柔美的樣子。或可形容細長、彎曲的樣子。

【暖暖】柔順的樣子。可形容月光柔和的樣子。

【皓白】雪白；潔白。

【青白】白色。亦作灰白。

【水色】淡青色；近白色。

【銀白】白中略帶銀光的。

【昏黃】光線昏暗貌。

【迷離】模糊不明。

【淡淡】光線微弱迷茫。

【疏明】疏淡的光輝。

【暗淡】昏暗。也作「暗澹」。

【蒼茫】模糊不清的樣子。也作廣闊無邊的樣子。

【朦朧】月色昏暗的樣子。

【藹藹】月光微暗的樣子。

【黯淡】灰暗、不明亮。也作「黯澹」。

【影影綽綽】似隱似現、模糊不清的樣子。

起坐間的簾子撤下送去洗濯了。隔著玻璃窗望出去，影影綽綽烏雲裡有個月亮，一搭黑，一搭白，像個戲劇化的猙獰的臉譜。一點，一點，月亮緩緩的從雲裡出來了，黑雲底下透出一線炯炯的光，是面具底下的眼睛。（張愛玲〈金鎖記〉）

顫抖，在山與海的交響之下。然後，太陽落下，黑夜悄悄地覆蓋了大地，月亮高掛在空中，在太平洋上形成了一道皎潔的光帶。（郝譽翔〈山與海的賦格曲——東海岸鐵路〉）

在籃球場上躺臥的次數較多，因為此處視野開闊，周圍是透著遠處燈光的大樹，大樹之間圍成的天際，可以觀星待月。地處台北近郊的山區，雖然很少繁星燦亮，但有星可看，已屬慶幸，而月亮不論盈缺，則常現清輝。（孟東籬〈草山三疊〉）

我們就又仰起頭來看天上的月亮，月亮白光光的，在天空上。我突然覺得，我們有了月亮，那無邊無際的天空也是我們的了：那月亮不是我們按在天空上的印章嗎？（賈平凹〈月跡〉）

攀爬滑行，下到接底谷底，兩山窄處牽有一線吊橋。吊橋不長，十餘公尺。有懼高的朋友，抓著鋼索，閉著眼睛，摸索前行。膽大的人在橋中仰面看山峰飛升而去，一線天上一輪亮晃晃的滿月，整個峽谷都是月光。（蔣勳〈風景〉）

明月之升，可以是「月出驚山鳥」，這是王維在〈鳥鳴澗〉詩中鉤繪的景致；明月之亮，可以是「月光如水水如天」，這是趙嘏〈江樓感舊〉詩裡慨歎的心景。暖暖的明月，兩者皆得，月亮由東方的山中升起之後，倦鳥醒然歸巢，天心澄明，一輪明月，照亮暗鬱的群山，也照亮寂靜的山村，彷如水色的月光，清洗著路樹、山徑、小溪、屋舍、野地，清洗在五樓陽台上觀月的我的心。（向陽〈山村明月〉）

大理城的元宵夜，月光如洗，照著古城的石板路面，卻不見有人吃湯圓。（劉梓潔〈雲南書簡〉）

幽獨的屋角有蜘蛛在補綴／永遠補綴不完的暴風雨的記憶；／今夜十字架上月色如練……（周夢蝶〈無題　之三〉）

夕照下　曾經／濃美的樹　已／瘦成乾禿的影／哦、夜月如鏡／釋出悲涼。（蓉子〈悲愴兩帖〉）

早晨時她不能更向玫瑰色的朝陽微笑，夜深時不能和娟娟的月兒談心，她的明澈瑩晶的眼波，漸漸變成憂鬱的深藍色，時時淒咽著幽傷的調子，她是如何的沉悶呵！在夏天的時候。（蘇雪林〈溪水〉）

更詭異的是，沿公路幹線兩邊建成的這座小鎮，似乎只有東西兩個出口。東西兩個出口看起來，尤其在那天青白的月光下，完全一樣；一座教堂，加上一片墳地。我們從墳地進來，又從墳地出去，始終沒找到一個歇腳的地方。（劉大任〈嗨！你在哪裡？〉）

當這松杉挺茂嘉樹四合的山砦，以及砦前大地平原，整個為黃昏占領了以後，從山頭那個青石碉堡向下望去，月光淡淡的撒滿了各處，如一首富於光色和諧雅麗的詩歌。（沈從文〈月下小景〉）（砦ㄓㄞˋ，通「寨」字。）

2 星空

星辰

【星斗】星的總稱。

【星辰】星的通稱。

【天河】銀河。

【河漢】天河、銀河。

【星河】銀河。

【星象】指星體的明暗及位置等現象。古人常據此來占測人事的吉凶禍福。

【雲漢】銀河。

【銀河】天空聯亙如帶的星群。

【鵲橋】指銀河。民間傳說每年農曆七月初七晚上，為了讓天上織女渡銀河與牛郎相會，喜鵲會飛來搭成跨越天河的橋道，故稱之。

【流星】夜晚快速飛越天空的輝亮星體。原為太空中漂浮的塵埃、碎片，當其落到地球大氣層內時，與空氣摩擦燃燒而形成一道如箭般的亮光。

【寒星】寒夜的星星。或指天上高遠孤冷的星星。

【曉星】天將亮時，猶在天空的星星。

【滿天星】夜晚天晴時，天空遍布星星。也有「滿天星光」。

【繁密】多而密。

【星布】天星密布。

【棋布】棋子般密布。

【擁擠】群聚密集。

【迢迢】遙遠的樣子。

【迢遙】遙遠的樣子。

【幽遠】深遠。

【疏遠】有距離而不親近。

【深邃】幽深。

【壯闊】雄偉壯觀。

【壯觀】雄偉美盛貌。

【星垂】因地面遼闊而顯出星空低垂。

【疏落】稀少零落；稀稀落落。

【晨星】清晨天空稀疏的星星。

【寂寥】稀疏；稀少。也有冷落、蕭條之意。

【稀疏】稀少疏落。

【寥落】稀疏。

【疏朗朗】稀疏的樣子。也作「疏疏朗朗」。

當時台北的夜空，大氣尚未汙染，光害也還不劇，星象有時歷歷可見。我們不一定要去開曠的河堤才能觀星，就算廈門街的巷子裡，也可以在冬夜仰望獵戶星座，像天啟神諭一般，那麼壯闊而璀璨，堂堂自東南方升起。（余光中〈銅山崩裂〉）

晨鳥輕啼，雲嵐自在飄流，氣象晴朗的夜空，山頂流星劃出一道道耀眼的夢境圖形，使人覺得好似那夜空住著神仙。（陳銘磻〈花心那羅〉）

天上的星星　為何／像人群一般的擁擠呢？／地上的人們　為何／又像星星一樣的疏遠？（羅青〈答案〉）

在迢遙的星空上／我是妳的　我是妳的／永遠的流浪者／用漂泊的一生　安靜地／守護在妳的幸福和／妳溫柔的心情之外（席慕蓉〈永遠的流浪者〉）

仰望深邃的星，視線幾乎不能企及。眼神投注在夜空的那個光點，猶似在黑板上畫出一條幾何學的輔助線。沿著那細緻的虛構線條，失魂的心靈意外地開啟年少時期的天空。（陳芳明〈書寫就是旅行〉）

低低星垂這是燦爛無比的夜／到底是愛上了還是微微地醉／狂喜翻飛我覺得暈眩／燦爛無比的夜啊低低星垂／移動流浪旋轉勇敢溫暖慈悲（夏宇〈低低星垂〉）

這並不是背棄啊／我只是替你去走／你不願走的那一條路而已／就像你／不也留在了／我不願留的那一隅／這也不是分離啊／相信我／當晨星初熠／我的證悟／就是你的菩提（扎西拉姆・多多〈我輪迴中的愛人〉）

星光

【熠】ㄧˋ，光耀。
【明星】明亮的星。
【明亮】發亮；光亮。
【烺烺】ㄌㄤˇ，明亮。
【晶燦】明亮燦爛。
【璀璨】光彩絢麗。
【燦亮】明亮。

【燦燦】光亮耀眼。
【燦爛】明亮貌。
【珠斗爛班】形容滿天星光燦爛。
【晶亮如鑽】明亮光潔如鑽石般的光芒。
【如凝睇的眼】形容星星光亮耀眼，像是眼睛在凝目注視著。

【明滅】忽隱忽現的閃動著。
【閃亮】一閃一閃地發亮。
【閃閃】閃爍不定的樣子。
【閃熠】閃閃發光。
【閃爍】亮度忽明忽暗。

【熒熒】光閃爍貌。
【熠然】閃爍貌。
【熠熠】閃爍貌。也作鮮明貌。
【熠爍】光彩閃耀。

彎刀般的下弦月以傾斜的姿勢向天際下墜，在它的下方不遠，是一顆明亮的小星星，如凝睇的眼，看守著西邊的天空。（彭樹君〈草原與星原之間〉）

滿天星斗晶燦，照耀著堤外的珊瑚海洋，也照耀著堤內滾滾奔流的熱廢水。這是一個令人心痛卻只能徒嘆無奈的畫面。（杜虹〈珊瑚戀〉）

我們的山誼，起源於七十年代之初，在往後二十多年的山中歲月裡，我們一起探索危稜，深入古部落廢墟、古戰場遺址，在每一個星光燦燦的夜晚，圍在火堆旁，沉浸在原住民幽遠的傳說裡……（楊南郡〈燦燦星空下〉）

近三十年後，午夜夢迴，偶會閃眨過阿富汗的剎那片景，一生至此，依然不曾仰首見過晶亮如鑽的滿天星光，閃亮得令我幾乎泫然淚下般的純淨，卻很少在自我的文學上詳細書寫；〔……〕（林文義

〈光影迷離〉）

新的轉機和閃閃的星斗，／正在綴滿沒有遮攔的天空，／那是五千年的象形文字，／那是未來人們凝視的眼睛。（北島〈回答〉）

天空

【灼亮】明亮。

【朗朗】明亮貌。另有聲音清脆、響亮之意。

【純淨】純粹而潔淨。

【透明】光線能穿過的；透亮。

【澄淨】澄澈、明淨。

【清空】明朗的天空。

【高碧】晴空。

【澄空】明淨的天空。

【靚空】美麗的天空。靚ㄐㄧㄥˋ。

【天頂】天空。

【天穹】天空。或謂天空高遠。

【天幕】以天為帳幕。指天空。

【玉宇】宇宙；太空。

【長空】遼闊的天空。

【旻天】泛指天。旻，天空。

【昊天】蒼天。昊，廣大無邊際的天。

【穹蒼】蒼天。亦作「蒼穹」。

【皇天】對天的尊稱。

【紫虛】天空。因雲霞映空而呈現紫色。

【蒼宇】上天。

【蒼昊】上蒼。

【蒼冥】蒼天。

【碧落】天空。

【顥穹】蒼天。

【天際】天邊。

【雲霄】天際。

【霄漢】天際。

【高曠】高遠、空曠。

【遼敻】遼闊寬廣貌。也有「敻遼」、「敻遙」。敻ㄒㄩㄥˋ，本指營求，可引申作遼闊遙遠。

【一線天】兩崖相夾或洞穴深邃，僅可透出一線天光者。

六月的南台灣，夏天的氣息已很濃郁了。灼亮的天空，濃綠的稻田，從原野拂過來的溼濡的南風，教人感到燠熱、慵懶。（古蒙仁〈重返蔗鄉〉）

上天啊，能否容我為山作箋，為水作注，為大地繫傳，為群樹作疏證。答應我，讓我站在朗朗天日下為乾坤萬象作一次利落動人的簡報。（張曉風〈杜鵑之箋注〉）

那是海水退潮後、黃昏漸漸來臨的一種寧靜和平和，天空和海水一樣的藍，藍得透明藍得純淨，空氣中沒有海邊慣有的腥羶，反而有一種淡淡的清香。（小野〈海星的故鄉〉）

那曾經共坐的溪畔，也不再是不堪碰觸的傷感。尤其在天涼的秋季裡，天空特別澄淨，很有「同來玩月人何在？風景依稀似去年」的情調。（張曼娟〈月光如水水如天〉）

旭日自海面露臉以前，曙光已擦亮了海平線，把擁抱成同一種黑色的海與天，輕脆地掰開。在靚空中不斷變幻色彩的積雲，以及在海面上繼續擁戴著光的羽翼，向八方旅行的波峰，將大自然的意志自闇夜的斗篷中釋放出來，整個世界在金色和橙色的氛圍間甦醒。（林耀德〈海〉）

現在連秋雲黃葉都已失落去／遼遠裡，剩下灰色的長空一片／透徹的寂寞，你忍聽冷風獨語？（林徽音〈時間〉）

仰望星空，人立即覺悟自己的渺小。像莽莽地平線上一粒黑點，獨對穹蒼。（龍應台〈致命的星空〉）

雁子們也不在遼敻的秋空／寫牠們美麗的十四行了／暖暖（瘂弦〈秋歌 給暖暖〉）

「鬼斧神工」是我看到中虎跳的第一個感覺，中虎跳因高山峽谷深割，宛如利刃將藍天畫開成一線，從江底仰望，「一線天」的稱呼名副其實，難怪當地流傳「望天一條線，看地一個溝，猴子見了掉眼淚，老鷹見了繞道飛」的諺語。（邱常梵〈重慶大哥〉）

天色

【血紅】鮮紅。
【猩紅】鮮紅。
【茜紅】絳紅色。
【殷紅】深紅。
【赭紅】紅褐色。赭ㄓㄜˇ。
【橘紅】像橘子黃裡透紅的顏色。
【暈黃】中心顏色較濃，而四周漸淡的黃色。暈，光影、色澤四周模糊的部分。
【蒼黃】灰黃色。
【湖色】近淡藍而微綠的顏色；湖水的顏色。
【碧空】青天；淡藍色的天空。
【碧藍】青藍色。

【青天】蔚藍色的天空。或晴朗無雲的天空。
【澄藍】純淨的藍色。
【青冥】藍天；蒼天。
【奧藍】深藍色。奧，深。
【蔚藍】深藍色。也作像晴朗天空的顏色。
【靛青】深藍色。
【墨藍】深藍色。
【深靛】深藍紫色。
【灰白】淺灰色。
【鴿灰】銀灰色。
【鉛灰】青灰色。
【蒼灰】青灰色；淡黑色。
【昏暝】光線昏暗不明。也作傍晚。

【晦暝】光線昏暗。
【暗濁】形容天色昏暗不清。
【暝暗】天色昏暗。
【闇昧】昏暗不明貌。
【灰茫茫】暗淡不清的樣子。
【灰撲撲】灰暗貌。
【昏濛濛】昏暗、模糊不清。
【昏黲黲】形容天色昏暗不明。黲ㄘㄢˇ，昏暗或指灰黑色。
【漠楞楞】模糊不清的樣子。
【昏昏慘慘】昏暗不明。

【黯】深黑色。
【烏黑】純黑。
【漆黯】漆黑昏暗。
【黝黑】青黑色；深黑色。黝ㄧㄡˇ。
【黑沉沉】形容黑暗。
【黑朧朧】天色朦朧不明貌。
【黑黝黝】黑到發亮。或光線昏暗，看不清楚。
【風雨如晦】形容風雨交加，天色昏暗，猶如黑夜般。也作「風雨晦冥」。

在夜晚，映著溪水遠遠望去，便可以看到幾根燃燒廢棄的火炬，投影在水面誘人的晃動。黃昏時那火苗就同著晚霞一起在天際血紅的染燒。（王幼華《兩鎮演談》）

到達山頂，天色暈黃。大家站著跳躍驅寒，不知零下幾度了？（洪素麗〈惟山永恆〉）

不論看那一邊，都是一色澄藍的天展開著，真有這樣不可議的天色、陽光、大地？除非是一種特殊的水晶或什麼寶玉，怎可能鑄造成這樣晶瑩發亮的奇境？（陳冠學〈十月二十六日〉）

在黑色的大地與／奧藍而沒有底部的天空之間／前途只是一條地平線／逗引著我們／我們將緩緩地在追逐中死去，死去如／夕陽不知不覺的冷去。仍然要飛行／繼續懸空在無際涯的中間孤獨如風中的一葉（白萩〈雁〉）

她入境隨俗，也給我捎來一張明信片。圖繪是五彩花火在深靛夜空中盛綻，占了畫面十之八九的河面紫色降幕，泊著船隻兩兩三三。古雅，幽遠。（王盛弘〈夏日風物詩〉）

看是就要下雨的天氣，天空霧般均勻整片灰白，港灣灰沉沉的到處起伏黑色波紋，靠岸的輪船輕緩的隨波搖擺像是一個個酣睡的搖籃。對他來說，這卻是新鮮開闊的畫景。（東年〈初旅〉）

報端刊出圓環露店的全面歇業，於我，不知怎麼的浮出卅多年前清晨鉛灰的天空，以及剛剛填飽熱甜湯的肚腹的感覺，似乎當時已預見自己青春的訣別呢。（雷驤〈青春圓環〉）

然後在那個於她而言再熟悉不過，而今折散天光，每一事物皆投下素描似的暗影的大廳底，閉上眼，側耳傾聽——有時，靜靜望向窗外——重溫這座引渡她由青春到耄耆的家屋，每一刻度的變化，任憑日頭一寸一寸落下去，最終漆闇。（張耀仁〈自己的房間〉）

二 氣象

1 風

風向

【東風】春風。

【谷風】東風。也作「穀風」。

【條風】本指立春時所吹的東北風。後多指春風。也作「融風」。

【南風】夏天從南方吹來的風。

【薰風】夏天由南向北吹的風。

【凱風】南風。

【西風】秋風。

【金風】秋風。古人常以陰陽五行解釋季節變化，秋天在五行中屬金，故稱之。

【素風】秋風。

【商風】秋風。秋天在五音中屬商，故稱之。

【商飆】秋風。

【清商】借指秋風。

【閶風】西風；秋風。也稱「昌風」、「昌盍風」、「閶闔風」。

【終風】終日颳著大風。另有西風之意。

【北風】冬天由北方吹來的風。

【胡風】北風。

【朔風】北方吹來的寒風。

【陰風】陰冷的寒風。

【颯飁】大風。

【焚風】氣流沿山坡下降而形成的一種暖而乾燥的風。

【九降風】臺灣地區氣象用語。為臺灣居民對於東北季風所造成之強烈陣風的稱呼，約發生在每年陰曆九月下旬。九降，指的是二十四節氣中霜降（秋季最後一個節氣）之後吹的強風。

【落山風】臺灣恆春半島對東北季風的稱呼。每年秋、冬時東北季風盛行，恆春因受地形的影響，遇到強烈冷空氣南下時，由於中央山脈的阻隔擠壓，形成寒烈的強風，故稱之。

【鹹水煙】帶有鹽分和飛沙的海風，容易使植物焦枯而影響生長。

【鹹海風】帶有鹽分的海風。

【風化】地殼表面和各種岩石經過長期風吹、日晒或雨水沖刷等而受到破壞或發生變化。

【風蝕】地表被風力逐漸破壞。

東風不來，三月的柳絮不飛／你底心如小小的寂寞的城／恰若青石的街道向晚／跫音不響，三月的春帷不揭／你底心是小小的窗扉緊掩（鄭愁予〈錯誤〉）

紛紜台北亂樓，人步行其間，有時走經莫名一巷，忽見一樹，枝垂牆頭正是那式斜度，午後日影，暑中薰風，依稀是四十年前你兒時舊家形樣，此一刻也，幾乎是如見故人，卻又是別過頭去，不忍睹也。（舒國治〈我的舊台北導遊路線〉）

金風換成了北風，秋去冬來了。冬天剛剛冒了個頭，落了一場初雪，我滿庭鬥豔爭嬌的芳菲，頓然失色，鮮紅的老來嬌，還有各色的傲霜菊花，一夜全白了頭。（臧克家〈爐火〉）

島嶼地處亞熱帶，終年日照時間長，多半時節高溫炎熱，但午後又常有雷陣雨，可說是夏天易受炎陽、雷雨之侵，而秋後，更常吹起九降風，飛砂走石難以躲避。（李昂〈不見天的鬼〉）

落山風嗚咽／聲音消失在環繞的海／一把月琴／思想起（李敏勇〈故鄉〉）

從九月開始，澎湖的東北季風就像一頭發瘋的野牛，憤怒的從台灣海峽這又深又長的喉嚨裡鑽著來，把海洋裡最邪門、最令這個小小的澎湖島感到恐懼的「鹹水煙」，統統帶了來。它就像是這頭發瘋的野牛鼻孔裡呼嘯出來的，以及嘴裡氾濫出來的毒液。（呂則之《海煙》）

終於，我遙遙地看見南仁灣小村，一位帶著斗笠的中老年人騎著摩托車過來，看著車手把及輪圈斑剝

的鐵鏽，可以知道它已受鹹海風侵蝕不少歲月，〔……〕（徐仁修〈簡單卻難忘的旅行〉）

一座座墓碑的刻文已被風蝕磨滅不知葬者是誰的老墳，上頭卻堆著一顆顆一排排親人祭拜清理，並不是無主孤墳，只是時間久遠墳已老。（王家祥〈眠夢之島〉）

風勢

【掠】輕拂、輕拭而過。

【颺】風吹。

【飀】ㄌㄧㄠˊ，風勢微弱。

【吹拂】微風拂拭。

【拂盪】吹動。

【風剪】兩股風的風力、風向或風速不同因而產生不同的切力。也作「風切」。

【飛動】飛揚、飄動。

【徐徐】緩慢的樣子。

【習習】形容微風吹拂。

【軟拂】形容風柔和地輕輕掠過。

【惠風】柔和的風。

【嫋嫋】風動的樣子。亦作「裊裊」。另有搖曳不定之意。

【颭拂】拂動。颭ㄓㄢˇ，吹動。

【翦翦】風吹的樣子。

【撲面】撲打臉部。

【澹澹】吹拂貌。

【飁飁】ㄒㄧˊ，風吹拂貌。

【飄拂】輕輕飄動。

【飄舉】因風而飄動、飛揚。

【刮】吹襲。「刮」風，通「颳」風。

【刷】刮。

【削】本指用刀斜著去除物體的表層。可形容風力尖銳。

【勁】猛烈；強烈。

【颸】風吹。

【颲】ㄌㄧㄝˋ，風勢強勁。

【尖削】尖銳如刀削過一樣。

【尖勁】形容風的力道尖銳、強勁。

【狂飆】狂風；暴風。

【冷厲】風冷而猛烈。

【直貫】徑直穿過。

【直馳】此形容風直面奔騰而來。

【奔狂】又急又猛的風。

【怒號】形容大風狂吹。

【急掠】迅速掃過。

【浩浩】風勢強勁的樣子。

【浩蕩】形容強風從遠處猛撲而來。也可形容水勢洶湧壯闊。也有廣博浩大之意。

【勁烈】猛烈。

【勁厲】風勢猛烈而強冷。

【疾走】快跑。此形容風勢強勁。

【疾風】猛烈的風。

【疾疾】快速貌。

【疾厲】形容風勢猛烈。另有因疾病而疲憊，導致內心驚懼之意。

【席捲】好像捲草席一樣，把全部的東西都捲走。可形容氣勢迅猛。也作「席卷」。

【淩厲】形容風勢猛烈。也有高飛之意。

【罡風】指天空極高處的風。今多用來形容強烈的風。罡ㄍㄤ。

【涼勁】涼寒而強勁的風。

【亂卷】此形容風勢強大，能任意把東西捲去帶走。

【颭飆】風狂暴貌。

【熛風】疾速的風。熛ㄅㄧㄠ。

【橫掃】迅猛的掠過。

【瀏瀏】風疾貌。也有水流清明之意。

【蠻野】野蠻。此形容風力強勁。

【土飛塵揚】塵土因風吹而飛揚。

【直馳橫捲】形容強風一下從直面奔騰而來，一下從橫向席捲過來。

【飛砂走石】砂土飛揚，小石翻滾。形容風力猛烈。也作「飛砂轉石」。

【騰騰落落】形容風忽高忽低地吹著。

有時一夜的落花飛散窗前，在結霜的窗台上留下粉脂冰瑩的印記，有時細雨風剪，徒增了一地落花，而芳塵且莫掃，就讓它留下一院繽紛吧！（呂大明〈絕美三帖〉）

溪澗縱橫，百泉奔流，在這高曠涼爽的氣候裡，翠綠的樹梢上飄浮著雪白的雲朵，清涼的溪水，習習的山風……這長白山裡的夏日真是夠安閑幽美了！（梅濟民〈長白山之夏〉）

可是生機與殺機在遠方同時奔來，隱隱鬱鬱的憂容爬上它們的老臉和新顏。在軟拂的風中，它們嗡嗡喁喁，低聲討論著前途，交相猜測安慰。（蔡珠兒〈樹殤〉）

兩千多少年過去了，汨羅的水聲不斷，洞庭的落葉不斷、龍舟招魂的鼓聲不斷，嫋嫋兮吹起的秋風不斷，湘夫人渺渺兮愁予的眼波不斷，〔……〕（高大鵬〈汨羅江與桃花源〉）

東風翦翦漾春衣，信步尋芳信步歸。紅映桃花人一笑，綠遮楊柳燕雙飛。徘徊曲徑憐香草，惆悵喬林掛落暉。記取今朝延佇處，酒樓西畔是柴扉。（清・紀昀《閱微草堂筆記・灤陽消夏錄》）

海波平泛，南風飄飄遊走海面陽光間隙，吹送船頭迎面一絲清涼，天頂白雲颳成棉絲，朵狀積雲全給掃落在天邊海面，黑潮受南風撩撥，汩汩湍急，天色沉藍反照，南風的手掌像是隨手抓了幾把化不開的憂鬱灑在海面。（廖鴻基〈你們四個〉）

正說著，一陣風颳來，泥沙紙屑都捲起在空中翻騰，太陽早不知被驅趕到何方去了，滿天昏昏慘慘，一片黃濛濛。我瞇緊眼，頭順著風勢躲，臉皮被風沙刷得麻癢癢的。（陳若曦〈尹縣長〉）

它來了。它從蒼白的遠處，席捲而來，浩蕩而來。它削著山梁，刮著溝窪，騰騰落落，直馳橫捲，奏出一首恐怖的樂曲。它把成噸成噸的土和沙，揚得四處都是。（劉成章〈老黃風記〉）

故鄉一向風勁，到了這個時分，便尤其的疾厲了，即使是高高地堵著圍牆的我們的家，也抵擋不住這初冬的凌厲。（陳映真〈文書〉）

這十年，我常去的地方之一是七星山東峰。我喜歡那裡的石階坡道、那裡無樹的芒草地，開闊，乾淨。一種蠻野的風勁，使五節芒與稀疏的樹枝都呈現著艱困環境所特有的蒼勁。（孟東籬〈草山三疊〉）

那裡的風差不多日日有的，呼呼作響，好像虎吼。屋宇雖係新建，構造卻極粗率，風從門窗隙縫中來，分外尖削。把門縫窗隙厚厚地用紙糊了，椽縫中卻仍有透入。（夏丏尊〈白馬湖之冬〉）

突然一股尖勁的涼風，穿透了重悶的空氣，從窗外吹進房來，吹得我們毛骨悚然，滿身煩膩的汗，幾乎結冰，這感覺又痛快又難受；〔……〕（徐志摩〈雨後虹〉）

風吹彎了路旁的樹木，撕碎了店戶的布幌，揭淨了墻上的報單，遮昏了太陽，唱著，叫著，吼著，迴盪著！忽然直馳，像驚狂了的大精靈，扯天扯地的疾走；忽然慌亂，四面八方的亂卷，像不知怎好而決定亂撞的惡魔；忽然橫掃，乘其不備的襲擊著地上的一切，扭折了樹枝，吹掀了屋瓦，撞斷了電線；〔……〕（老舍《駱駝祥子》）

窗外奔狂的風真令他想到那些稻草一旋一旋翻著風，翻得老遠，還有莽原英雄的傳奇。然而說也奇怪，號號風聲下一切竟顯得如此靜謐，靜謐到令人不安起來；〔……〕（丁亞民〈冬祭〉）

風聲

【沙沙】風吹草木所發出的細微聲音。

【唏嗦】風吹竹林所發出的聲音。

【策策】風吹落葉聲。

【嗚咽】形容風聲、水聲等低沉淒切。

【號號】風發出的聲響。

【颯颯】形容風吹樹葉聲。也可形容風聲、水聲。

【窸窣】ㄒㄧ ㄙㄨˋ，形容細碎、斷續的摩擦聲。

【蕭蕭】形容風聲、落葉聲。

【簌簌】風吹物體所發出的聲音。

【獵獵】形容風的聲音。也作風吹動旗幟所發出的聲音。

【颼颼】形容風吹、雨打的聲音。

【瀟瀟】狀風雨聲。

【蓬蓬然】形容風聲。

【如海螺或是鬼魅一般哭號】形容海風的聲音聽來淒厲悲切。海螺，一種水生動物，其殼可作成號角。

【呼呼】形容風聲。

【呼嘯】形容尖銳的聲音。

【虎虎】形容聲音猛烈。

【咆哮】風浪、雷雨所發出呼嘯聲。

【咻咻】形容各種聲響，如喘息聲、砲彈飛落聲。此形容風聲有如槍炮聲。

【訇哮】形容疾風或雷轟鳴怒號。訇ㄏㄨㄥ。

【渢渢】ㄈㄥˊ，形容宏大的聲音或風聲、水聲等。

【厲嘯】形容風大時發出的高亢聲響。

五節芒隨風搖曳，新穗如麥浪沙沙作響。在秋陽溫煦地烘曬下，池塘又傳來一陣一陣地野薑花的香味，我突然覺得今天是這個城市最幸福的人。（劉克襄〈發現池塘〉）

天未明，雞就啼叫了／我在曬穀場中靜靜躺臥／唏嗦的竹林帶來一陣微涼的晨風／唧唧的蟲聲在輕霧中傳遞一段／宿命的信息。（楊子潤〈笨港小唱〉）

你突然發現原來周遭如此安靜，細微的風搖晃樹梢，在嘈雜喧鬧的水聲中依然可以分辨出來，風聲、水聲、樹葉摩擦的窸窣聲、蟲族拍翅鳴叫聲，因為安靜，細小的差異也可以輕易分辨。（楊明〈在山與水之間〉）

在一個有月光的晚上，我悄然登上靈塔，一株株的龍柏，像沉默的哨兵，在寂靜的晚風中簌簌抖動，我驚喜發覺，夜的靈塔柔美如詩，遠方，街市迷濛的燈火，像星群閃動；（……）（馮輝岳〈橫崗背之夢〉）

晚上天變了，刮起獵獵的北風，每個房間的玻璃窗都發抖震顫，我像是睡在玻璃瓶裡。（鍾玲〈逸心園〉）

入夜的海風吹過某些尖銳的牆角，發出如海螺或是鬼魅一般哭號的聲音。（林詮居〈海隅隨想十則——馬祖芹壁村〉）

這時風更緊了，呼呼地吹著，我們坐在平台上已經頹敗的殘壘上，打開了地圖，它像一片金屬葉子似的在風裡振動著響。我大聲地叫喊，然而耳朵裡只聽到虎虎的風聲。（黃裳〈白門秋柳〉）

尖銳的海風好像從那些裸枝縫裡吹襲過來一般，時不時吼的一聲呼嘯著颳過去。每當這樣的時候，田邊的一片樹林也一齊彎下腰，看去水田也彷彿忽然變低了。（呂赫若〈風頭水尾〉）

咻咻不絕的風聲和轟轟大響的浪濤聲，宛若槍砲聲，震動了整個龍門漁港。（呂則之《海煙》）

2 雨

雨水

【春雨】春日的雨。

【春霖】春雨。

【催花雨】春雨。

【榆莢雨】春雨。

【溟濛】小雨。溟ㄇㄧㄥˊ。

【零雨】小雨。

【霢霂】ㄇㄛˋㄇㄨˋ，小雨。

【毛毛雨】密而細的小雨。

【雨季】雨水多的季節。

【梅雨】初夏時節陰雨的天氣較長，此時正值梅子黃熟，故稱「梅雨」、「黃梅雨」、「黃梅天」。這段期間又因空氣潮溼，東西容易發霉，又稱「霉雨」。

【暑雨】盛夏所下的雨。

【秋霖】秋日霪雨。

【甘霖】甜美的雨水。指解除旱象的雨。

【喜雨】及時所下的雨。

【及時雨】指正需要雨水時所下的雨。也可用來比喻能及時解決問題或困難的事物。

【西北雨】太陽西斜後所降的雨。降雨時間通常只有數分鐘，最長大約一小時，之後便雨過天青。

【雷陣雨】伴有閃雷和電鳴的陣性降雨，雨勢時大時小，時有時無。也作「雷雨」。

【宿雨】下不停的雨。也作前夜的雨。

【積雨】久雨。

【霪雨】久雨。也作「淫雨」。

【行潦】因下大雨而匯聚於路旁的流水。潦ㄌㄠˇ，指積水或形容雨下得很大。

【雨腳】成線狀密集落地的雨點。

【驟雨】暴雨；忽然降落的大雨。

【像穿飛的針】此形容大雨打在身上的刺痲，就像是被從天空穿過飛落下來的針刺到一樣。

【豪雨成災】因雨量過大而造成嚴重的災害。

【澇害】因降水量過多，土壤含水量過大，使作物受到損害的現象。澇ㄌㄠˋ。

【雨霽】雨停後天氣放晴。霽ㄐㄧˋ，雨霧霜雪過後轉晴。

【清霽】雨止霧散，天氣晴朗。

【新晴】雨後天剛放晴。

隔年春天重返京都，這次雖不住錦小路的老旅館，依舊摸黑尋了去，蔦家果然又早早打烊。春雨綿綿，走在光滑溼亮的石板路上，空氣中彷彿飄著去年春天咖啡的香味……（曾郁雯〈京都之心〉）

晨餐後，覓貴溪舡。甚隘，待附舟者，久而後行。是早密雲四布，時有零雨。（明・徐弘祖《徐霞客遊記・江右遊日記》）

一場為時一小時的大西北雨，到底下了幾公釐的水，雖然沒做過實驗，只覺好像天上的水壩在洩洪似的，是整個倒下來的。每一雨粒，大概最小還有拇指大，像這樣大的雨粒，竹葉笠是要被打穿的，沒有蓑衣遮蔽，一定被打得遍體發紅。（陳冠學〈九月七日〉）

兩、三點左右天色突然昏暗，烏雲迅速從山中、海上彷彿部隊緊急集合，大塊湧現；接著雷電交加、大雨傾盆，我們立刻成了潑墨山水中的煙雨牧童。對這樣突如其來的變化，像是老天厚賜的恩典，為我們多采多姿的遊俠歲月，平添宇宙性的布景。雷雨愈大，我們的吶喊也愈大；拉扯追打甚至索性剝掉全身的衣服，追趕雷雨。午後雷陣雨，玩伴是大自然，我們玩得更投入，玩得出神。（孫大川〈午後雷陣雨〉）

我每天必看氣象，喜歡陽光與夏天，非常討厭冬的陰霾。霪雨不開的春日昏沉天，同樣討人嫌，左盼右盼大晴天不得，一切都看不順眼。（鍾怡雯〈天這麼黑〉）

雨像穿飛的針，從髮間到臉頰，到頸項，掌傘的雙手刺得發麻。外衣幾乎要掀飛，長髮糾結盤亂，涼鞋陷入溼沙裡，寸步難行。（簡媜〈海路〉）

新晴的天氣，街上的水還沒退，黃色的河裡有洋梧桐團團的影子。對街一帶小紅房子，綠樹帶著青暈，煙囪裡冒出溼黃煙，低低飛著。（張愛玲〈紅玫瑰與白玫瑰〉）

雨勢

【如絲】形容雨細如絲。

【星星】形容零星而細小的點兒。

【斜織】形容斜下的雨有如織物表面的斜向紋路。

【細碎】細小而零碎。

【稀微】隱約；微弱。

【瀟瀟】小雨貌。或作風狂雨驟。

【瀧瀧】下雨貌。

【細雨濛濛】像霧般的小雨；毛毛細雨。

【綿綿】形容雨連續不斷下著。

【涔涔】ㄘㄣˊ，雨水不止的樣子。另有天色陰晦之意。

【漏天】久雨。或雨多貌。

【湑湑】雨水不止的樣子。另有流淚不止之意。

【盤桓】逗留。此作久雨。

【遲滯】緩慢不動，滯留不前。此作久雨。

【霖霖】雨不止貌。

【霢霢】小雨不止的樣子。

【纏綿】綿綿；連續不斷。

【沛然】盛大的樣子。

【奔騰】可形容雨勢盛大。

【淋漓】溼透的樣子；流滴貌。另有酣暢之意。

【滂沱】雨勢盛大貌。

【滂濞】雨水多的樣子。另可形容水流衝擊的聲音。濞ㄆㄧˋ。

【霈霈】密雨貌。

【瀌瀌】ㄅㄧㄠ，雨或雪盛大貌。

【豐注】豐沛。

【瀧漉】下雨淋漓的樣子。

【滂滂沛沛】雨勢盛大的樣子。也作「滂沛」。

【濃濃稠稠】多而密的樣子。也作「濃稠」。

【凶猛】此形容雨勢猛烈。

【狂瀉】水勢強勁，直流而下。也可形容雨勢猛烈。

【傾盆】比喻雨勢急暴，像從盆中傾倒而出。亦作「覆盆」。

【傾瀉】形容雨水如傾倒、流瀉。

【瓢潑】像用瓢勺潑水一樣。形容雨勢很大。

【大雨如注】雨勢如灌注般落下。

【大雨如潑】雨勢如潑水般倒下。

【雨勢如幕】從天降落的雨水，密集到像是覆蓋了一大面的帳幕般。形容雨勢盛大。

【急灌而下】形容雨水急速流下，就像是用灌入的一樣。

【風馳電掣】像颳風、閃電一樣。此形容雨勢迅速凶猛。掣ㄔㄜˋ。

【銀河倒瀉】形容雨下得極大，像銀河裡的水瀉下來一樣。

早晨醒來，雨還是星星地落著，我心裡很不愉快。我永久嚮往一個夜雨之朝晴的境界。（李廣田〈雨種念頭〉）

她停下來，乾脆把傘收了，滿頭的飛髮亂草一般，立刻蓬了起來，斜織的雨絲不斷打在她身上。（王拓〈望君早歸〉）

飽餐後，終究是要往雨中走的，幸好此時晴空半朗，細碎雨絲像一襲簾幕，遮得兩人並肩，可以什麼都不聽，可以什麼都不看。（羅毓嘉〈香江拾遺〉）

那時他們既疲倦又洩氣，後來，他們坐上車，從窗口望著這個細雨濛濛的城市和騎樓下躲雨的行人，一個不停揮動手臂的交通警察，車子停在他身邊時，看到他臉上全是水。（黃凡〈雨夜〉）

整個雨季遲滯下來，盤桓不去：K南下台中來接我，我緊緊地抱住他一直哭一直哭。即使淋溼是生來就該擔待的宿命，K也還勇敢地站在雨裡等我。水淹及膝。眼神迷離渙散，如此幽微。（劉祐禎〈六色的原罪〉）

大雨滂沱，氤氳的水霧裡，祖父模糊的身影潛身在漂滿綠萍的沼塘，沼塘的周圍，一棵棵椰樹、菠蘿蜜叢高聳蔽天，雨水從樹隙裡急灌而下，淅瀝啪啦響著暴烈的節奏。（李志薔〈奔跑的少年〉）

到七月，聽颱風颱雨在古屋頂上一夜盲奏，千噚海底的熱浪沸沸被狂風挾來，掀翻整個太平洋只為向他的矮屋簷重重壓下，整個海在他的蝸殼上嘩嘩瀉過。不然便是雷雨夜，白煙一般的紗帳裡聽羯鼓一通又一通，滔天的暴雨滂滂沛沛撲來，強勁的電琵琶忐忐忑忑忐忐忑忑，彈動屋瓦的驚悸騰騰欲掀起。（余光中〈聽聽那冷雨〉）

後來，後來就下了一陣雨，濃濃稠稠的雨，沾黏所有記憶和當下，像時間已濃稠到分解不開，在一鍋沸滾的漿液裡攪拌銅鏽和鮮血，像雨落在沒有名字的墳墓，卻淋醒了安睡的魂靈。（呂政達〈避雨〉）

可是春雨有時也凶猛得可以，風馳電掣，從高山傾瀉下來也似的，萬紫千紅，都付諸流水，〔……〕（梁遇春〈春雨〉）

而一聲聲迅雷震耳，一陣陣豪雨瓢潑似的往下澆。林木狂舞，山洪如飛瀑。賞西山之雨景，洵淋漓而盡致。（徐遲〈鄂州市西山記〉）（洵，確實。文中「淋漓」非溼透之意，而是形容酣暢、盡情的樣子。）

那幾天，離島每到黃昏便下起一場雨，雨勢如幕，黃昏結束，雨也結束。（蘇偉貞《沉默之島》）

雨聲

【淅淅】形容風、雨的聲音。

【滴答】形容水滴落下的聲音。另可形容馬蹄聲或鐘擺晃動的聲音。也作「滴答滴答」、「滴滴答答」。

【滴瀝】雨水滴下的聲音。

【嘩啦】形容雨聲。或東西流下、倒塌散落的聲音。也作「嘩啦啦」、「嘩喇喇」。

【嘩嘩】形容雨聲。

【劈啪】形容燃燒時爆裂的聲音或撞擊拍打的聲音。此形容大雨落在地面石板的聲音。也作「劈劈啪啪」、「劈劈拍拍」。

【霎霎】ㄕㄚˋ，形容雨聲。

【瀝淅】形容雨聲。也作「淅瀝」。

【淅零零】形容風雨、霜雪的飄打聲。

【刷啦刷啦】形容下雨的聲音。

【淅淅颯颯】形容風雨細微的聲音。

【淅淅瀝瀝】形容下雨的聲音。淅瀝，可形容風雨、霜雪、落葉等聲音。

【淅零淅留】形容風雨、霜雪的飄打聲。也有「淅留淅零」。

【淅瀝啪啦】形容大雨的聲音。

【劈里啪啦】形容爆裂、拍打等的連續聲音。此形容大雨落在芭蕉葉上所發出的聲響。也作「劈哩啪啦」。

【清碎如弄珠玉】此形容大雨落在芭蕉葉上，有如把玩細小玉石所發出的清脆、細碎的聲音。

【彷彿馬蹄在那裡踢踏】形容雨聲像是馬在行走時的腳步聲。

雨滴答滴答的落著，這時就會有一股寂寞襲上心頭，原始的慾望昇起，所以人常在雨天做出奇怪的行為。（隱地〈雨聲及其他〉）

這時嘩啦一聲，大雨潑了下來，打在窗外的芭蕉葉上，「劈哩啪啦」、「劈哩啪啦」，一陣急似一陣，一陣響過一陣，雨點隨著風捲進窗子裡來，斜打在福生嫂的身上。（白先勇〈悶雷〉）

同時沉悶的雷聲，已經在屋頂發作，再過幾分鐘，只聽得庭心裡石板上劈啪有聲，彷彿馬蹄在那裡踢踏；重複停了；又是一小陣瀝淅；如此作了幾次陣勢，臨了緊接著坍天破地的一個或是幾個霹靂！（徐志摩〈雨後虹〉）

雨刷啦刷啦地下著。眷屬區的午後本來便頗寧靜的，何況又下著雨。（陳映真〈一綠色之候鳥〉）

黛玉一翻身，卻原來是一場惡夢。〔……〕扎掙起來，把外罩大襖脫了，叫紫鵑蓋好了被窩，又躺下去。翻來覆去，那裡睡得著？只聽得外面淅淅颯颯，又像風聲，又像雨聲。（清・曹雪芹《紅樓夢・第八十二回》）

而今確時要登泰山了，偏偏天公不作美，下起雨來，淅淅瀝瀝，不像落在地上，倒像落在心裡。（李健吾〈雨中登泰山〉）

後來船到石山寺，我們便捨舟登岸，向寺直奔。此寺也在高山之巔，彷彿中國西湖之靈隱寺。中多獨幹老木，高齊廟閣。院中滿植芭蕉，被急雨敲擊，清碎如弄珠玉。（盧隱〈蓬萊風景線〉）

3 雷電

雷電

【劈】雷電擊打。

【疾雷】急雷；迅雷。

【震霆】疾雷。

【迅疾】迅速快捷。

【崩動】崩裂變動。

【暴雷】突然響的雷。

【掣電】閃電。

【雷殛】遭雷擊打。殛ㄐㄧˊ。

【雷擊】受雷電擊打。

【搏擊】衝擊；奮力搏鬥。

【霍霍】可形容電光閃亮貌。另形容磨刀急速之聲。

【鞭裂】形容閃電如長鞭狀分裂海面或天際。

【索落落】此形容電光閃動的樣子。

【雷電交加】同時打雷和閃電。

【雷鳴電閃】打雷閃電。

【白蛇一般】此形容閃電像一條白色的長蛇般。

【閃電交迸】此形容一道又一道的閃電在天空迸發而出。

【電光閃閃】閃電呈現的閃爍亮光。

【從空中直竄】此形容閃電從天空急速奔向地表。

果然一道長長的閃電劈了下來，雷聲又作了！漫天漫地地傾下了如潑的暴雨！嘩嘩嘩，轟轟轟，砰砰砰……到處是急雨，到處是積水。（斯妤〈小窗日記〉）

雷，在高空崩動，閃電鞭裂海面，長鯨已清理海路，殷紅之嬰將破海騰空而來，振翅，俯吻，他鍾愛的父母城邦。（簡媜〈天涯海角——給福爾摩沙〉）

我懷想著故鄉的雷聲和雨聲。那隆隆的有力的搏擊，從山谷返響到山谷，彷彿春之芽從凍土裡震動，驚醒，而怒茁出來。（何其芳〈雨前〉）

只見天的北邊，漫天彤雲，倏的，白蛇一般索落落竄出了一道電光，只歇了半晌，又一陣悶雷咕嚕著滾動了過去。剎那間，縣倉屋頂上，閃電交迸，終於掙破了那一重重的天際，雷聲，一陣趕著一陣，翻翻騰騰地在吉陵鎮天心響了起來。（李永平〈日頭雨〉）

她曾經在一次大雨將來之前，看到上游山頭的電光閃閃，溪水的先頭部隊已到，直如要馳赴沙場，趕著黃褐色的泥沙，席捲而至。她感到無比的驚駭，卻有有莫名的感動。（林韻梅〈利吉的青春〉）

一到夏天，對流旺盛、夏日烈焰的午後，隨時會來一曲奏鳴曲。怎麼說？晴空萬里烈日囂張，其實是不懂風情男人的調情動作；接下來，所有雲朵快速集結，彷彿演員就位一般，神祕預告的電音大鼓，沒有節奏地開展出來——「轟隆！轟隆！」這時要注意了，音樂接下來是特效，閃電無預警地，從空中直竄平原中，在東邊、在西邊，無法預知總帶來驚奇與震撼。（李永豐〈布袋是平的〉）

雷聲

【輕雷】響聲不大的雷。

【霆】突然暴起的雷聲。

【軯】ㄆㄥ，形容車聲或雷聲。

【打雷】閃電後的雷聲。

【奔雷】突然響的雷聲。也作「犇雷」。犇，通「奔」字。

【訇訇】大聲。訇ㄏㄨㄥ。

【訇然】巨響聲。

【訇磕】形容大聲。另有名聲極大之意。

【砰訇】形容巨大的聲響，如雷聲、鼓聲等。

【隆隆】形容很大的聲音。常指雷聲。

【雷訇】隆隆的雷聲。

【雷鼓】雷聲。

【雷霆】又大又急的雷聲。

【隱隱】雷聲。另也有作車

行聲。

【轟隆】形容雷聲或爆炸聲。也作「轟隆隆」。

【霹靂】又急又響的雷聲。也作「落雷」。

【轟轟】形容震耳的巨響。如雷聲、爆炸聲等。

【響雷】很響的雷聲。

【訇雷震】雷聲轟然巨響。

【辟歷施鞭】指打雷的聲音，好像是用鞭子鳴擊空中而發出隆隆聲響。也作「霹靂施鞭」。

【震耳欲聾】形容聲音大到快要把耳朵震聾。

【悶雷】聲音沉悶、不響亮的雷。

我正要擱筆，忽然西牕外黑雲彌漫，天際閃出一道電光，發出隱隱的雷聲，驟然灑下一陣夾著冰雹的秋雨。（豐子愷〈秋〉）（牕ㄔㄨㄤ，古通「窗」字。）

半夜果然雷電大作，橫風暴雨，一聲大霹靂，寧靜夢裡乍醒，擁被坐起，一室的白電光，彷彿這房間在眨眼，眼瞼一升就大放光明。轟隆的雷聲迢遞傳來，一級一級的，像在下天梯。（鍾曉陽《停車暫借問》）

霍！霍！霍！巨人的刀光在長空飛舞，轟隆隆，轟隆隆，再急些，再響些罷！（茅盾〈雷雨前〉）

夜裡，遙遠得失去空間感的天邊，打起了響雷，夢因此被截割成片段。（黃克全〈生死簿〉）

這時一個雷真的劈了下來，令我目眩的電光後是一連串震耳欲聾的聲響，我想我一定得死了，我等了很久，結果發現我並沒有死。（周志文〈風的切片〉）

天上的烏雲愈集愈厚，把伏在山腰上的昏黃日頭全部遮了過去，大雨快要來了，遠處有一兩聲悶雷，一群白螞蟻繞著芭蕉樹頂轉了又轉，空氣重得很，好像要壓到額頭上來一樣。（白先勇〈悶雷〉）

4 雲霧霞虹

雲朵

【曇】雲氣密布。

【迷茫】模糊不清。

【冉冉】迷離；迷漫。另有漸進地、慢慢地之意。

【空濛】迷茫貌；縹緲貌。

【茫漠】迷茫模糊。也有廣闊無邊之意。

【渺茫】遼遠而不易見。

【菴藹】雲氣迷茫。菴ㄢˋ。

【濛昧】昏暗不明貌。

【縹緲】高遠隱忽而不明。

【雲湧】雲彩翻湧突兀。

【滃渤】雲蒸霧湧貌。滃ㄨㄥˇ。

【滃滃】雲氣湧起的樣子。

【翻攪】翻滾。

【騰捲】翻騰捲起。

【噴湧似地】翻騰洶湧。

【柔和似絮】此形容雲柔軟得像是綿絮一樣。

【輕勻如綃】此形容雲輕盈勻稱得有如絲縷般。綃ㄒㄧㄠ。

【雲海】蒼茫如海的雲層。

【雲靉】雲盛貌。或形容雲多而昏暗不明。靉ㄞˋ。

【鱗鱗】形容雲層或水波像魚鱗般層層排列。

【靉靆】雲盛貌。靆ㄉㄞˋ。

【靉靉】雲多的樣子。

【氤氳】ㄧㄣㄩㄣ，形容煙雲瀰漫的樣子。

【薈蔚】雲霧瀰漫貌。

【籠罩】覆蓋。

【煙嵐雲岫】比喻山間雲霧瀰漫。岫ㄒㄧㄡˋ，山巒。

【霧鎖雲埋】形容雲霧籠罩、遮護。

【翠微】淡青色的山嵐。也作青翠的山色。

【彤雲】紅色的雲彩。或下雪前密布的灰暗濃雲。

【彩雲】絢麗的雲彩。

【雲蒸霞蔚】雲霧彩霞升騰聚集。比喻絢麗燦爛。也作「雲興霞蔚」。

【煙靄】雲霧；雲氣。

【瑞靄】對煙霧的美稱。也指吉祥的雲氣。

【暮靄】傍晚的雲霧。

【暖靄】春日的雲彩。

【烏雲】黑雲。

【雲翳】陰暗的雲。

【愁雲慘霧】色彩暗淡的雲霧。也可用來比喻令人憂愁的景象。

【雲腳長了毛】雲的末端散成棉絮一般，為颱風要來的前兆。也作低垂的雲。

柔和似絮，輕勻如綃的浮雲，簇擁著盈盈皓月從海面冉冉上昇，清輝把周圍映成一輪彩色的光暈，由深而淺，若有若無，不像晚霞那麼穠豔，因而更顯得素雅；沒有夕照那麼燦爛，只給你一點淡淡地喜悅，和一點淡淡地哀愁。（鍾梅音〈鄉居閑情〉）

雲湧在山凹裡像一條條白色的天河，源頭在天外的雲海，黑色的山峰是海中的蓬萊。那天河綿綿柔柔的流下，流到那望得清楚的杉林山頭，化成了曉霧迷離，是杉尖上的白紗，造就了一林的新嫁娘；〔……〕（蔣曉雲〈春山記〉）

大幅大幅的長條狀的雲，薄薄的，像卷絲，像散髮，灰褐乳白相間混，襯著灰藍色的天，噴湧似地源源不絕從東方急速翻攪飛奔而來，在我的頭上，在玉山的這個主峰上不斷地糾纏變化，〔……〕而奇妙的是，這些雲，這些放肆的亂雲，到了我站立的稜線上方，因受到來自西邊的強大氣流的阻擋，卻全部騰捲而上逐漸消散於天空裡。（陳列〈玉山去來〉）

海天一色的讓你們不辨方向的往往不知不覺就走到公司田溪口，被阻攔了，才回頭，於是照眼便會看到觀音山了。天氣再好時，山頂常常有雲靉，風強的時候，雲走得疾，就很像觀音靜靜的在練吐納。（朱天心〈古都〉）

太陽的觸鬚開始試探的時候，第一步就爬滿了土堤，而把一條黑黑的堤防頂上鑲了一道金光，堤防這邊的稻穗，還被罩在昏暗的氤氳中，低頭聽著潺潺的溪流沉睡。（黃春明〈青番公的故事〉）

當落日沉沒，周圍雪峰的紅光逐漸消褪，銀灰色的暮靄籠罩草原的時候，你就可以看見無數點點的紅火光，那是牧民們在燒起銅壺準備晚餐。（碧野〈天山景物記〉）

其時落日將沉，雲蒸霞蔚，照得窗櫺几案，上下通明。大家徘徊欣賞，同進軒中。（清．韓邦慶《海上花列傳．第五十八回》）

愁雲慘霧的清晨，寒風咻咻地吹著走向漁人部落的族人的臉頰。虔誠的天主教徒邁開輕鬆愉快的步履，一身穿著傳統服飾參加教堂的落成彌撒。（夏曼．藍波安〈浪人鰺與兩條沙魚〉）

霧氣

【裊裊】煙氣繚繞升騰。也作「嫋嫋」。

【飽滿】此指水氣充足。

【輕煙】淡淡上升的煙霧。

【輕籠】輕柔地籠罩。

【漫漫】遍布貌。也有廣遠無際之意。

【縷縷】接連不絕的樣子。

【繚繞】環繞；一圈圈向上飄起。

【瀰漫】遍布。也作「彌漫」。

【騰騰】氣體盛大、升騰貌。

【纖柔】纖細、柔軟。

【靄靄】聚集的樣子。

【鬱律】煙氣上升的樣子。

【白濛濛】形容淡白迷濛一片。

【薄紗般】形容輕霧籠罩，宛如披上一層輕薄透明的紗。

【霧茫茫】形容霧氣濃厚、朦朧模糊的樣子。

【如紗如幕】形容霧氣如一層輕薄的紗幔籠罩著。

【含煙籠霧】籠罩著煙與霧。

【煙霏霧集】煙霧迷漫集結的樣子。

【煙籠霧鎖】形容煙霧濃密。

【霧重惡寒】濃霧瀰漫，寒氣籠罩。惡寒，怕冷、畏寒。

【霧靄沉沉】霧氣低沉。

【迷離】模糊不清。

【迷霧】濃霧。能見度很差的霧。

【蒼茫】模糊不清的樣子。也作曠遠迷茫的樣子。

【蒼霧】灰茫茫的濃霧。

【霏微】霧氣、細雨朦朧的樣子。

【山嵐】山中的霧氣。

【嵐氣】山中蒸發的霧氣。

【曉霧】清晨的雲霧。

白濛濛蒸氣在車頭被山嵐吹散，復又自斜斜上爬的車廂鑽入，我們車窗崁著一扇扇傾斜的綠林風景，於是被白蒸氣蒸發掉，成一幅幅矇矓的米芾水墨淋漓的山水畫。白蒸氣消失，山景再度聚攏，滴水的山霧飽滿，薄溫的陽光微燙。（洪素麗〈惟山永恆〉）

窗外　夜霧漫漫／所有的悲歡都已如彩蝶般／飛散　歲月不再復返（席慕蓉〈致流浪者〉）

武陵地處雲霧帶，遠山雄渾卻終年煙霧繚繞，近處反而陽光燦亮。你偏著頭，以目光臨摹山嶽奔馳之姿及岩脈驛動之法，又放眼細數色彩繽紛的濱溪植物，見落葉在風中閒飛，終於隨流水。（簡媜〈水證據〉）

其時朝暾初上，白霧瀰漫，樹梢上煙霧靄靄，極目遠眺，兩邊大路上一個人影也無。（金庸《笑傲江湖・第二十三章》）

抬頭，彎月已過頭頂，霧氣如紗如幕，濃濃地將我整個包圍起來了。（鍾鐵民〈霧幕〉）

那年夏天第一次過拍片人的馬戲團生活，偶然總有流離失所的錯覺。譬如拍特早班的外景戲，霧重惡寒，一群人遊魂一樣，瞌睡擠上遊覽車，顛簸著突然就有淒迷的歌聲漂來，傀儡懸絲一般揪著心。（陳俊志〈流浪楚浮少年路〉）

金門橋的景色，千變萬化，在晴朗的日子裡，抬頭可看見白雲冉冉飄過，穿越紅橋的鋼架，從橋東飄到橋西。這天卻霧靄沉沉，天厚雲低。（鍾曉陽〈哀歌〉）

你的手輕拭我墓石的青苔／也擦去那長年深沉的憂傷／我的小花暗自微笑／欣喜你攜來了陽光／踮起腳的蕈菇與蕨類植物／紛紛撥開霧的蒼茫（陳芳明〈墓前花〉）

彩霞

【粉霞】淡紅的雲霞。霞，指日出或日落時，陽光映照雲層所呈現的光彩。

【彤霞】紅色的雲霞。

【火燒雲】紅色的雲霞。

【紅彤彤】形容顏色極紅。也作「紅通通」。

【紅煌煌】形容紅到發亮的顏色。

【紅豔豔】形容紅到鮮豔奪目。

【絳紅】深紅色。

【緋紅】深紅色。

【斑斕】色彩錯雜燦爛。

【絢麗】燦爛美麗。

【綺麗】鮮豔美麗。

【錦霞】色彩鮮豔的雲霞。

【霞暈】彩霞。另指臉上的紅暈。

【穠豔】豔麗。

【五彩紛披】形容雲霞色彩錯雜繽紛。

【彩霞野紅】雲霞色彩絢麗、火紅。

【餘霞成綺】形容晚霞色彩絢麗，好像錦緞一樣。

【燦若錦繡】雲霞燦爛如鮮明豔麗的織錦刺繡般。

【霞光豔豔】形容雲霞的光彩燦爛耀眼。

【彩緞般的紅霞】像色彩絢麗的緞帶般的紅色雲霞。

【霞光】陽光穿透雲層所映射出的光彩。

【朝霞】太陽升起時映照的雲彩。

【晚霞】日落時的雲霞。

【落霞】晚霞。

【霞蒸】雲霞蒸騰貌。

【殘霞】殘餘的晚霞。

一九一〇年初期的一個黃昏，在日本殖民地台灣北部一寒村的火燒雲，紅煌煌地熱鬧起來了。夕陽照耀橙黃色的鱷魚狀彩雲呈現著鮮艷地明亮，隨著夕陽的遷移，不知不覺地變了茜草色，而逐漸形成老鼠色，村道排行著木麻黃樹和土磚矮矮的民家，也被灰暗色黏滿了。（龍瑛宗〈夜流〉）

萬物都活了起來，緋紅的霞光，將沙漠染成一片溫暖，野荊棘上，竟長著紅豆子似的小漿果，不知名的野鳥，啪啪的在低空飛著。（三毛〈寂地〉）

下班以後，便是黃昏了／偶爾也望一望絢麗的晚霞／卻不再逗留／因為你們仰向阿爸的小臉／透露更多的期待（吳晟〈負荷〉）

我們在黎明的曙色中等待了大約半個鐘頭，才看到旭日露出小小的一角，輝映著朝霞，賽似剛從高爐裡傾瀉出來的鋼水，光芒四射，令人不敢張開眼睛直視，過了一會兒，紅日冉冉上升，光照雲海，五彩紛披，燦若錦繡。那時恰好有一股強勁的山風吹來，雲煙四散，峰巒松石，在彩色的雲海中時隱時現，瞬息萬變，猶如織錦上面的裝飾圖案，每幅都換一個樣式。這樣的影色霞光，我們就是在彩色圖片和彩色電影中也很難看得到的。（黃秋耘〈黃山秋行〉）

即使是在三十年後，開車走過幾百趟也還無法通透，只覺得「九彎十八拐」要從石牌站起算，但數著數著總會忘掉數字，因為山下的蘭陽平原太誘人，無論是在海水正藍的白晝、彩霞野紅的黃昏，或是燈火星亮的夜晚。（羅葉〈像個老朋友〉）

造船廠過去了，煉油廠過去了，他突然在製冰會社前駐足；彩緞般的紅霞裹住運河岸，夕陽餘暉在河面上鋪染，好魔豔的赤紅天地！（陳燁《烈愛真華》）

霓虹

【虹】 雨後天空出現的彩色圓弧形光圈，由外圈到內圈呈現紅、橙、黃、綠、藍、靛、紫七色。是大氣中的水氣受日光照射發生折射或反射作用而形成的，出現在和太陽相對的方向。也作「彩虹」。

【七彩】 七種顏色。多指彩虹所呈現的紅、橙、黃、綠、藍、靛、紫七色。也可形容色彩繁多。

【虹彩】 虹的光彩。

【長虹】 彩虹。另有比喻長拱橋。

【殘虹】 未消盡的彩虹。

【霓】大氣中有時與虹同時出現的彩色圓弧外圈，色彩較虹暗淡不明顯。形成原因與虹相同，只是光線在水珠中的反射比虹多了一次，色彩排列順序與虹相反，紫色在外，紅色在內。也稱「副虹」。

【霓虹】雨後天空的彩色圓弧。外環暗淡較不清楚的是霓，內環鮮麗較明豔的是虹。也有「虹霓」。

遠處如白練一條浮著的，正是長江。這時彩虹一道，掛上了天空。七彩鮮豔，銀海襯底。妙極！妙極了！（徐遲〈黃山記〉）

季風吹著石縫裡的小油菊／魚群洄游，輕唱採鹽之歌／陽光追逐青石街道上的虹彩／小小的廟宇仿如拜占庭修道院（謝昭華〈節日——馬祖北竿島芹壁午後〉）

我向虹起處方向走去，到了一個小小山頭上。過一會兒，殘虹消失到虛無裡去了，祇剩餘一片在變化中的雲影。那條素色的虹霓，若干年來在我心上的形式，重新明明朗朗在我眼前現出。（沈從文《大山裡的人生》）

5 露霜冰雪

露水

【朗潤】明亮、潤澤。

【晶明】明亮。

【珊珊】晶瑩明潔的樣子。

【清露】潔淨的露水。

【瑩瑩】明亮光潔。

【晶亮圓潤】光亮圓滿而潤澤。

【晶瑩剔透】光亮而透明。

【晶瑩渾圓】光亮透明且形體很圓。

【繁露】露水很多。

【溰溰】ㄧ，露水濃厚的樣子。

【湛露】濃厚的露水。

【點點】小而多。

【瀼瀼】ㄖㄤˊ，露濃貌。

【露重霜冷】露水濃厚，霜氣冰寒。

【露華漸濃】露氣漸漸濃厚。

【白露】秋天的露水。

【玉露】秋天清晨晶瑩如玉的露水。

【零露】降落的露水。

【零零】滴落的樣子。

那就是蝶花，後來我才知道，它的學名叫野薑花，長劍般的綠葉、蝶翼似的白蕊全都噙著晶亮圓潤的露珠。（林彧〈蝶花〉）

樹林靜得很，一根針掉下來都可以聽到它的聲音，整個世界像停在這一刻裡，竹葉上排滿了晶瑩渾圓的露珠，有時掉下來，聲音好清脆，滴滴答答的，彷佛好多的手指，不斷地按在不同的琴鍵上，彈奏出一曲充滿田園的美妙音樂。（林佛兒《北回歸線》）

早晨的竹篁裡，初醒的葉尖上點點圓露，輕輕走過，總有一兩個漏了的音符掉在髮上、衣襟。（簡媜〈竹枝詞〉）

我沿著屋後的小徑走向附近的土地公祠；土地公祠就在離我家不到兩百公尺遠的溪畔；祠前有空曠的祠坪，坪邊有一棵百年的老榕，枝葉滿滿覆蓋著祠坪的上空，我坐在祠坪的石階上，感到深秋的夜裡，露重霜冷，把夾克拉鍊拉上，輕輕吹奏起一些哀傷的曲調，〔……〕（吳錦發〈秋菊〉）

夜已深，露華漸濃，侵得人四肢冰冷，我們還盡管絮絮叨叨沒個底兒。（朱天文〈之子于歸〉）

時值八月中秋。是夜銀河耿耿，玉露零零；旌旗不動，刁斗無聲。（明・羅貫中《三國演義・第一〇三回》）（刁斗，古代行軍用具，斗形有柄，白天用來燒飯，晚上用來敲鑼巡更。）

寒霜

【凝結】液體遇冷變成固體。也作氣體因壓力增加或氣溫降低變成液體。

【凝霜】凝結成霜。

【雰雰】ㄈㄣ，霜凝結的樣子。也作雨雪飄落貌。

【皜皜】ㄏㄠˋ，光明潔白的樣子。

【霜寒】寒光閃閃貌。

【冷霜】寒霜。

【冽霜】寒霜。

【霏霜】飛霜；厚霜。

【霜威】寒霜肅殺的威力。

【霜氣】刺骨的寒氣。

【霜豔】霜濃。

【嚴霜】寒霜。

冬日的早晨，我們躡著腳跟去上學，路面已**凝結**了薄薄的霜粉；每一步，腳板也都明白地感覺到泥土飽蓄著**霜氣**的冰冷。（顏崑陽〈故鄉那條黃泥路〉）

那離視線稍遠的柿樹，煞似燒焦了，真真的化成了炭。是啊，那燈籠一般的果實摘去了，又接來**嚴霜**染紅了自己的葉子，濃霧的清晨，溫靄的晚暮，那葉子像一片熾熱的花，老遠就送來一樹呼喚，但大風又折斷了它的細枝，只剩下幾根粗大的枝椏。（郭建英〈秋潮〉）

冰雪

【冰封】被冰雪覆蓋。也有「雪封」。

【封凍】江河湖泊或土地因嚴寒而凍結。

【凍結】凝結。

【冰晶】露水因低溫而結成冰珠。

【結晶】指物質從液態或氣態形成晶體的過程。

【凝凍】凝固凍結。

【淞】水氣遇冷凝結成的冰花。

【冬凌】指冰。

【冰河】結冰的河流。也作「冰川」。

【冰原】高緯度地區的冰層，因終年積雪不消，且占地廣大，宛如一大片平原，故稱之。

【冰雕】此指冰河的冰塊經

過長時間的壓擠，形成各種形狀與多面角度，就像是被雕塑而成的藝術品。本指以冰塊為材料的雕刻作品。

【玉雪】白雪。

【白晳】潔白乾淨。

【珂雪】白雪。

【皎潔】潔白的樣子。

【皚白】雪潔白貌。

【皚皚】潔白的樣子。也有「白皚皚」。

【白茫茫】形容一望無際的白。常用來形容雪、霧、大水等。

【如光點】此形容雪好像會發出光亮的點般。

【碎瓊亂玉】形容雪花潔白散碎。

【茸茸】柔細的樣子。

【細雪】柔細的雪。

【綿密】細密。

【綿軟】柔軟。

【如綿絮】形容雪好像柔軟的綿花般。

【棉花糖似的】此形容雪片與外觀像是一團柔細棉絮的棉花糖相似。

【飛雪】飛散的雪花。

【鵝毛】鵝的羽毛。可形容像鵝毛一樣的飛雪。

【空中撒鹽】形容飄在空中的雪花。

【柳絮飛舞】形容飄在空中的雪花。

【積雪】積聚未融的雪。

【霏霏】雨、雪、煙、雲盛密的樣子。

【雪虐風饕】下大雪，颳大風。形容風雪交加。饕ㄊㄠ，凶惡貪婪。

【鋪天蓋地】形容來勢猛烈，聲勢浩大。此形容積雪遍布。

【雪花】雪。

【六出】雪花。因雪似花瓣分成六片，故稱之。也作「六出花」。

【天花】雪花。也作「天華」。

【雪霰】雪和霰。也偏指雪。亦稱「雪子」。霰ㄒㄧㄢˋ，高空中的水蒸氣遇到冷空氣凝結成的小冰粒，多在下雪前或下雪時出現。

【瑞雪】冬季應時的好雪。因可以殺死害蟲，使作物豐收，多視為豐年的預兆，故稱之。

【凝雨】雪的別稱。因雪為雨凝結而成，故稱之。

【雪線】終年積雪區域的最低高度。雪線的高低與緯度、季節、坡向有關。如赤道附近的雪線比兩極地區的高。

【雪晴】雪止後放晴。

【雪霽】雪止後放晴。也作「霽雪」。

【新霽】雨雪止後放晴。

【殘雪】尚未化盡的雪。

【融化】變成液體。

【消融】融化。

【開河】冰封的江河解凍。

【融解】融化。物體由固體變成液體的過程。

【冰消雪化】冰雪融化。

【雪崩】高山上積雪過多，或融化的雪水在雪層下方滑動，造成積雪崩落的現象。

為了追逐一場想像中溫柔的飛雪，我踏上冰封的東北大地。自大連到旅順，始終是雪霽天晴朗。抵達瀋陽以後，往故宮駛去。（張曼娟〈關雎宮〉）

雪封的山，原像一個耐人思猜的謎語，被一層白色的神祕包裹著。它無言語，它無聲息，它不顯露一點底蘊，只靜靜地坐在那裡，毫不理會我這個不知趣的訪客。（張秀亞〈雪〉）

在南極這樣森嚴無情的自然景觀中，存活著幾千萬隻各式有如卡通動物一般的企鵝，我覺得是南極最有趣的對比。而這些充滿喜感的黑袍小紳士，也為封凍的南極帶來些許熱鬧與歡愉。（羅智成〈南方以南——南極之旅〉）

極冷的時候，冰雪霜風，我裹著厚厚的冬衣，看地表冰晶的翠葉，凋萎在日出日落極大的溫差之中，對不慣霜雪的闊葉植物而言，這真是一種嚴酷的考驗。（凌拂〈深入與遠離〉）

冰河裡的冰結構，已經喪失水的特性，而是接近金屬品的特性。原因是冰河累積的時間太長太長，從數十年至百年、千年的時間，雪在不同時候落下來，經壓縮，擠出空氣，結晶成各種形狀、各種角度的多面型冰雕建築。（洪素麗〈過境鳥〉）

也因此，當巴士一路慢慢的駛向裡磐梯大片白皙的雪地時，那鋪天蓋地的蒼茫雪色，美得使我差些叫出聲來。（陳銘磻〈雪落無聲〉）

人多走路是有趣的，特別是走在皎潔綿軟的雪上。（穆木天〈雪的回憶〉）

鷹崖也是我常去採集的地方，立在岸上，面臨宛地弗克海峽，海峽彼岸是奧林匹克山脈，山頂終年積雪，白皚皚的山峰，山峰上層層的雪，我曾坐在鷹崖的石頭上，做過很多夢。（賈福相〈我不認識海〉）

雪如綿絮，又如光點，在光影交織下，消散無蹤，只在地面上留些殘白與溼漬。（黃光男〈東京初雪〉）

檐陰裡有未遭人跡的茸茸厚雪，我湊近去，食指摸摸，並不綿密，仔細瞧瞧，並不乾淨，塵灰一顆顆自白色背景裡凸顯而出，黑芝麻撒上了白米飯一般。（王盛弘〈雪的可能〉）

這時鵝毛細雪又飄了下來，能見度非常低，山道很窄，一個不慎，就會失足掉入山谷中，你一再提醒我要小心。強風夾著細雪迎面吹來，走一步差點退兩步，不由得想起小時候讀過的納爾遜雪中上學的故事。（林滿秋〈跌入溪谷〉）

開學後不久，一天下午忽然飄起了雪片。那棉花糖似的雪片，靜靜地落下，又靜靜地融化。（夏菁〈落磯山下〉）

雪，是越下得大越好，只要是不成災。雨雪霏霏，像空中撒鹽，像柳絮飛舞，緩緩然下，真是有趣，沒有人不喜歡。有人喜雨，有人苦雨，不曾聽說誰厭惡雪。（梁實秋〈雪〉）

6 氣候

乾燥

【乾爽】乾燥、清爽。

【枯燥】乾枯；乾燥。

【天乾物燥】物體以及空氣中的水分含量少，因而呈現乾燥的狀態。

【燥熱】氣候乾燥炎熱。

【乾烈】乾燥、熾熱。

【枯旱】乾旱。

【乾旱】土壤或氣候太過於乾燥。

【乾枯】水一點也不剩。也可形容草木缺水而枯黃。

【渴旱】乾旱。

【苦旱】非常乾旱。

【天旱】長久不雨的天氣。

【久旱不雨】長久乾旱不下雨。

【乾坼】乾裂。坼ㄔㄜˋ，裂開。

【乾裂】因乾燥而裂開。

而苦旱的面積繼續擴大／災情逐漸蔓延／休耕限電不足懼／可怕的是／我家的水管／已數日乾枯無水／那進口的閃亮水龍頭／裝飾著／空寂的廚房／毫無用武之地（彭選賢〈苦旱〉）

大雨來得正是時候，八月底，急水溪拖走了少少幾隻鴨，一小片地瓜田，倒是滋潤了嘉南平原上渴旱已久的稻畝。（阿盛〈急水溪事件〉）

連著幾星期的久旱不雨，球場上的土乾裂著，草也焦萎著，有些細細的塵沙，讓人錯覺是大地烘烤出來的煙氣。（小野〈封殺〉）

潮溼

【微濡】稍微潮溼。濡ㄖㄨˊ。

【浥浥】溼潤的樣子。浥ㄧˋ，通「裛」字。

【滋潤】溼潤；不乾燥。

【溼冷】潮溼寒冷。

【溼濡】潮溼。也作「濡溼」。

【潮潤】潮溼；溼潤。也有「潮潤潤」。

【潤澤】滋潤；不乾枯。

【飽和】泛指事物達到的最高限度。

【蒸騰】熱氣上升。

【潮氣】空氣水分含量。

【陰溼】陰暗、潮溼。

【悶溼】悶熱、潮溼。

【悶熱】溼熱悶人。

【湫溼】低窪、潮溼。湫ㄐㄧㄠˇ。

【發霉】東西受潮後，表面滋生出霉菌。

【溼熱】潮溼、悶熱。

【暖溼】和暖、潮溼。

【溽暑】夏季潮溼悶熱的氣候。溽ㄖㄨˋ。

【溽蒸】溼熱。

【溽熱】潮溼而悶熱。

【蒸悶】悶熱。

【膠著】黏住。也可比喻相持不下或工作無法順利進行。

【膠凝】黏合凝結。可形容悶熱、空氣不流通。

【霉溼】受潮溼而發霉。

【歷沴】因長時間下雨而潮溼、發霉的情況。沴ㄌㄧˋ。

【黏稠】形容空氣潮溼到發黏的樣子。

【溼漉漉】非常潮溼的樣子。也有「溼答答」、「溼澾澾」。澾ㄊㄚˋ。

【黏答答】溼溼黏黏的樣子。也有「黏涎答答」。答答，液體滴落的聲音。

【黏膩膩】形容非常溼黏、含水分過多的樣子。

【悶悶黏黏】悶熱又溼黏的樣子。

【像是蒸籠】形容空氣又悶又熱，就像置身在蒸籠中。

寒氣讓人清醒，多年來總是在最冷的冬日離開台灣，去更冷的地方，憑空蒸發。台灣黏稠的溼冷令人厭倦，像剪不斷的人際網路，逼人逃離。（鍾怡雯〈夜色漸涼〉）

三貂角在漸去漸遠的茫霧遠方，充滿溼濡、鹹味的空氣像一隻堅硬、稜角稜線的拳頭，猛力壓迫著已然崩潰的腹間，手腳些微痙攣，眼皮痠疼得不由然咬緊牙齦……看著墨色的茫茫大海，忽然有種強烈自毀的衝動。（林文義〈三貂角以北〉）

當森林中的溼氣達到飽和時，過多的水分會自然流失，緩緩由莖葉、根系、腐植層中泌出，集聚成小水流，進入溪溝之中。（王家祥〈候鳥旅館〉）

在經過一個個熱氣蒸騰，燠悶炙人的夏天，被一曲又一曲男聲女聲牽引，走入一處處分不清日與夜的地方，我好像體質變得更為堅強，〔……〕（楊索〈熱與塵〉）

雖然是高山一重重裹繞著的城市，春天，好象空襲的敵機，毫無阻礙地進來了。說來可憐，這乾枯的山地，不宜繁花密柳；春天到了，也沒個寄寓處。祇憑一個陰溼蒸悶的上元節，緊跟著這幾天的好太陽，在山城裡釀成一片春光。（錢鍾書〈紀念〉）

因為那面神祕之門斑馬牆，彷彿阿拉丁的芝麻開門，讓通過這道門的人都會不自覺的留下了部分的靈魂。直到現在還分不清是真實還是虛幻，就像熱帶氣候又悶溼又膠著，怎麼也釐不清溼與熱的比例。（江秀真〈赤道上的雪山〉）

林中非常潮溼、悶熱，一點最輕微的風也沒有，簡直像是蒸籠，而這正是自然學家稱的「大自然的溫室」。它蒸得我汗如雨下，衣衫盡為汗水溼透，也使我大量地喪失體內的水分，〔……〕（徐仁修〈未知的叢林〉）

這一段日子潮溼得很。幾乎每天晚上睡覺蓋被保暖的人，都變成烘焙棉被的人炭。因為那溼冷又重的被子一蓋上去，人自然就縮成一團。等到覺得暖和舒適，天正好也亮了。除此之外，村子裡很多東西也都發霉。像接近地面的桌腳板凳腳，豬圈的樑柱都長了菇菌，像一把一把撐開的小傘。（黃春明〈銀鬢上的春天〉）

初秋的澤西城和紐約一樣，白日晴空萬里，太陽白花花的在赫德遜河上閃閃爍爍，溽熱便如潮水般的一波一波湧了過來，一早便把澤西城給吞噬了。（潘貴昌〈鄉關〉）

夜空的一角，一團肥圓的大月亮，低低浮在椰樹頂上，昏紅昏的，好像一隻發著猩紅熱的大肉球，帶著血絲。四周沒有一點風，樹林子黑魆魆，一棵棵靜立在那裡。空氣又熱又悶，膠凝了起來一般。（白先勇《孽子》）

最近，台北老是下雨，我坐在窗檯前，收拾床底下的雜物時，撿出一本兩年前的舊筆記本，封面有老鼠咬嚙的痕跡，隨手翻翻，除了撒落幾粒塊狀的老鼠屎外，還散出一股衝鼻的霉溼，這股霉溼味使我中輟下翻閱的動作。（平路〈玉米田之死〉）

陰天

【晻】ㄢˇ，陰暗。

【闇】陰暗。通「暗」字。

【輕陰】天色微陰。

【陰晦】天氣陰沉、晦暗。

【重陰】雲層密布的陰天。

【陰沉】天色陰暗，雲層厚重。也有「陰沉沉」。

【陰霾】形容天氣陰沉、晦暗。

【晦昧】天色陰沉、昏暗。

【曚曨】天氣陰暗不明的樣子。曚ㄨㄥˇ。

【陰灰灰】形容天氣陰沉、灰暗的樣子。

【陰慘慘】陰森貌。

【烏雲密布】黑雲布滿天空，天氣陰霾。

【沉陰】天氣久不放晴。

【變天】天氣由晴轉陰。

【變陰】天氣由晴轉為陰暗欲雨的樣子。

【鬧天氣】變天。通常指天氣忽晴忽雨。也作「鬧天兒」。

【陰晴不定】天氣不穩定。

出門便聽見濤聲，新雨初過，天上還是輕陰。曲折平坦的大道，直斜到山下，既跑了就不能停足，祇身不由己的往下走。（冰心〈父親的「野」孩子〉）

晨起陰晦，微風小有春寒；在羅素廣場車站前購日報數份，回旅次喝咖啡讀報：新聞沉悶，社評清新，副刊一塵不染，大報書評版大致可觀。（董橋〈英倫日誌半葉〉）

我到烏江的發源地草海邊上去，那天陰沉沉的，好冷，海子邊上有一幢新蓋的小樓，是剛設立的自然保護區管理處，屋基用石塊砌得很高，獨立在這一大片泥沼地上。（高行健《靈山》）

自隨波潮輕晃的甲板步下梯口，站在碼頭上，抬頭纔發現面前群山訇訇向我逼來，滿天陰霾靜靜向遠處推廓而去。（林耀德〈海〉）

晴天

【好天】晴朗宜人的天氣。

【晴和】天氣晴朗，氣候溫和。也有「風日晴和」。

【晴朗】天氣清朗無雲，陽光普照沒有雲霧。

【妍暖】晴朗暖和。

【暉暉】晴朗的樣子。

【響晴】晴朗高爽。

【天清氣朗】天候狀況良好，晴朗清新。

【風恬日朗】沒有風，天氣晴朗。

【朗朗雲天】天空晴明。

【晴空萬里】晴朗的天空，萬里無雲。

【響天大日】天氣晴朗。

沒有聽見房東家的狗的聲音。現在園子裡非常靜。那棵不知名的五瓣的白色小花仍然寂寞地開著。陽光照在松枝和盆中的花樹上，給那些綠葉塗上金黃色。天是晴朗的，我不用抬起眼睛就知道頭上是晴空萬里。（巴金〈靜寂的園子〉）

對於一個在北平住慣的人，像我，冬天要是不刮大風，便覺得是奇蹟；濟南的冬天是沒有風聲的。對於一個剛由倫敦回來的人，像我，冬天要能看得見日光，便覺得是怪事；濟南的冬天是響晴的。（老舍〈濟南的冬天〉）

寒冷

【微涼】帶有略微涼意。

【嫩涼】天氣初涼。

【涼絲絲】形容天氣稍涼。

【涼爽】清涼舒爽。

【清冷】清涼而略帶寒意。

【清涼】涼爽。

【爽颯】涼爽；涼意。也有「颯爽」。

【蔭涼】因物遮蔽而感到涼爽。

【涼森森】清涼貌。

【沁寒】透出寒意。

【冰涼】很涼。

【冷冽】寒冷。

【冷峭】寒氣逼人。也有「峭冷」、「寒峭」。

【冽冽】寒冷貌。

【哆嗦】因天氣寒冷或害怕而身體顫抖。

【荒冷】荒涼又寒冷。

【陰冷】氣候陰沉、寒冷。

【陰寒】天陰而寒冷。

【森冷】形容陰森寒氣。

【森然】陰森寒冷。

【森薄】陰涼逼人。

【瑟爽】寒涼清爽。

【瑟瑟】寒涼貌。

【溘溘】ㄎㄜˋ，寒冷的樣子。

【寒浸浸】寒冷。

【刺骨】形容非常寒冷。

【砭骨】直鑽入骨子裡。形容非常寒冷。也可比喻非常痛苦。砭ㄅㄧㄢ。

【透骨】透澈入骨。可形容很冷。也可比喻極為深切。也有「徹骨」。

【酷寒】天氣極冷。也有「酷冷」。

【慘慄】酷寒。

【凜冽】寒冷刺骨。

【凜寒】寒冷。

【凜凜】寒冷。也有具有威嚴而使人敬畏的樣子之意。

【凝寒】嚴寒，非常寒冷。

【嚴寒】特別寒冷。亦有「嚴冷」。

【冷丁丁】非常寒涼。也作「冷冰冰」。

【冷霜霜】形容極為寒冷。

【針尖似地刺著】形容冷風像細微的針一樣扎人。

脫下疲倦的高跟鞋／赤足踩上地球花園的小台階／我的夢想不在巴黎　東京或紐約／我和我的孤獨／約在微涼的　微涼的九月（陳克華〈九月的高跟鞋〉）

這季節的維也納一片空濛。陽光還沒有除淨殘雪，綠色顯得分外吝嗇。我在多瑙河邊散步，從河口那邊吹來涼絲絲的風，偶爾會感到一點春的氣息。（馮驥才〈維也納春天的三個畫面〉）

這是夏天，氣溫約十七、八度，十分爽颯，野外踏行整天回來而不能洗澡感到痛苦。（雷驤〈沐浴綺譚〉）

屋外霧濃，寒氣冷冽，我決定出門買杯咖啡喝。每天穿衣脫衣，每天穿鞋脫鞋，出門進門，連生活在他鄉的新奇，都無法挽救生活無可奈何地必然墜向無聊的流沙。（鍾文音〈我恰巧厭倦了旅行〉）

由於沒有了樹林的遮擋，風稍大了，夾著凌晨近四時的森冷寒氣，從難以辨認的方向綿綿襲滲而來。（陳列〈玉山去來〉）

一個十二月的清晨，天色陰霾，空氣冷峭，寒風陣陣的吹掠著。（白先勇〈國葬〉）

他們穿過了大路，走到野地裡，外面的陽光這樣的明亮，使他們覺得很詫異，那陽光雖然溫暖，一陣秋風吹上身來，卻又寒浸浸的。（張愛玲《赤地之戀》）

悲慘的一九四八年整個過去了。一九四九年一月二十七日，除夕的前一夜，冷得刺骨，天剛黑，太平輪駛出了黃浦港。（龍應台〈大出走〉）

北風根根針尖似地刺著施老伯的喉頭，他忙著把藍棉襖的領口扣上。（鍾玲〈永遠不許你丟掉它〉）

溫暖

【回暖】天氣由冷轉暖和。

【乍暖還寒】形容氣候忽冷忽熱，冷熱不定。也有「乍暖還涼」。

【和暖】天氣溫暖。

【和暢】和暖舒暢。

【和煦】和暖的樣子。

【溫宜】溫暖宜人。

【溫煦】和暖。

【溫潤】溫和溼潤。

【溫暾】和暖而不熱。也有「暖暾」。

【煦煦】暖和。

【煦暖】溫暖。

【熙和】暖和。

【熏暖】暖和。

【融融】和暖的樣子。

【暖洋洋】溫暖、舒適。

【暖烘烘】溫暖的樣子。也作「暖融融」、「暖溶溶」。

【風和日暖】 微風和暢，日光溫暖。

【火毒】 形容酷熱。

【炙熱】 炎熱。

【暍暍】 ㄏㄜˋ，極熱。

【蒸熱】 炎熱。

【酷熱】 炎熱；極熱。

【熱浪】 熱的幅射如波浪般湧來。形容天氣炎熱。

【暵赫】 暑氣炎熱逼人。

【熾熱】 很熱；酷熱。

【燠熱】 炎熱。燠ㄩˋ。

【爍爍】 酷熱貌。

【鬱蒸】 盛熱。

【鬱燠】 炎熱。

【火燒火燎】 形容天氣非常酷熱。燎ㄌㄧㄠˋ。

【流金鑠石】 形容天氣非常炎熱，彷彿能把金、石鎔化。鑠ㄕㄨㄛˋ，鎔化。

【焦金流石】 將金屬或石頭燒焦、鎔化。形容天氣極度乾旱炎熱。也作「焦金流石」、「焦金爍石」。

【像鍋爐一樣】 形容天氣非常炎熱。

然而古人食艾，非僅為其綠意香氣，更因為它能袪毒鎮邪，去瘟避疫，防範換季時乍暖還寒，忽溼忽乾，令人失調生病的各種「邪症」。（蔡珠兒〈艾之味〉）

我站在約莫是從前六號的遺址。定神凝睇，覺得那粗糙的水泥牆柱之間，當有一間樸實的木屋書齋；又定神凝睇，覺得那木屋書齋之中，當有兩位可敬的師長晤談。於是，我彷彿聽到他們的談笑親切，而且彷彿也感受到春陽煦暖了。（林文月〈溫州街到溫州街〉）

搬到這房子天天躺在床上呻吟，其時還是夏末秋初，天氣蒸熱，房間到了下午嚴重西曬，我感到身體日漸朽壞乾枯，如同這個行將朽壞乾枯的老屋。（周芬伶〈蘭花辭〉）

有人說法國的今夏曾熱浪襲人，於是伸手測溫，不覺有異，莫非天象已過生死鏈，只在石城上，那偶見索索相繫的電線，穿梭在歲月與人情的煎熬上。（黃光男〈馬賽組曲〉）

颱風來臨之前，天氣總是特別熱，熱到鳥都飛不起來的燠熱。黃昏時候，天空一片燒紅。（鄭麗卿〈迷途的鴿子〉）

三 地貌

1 土地

幅員廣大

【汜博】廣大。
【壯闊】雄壯寬廣。也有雄偉而壯觀之意。
【芒芒】廣大的樣子。
【空廓】空廣、寬闊。
【空曠】開闊。
【恢廓】廣大。
【旁魄】廣大宏偉。亦作「旁薄」、「傍薄」。
【訏訏】廣大。
【莽蕩】遼闊無際。
【無垠】遼遠而無邊際。

【無限】沒有盡頭。
【無竟】沒有邊際，沒有窮盡。
【開曠】開闊、空曠。
【博大】廣大。
【滂浩】廣大的樣子。
【溟漭】廣大無際。
【溥博】廣大周遍。
【廓落】廣大遼闊的樣子。
【漭瀁】廣大貌。瀁ㄧㄤˋ。
【廣袤】廣闊。廣，東西向。袤ㄇㄠˋ，南北向。

【廣遠】廣闊、遼遠。
【廣漠】廣大、空曠。
【敻遼】廣闊、遙遠。也作「遼敻」。
【駘蕩】廣大。另有形容春日景色舒放之意。駘ㄉㄞˋ。
【蕩蕩】廣大。
【薄薄】廣大貌。
【藐藐】廣大。
【曠遠】遼闊貌。
【曠曠】廣大貌。
【天高地闊】天地廣大遼闊。

【天覆地載】指天地範圍極為廣大。
【橫無際涯】廣大而沒有邊際。
【垓】荒遠之地。
【八方】東、南、西、北、東南、西南、東北、西北八個方向。泛指各方。
【八極】八方極遠之地。
【八埏】八方邊遠之地。
【九垓】中央至八極之地。

【垓埏】指至遠之地。
【方州】指大地。
【后土】對大地的尊稱。
【浩壤】廣大的土地。
【輿地】指土地。
【幕天席地】以天為幕，以地為席。也可比喻胸襟高曠開朗，不拘行跡。

這是一塊鹹土地，一鼇一畦的鹽田圍拱小村三面，站在村子口的廟堂往無垠的四周眺望，鹽田一方格一方格綿延到遠方與灰綠的樹林共天色。（蔡素芬《鹽田兒女》）

我們雙手接過，達娜說，這是蒙古傳統習俗，即將出遠門的遊子喝下一碗熱騰騰的新茶，就一定能夠克服萬難，平安歸來。我們端起碗一飲而盡，熱淚盈眶，相信自己一定會再會到這片藍色長空之下的廣袤大地！（杜蘊慈〈草原上的歡聚——那慕達〉）

廣漠曠遠的八百里秦川，只有這秦腔，也只能有這秦腔，八百里秦川的勞作農民只有也只能有這秦腔使他們喜怒哀樂。秦人自古是大苦大樂的民眾，他們的家鄉交響樂除了大喊大叫的秦腔還能有別的嗎？（賈平凹〈秦腔〉）（秦川，指陝西、甘肅的秦嶺以北平原一帶。）

不再流浪了　我不願做空間的歌者，／寧願是時間的石人。／然而，我又是宇宙的遊子，／地球你不需留我。／這土地我一方來，／將八方離去。（鄭愁予〈偈〉）

從千古到萬古／從東方以東　西方以西到八極之極／然而那其實是多麼不情願的藏匿／多麼不應該的隱祕（扎西拉姆・多多〈從此我是你的赤子〉）

地方狹小

【片席】一張坐席。比喻狹小。

【咫尺】形容地方狹小。

【迫窄】狹窄；狹隘。

【偪促】空間狹小。另有不安適或器量狹小之意。

【狹隘】寬度窄小。

【狹仄】狹窄。

【彈丸】比喻地方狹小。

【褊小】土地狹小。褊ㄅㄧㄢˇ。

【褊狹】土地狹小。另有心胸狹小之意。

【蕞爾】形容很小。蕞ㄗㄨㄟˋ。

【地狹人稠】土地窄小，人口稠密。

【一方】一邊；一處。

【畸零地】土地零散、不規則或面積狹小。

【一隅之地】地域狹小。

【盈尺之地】比喻極小的地方。

【置錐之地】比喻極小的地方。亦作「立錐之地」。

香港是東方的珍珠，我到現在仍認為它是不愧如此被稱呼的。了不起的中國人，彈丸之地發展得如此繁華。（三毛〈赴歐旅途見聞錄〉）

不錯，做為一個多黨制及議會制國家，新加坡從建國迄今，人民行動黨已經在新加坡連續執政三十七年，的確罕見。可是，如果一個政黨能長期造福人民，使蕞爾小國蛻變為富國強邦，又有什麼理由要去「輪替」她呢？（鄭明娳〈小國翻身成強邦〉）

臺灣地狹人稠，高溫而又潮溼，夏秋颱風頻繁。臺北食衣住行的生活指數，據報紙上公開報導，已高居全世界第三位。〔……〕但是如果人人無視自己的責任，只想偷懶，挑一個進步美好的社會去「寄生」，都去選擇臺灣以外的那些先進國家，臺灣這個地方就永遠無有希望了。（韓韓〈回來一年〉）

來自台北的年輕女老師在這畸零地荒島上頗為突出，她們不僅是島上稀有的都會年輕女子，也是島上少有的知識分子。（鄭鴻生〈夏末誘惑〉）

土壤肥沃

【堉】肥沃的土壤。

【沃土】肥美的土地。

【沃腴】肥美。

【沃然】肥美貌。

【沃實】土地肥沃，物產豐盛。

【沃饒】土地肥潤、豐厚。亦作「饒沃」。

【沃疇】肥沃的田地。

【肥美】肥沃、美好。

【肥饒】肥沃、富饒。

【美田】肥沃的田地。

【息土】指平坦肥沃，能自生自長，永不耗減的土壤。亦稱「息壤」。

【溼地】富含土壤水分的土地。因蘊含豐富的物種，成為水生、兩棲、爬蟲以及鳥類喜愛的生活環境。

【奧壤】肥沃的土壤。

【膏腴】肥沃。

【膏壤】肥沃的土地。

【豐沃】肥沃。也可指肥沃的土地。

【豐美】豐富、茂美。

【豐腴】土地豐饒。另有體態豐滿之意。

【豐饒】豐足、充實。

【沃野千里】形容肥沃的土地極為廣闊。

你看到農村中的青年技術員在改變土壤的場面嗎？有時他們把幾千年未曾見過天日的沃土底下的礫土都翻動了，或者深夜焚起篝火燒土，要使一處處的土地都變得膏腴起來。（秦牧〈土地〉）

不禁令我懷念起太湖邊的洞庭西山，即使農家小館所吃一盤白切土雞、一條蒸白魚、一碟雪菜炒銀魚，再加三數盤蔬菜如此所費一百多元人民幣的每餐所吃，其風格何其不同。西山為江南豐美地不說，便是廣西桂林這土瘠人貧之地，所吃亦甚好。（舒國治〈京都之吃〉）

江南的地質豐腴而潤澤，所以含得住熱氣，養得住植物；因而長江一帶，蘆花可以到冬至而不敗，紅葉亦有時候會保持得三個月以上的生命。（郁達夫〈江南的冬景〉）

土地貧瘠

【土瘠】土地貧瘠。

【乏地】瘠薄的土地。

【赤地】災荒後的不毛之地。

【赤貧】此指土地貧瘠。也作貧窮到一無所有。

【荒瘠】荒蕪、不肥沃。

【荒廢】荒蕪不用。

【荒蕪】土地因無人管理而雜草叢生。

【瘦瘠】土壤貧瘠。

【瘠薄】土地缺乏養分而不肥沃。

【蕪穢】土地荒廢，雜草叢生。

【磽禿】貧瘠多石，不生草木之地。磽ㄑㄧㄠ，地堅硬不肥沃。

【磽确】土地堅硬、瘠薄。确ㄑㄩㄝˋ，通「埆」字。

【磽瘠】土地不肥沃。

【磽薄】土地堅硬、不肥沃。

【醜地】貧瘠的土地。

【潟土】草木不生的鹹地。

【礫土】土地堅硬。礫，小石、碎石。

【不食之地】不宜耕種或開墾的土地。

【地磽土薄】土地堅硬、貧瘠。

【赤地千里】形容災荒後廣大土地寸草不生、人煙荒涼的景象。

【掏空】耗盡；竭盡。

【耗竭】消耗完。

【耗盡】消耗、淨盡。

百年來，恆春人在赤貧的這塊土地上奮鬥，這些拓荒者從來沒有想到在披荊斬棘的時候，要保留一部分森林，當時森林是他們的大敵，農業才是目標，〔……〕（心岱〈美麗新世界〉）

渭河北岸的故鄉，地土瘠薄，生活一向很是簡樸。（和谷〈遊子吟〉）

香港雖是地磽土薄的蕞爾小島，但植物種類卻相當豐富，〔……〕（蔡珠兒〈紫荊與香木〉）

黃河流域文化的衰落，兩河流域文明古國的滅亡，皆可說明一個事實，從荒野的墾伐殆盡，水土流失，生態平衡破壞，以致影響農業生產，良田變劣田，土地耗竭，最後文明衰亡。（王家祥〈文明荒野〉）

地勢

【形便】地理形勢便利。

【形勝】地理位置優越。或指險要之地。

【低窪】地勢凹陷。

【汙庳】低窪、凹下。庳ㄅㄟˋ。

【低凹】低下、凹陷。

【坑坎】窪地；坑穴。

【卑下】低窪；低矮。

【卑溼】地勢低下、潮溼。

【窊下】低陷；低窪。窊ㄨㄚ。

【窊涹】低下不平。涹ㄜˋ。

【湫凹】低窪。

【甌臾】甌、臾原義瓦器；多比喻低窪不平的地面。

【平展】平坦、寬敞。

【平緩】地勢或水流平穩緩慢。

【坦緩】地勢平坦，坡度較小。

【廣衍】博大而低平之地。

【地平線】向水平方向望去，天和地交界的線。

【高平】高而平。

【高敞】高大、寬敞。

【海拔】指陸地或山岳高出海平面的高度。

【墳起】凸起、高起。

【臺地】地勢高度在數百公尺以下，邊緣為陡坡的寬敞平坦的高地。

【陡峻】地勢高而陡。

【擎天】托住天。比喻高大有力。

【居高臨下】處在高處，俯臨下方。多形容處於有利的地位。

【高屋建瓴】指從高處往下傾倒瓶中的水。比喻居高臨下的形勢。瓴ㄌㄧㄥˊ，盛水的瓶子。

【險要】地勢險阻的重要地點。

【險隘】地勢險要的關口。

【咽領】咽喉和頸部。比喻地勢險要的地方。

【衿喉】衣領和咽喉。比喻關鍵、險要之處。

【隘險】地勢險要。

【山河襟帶】比喻山河地勢險要，如同人衣服上的襟帶。

【咽喉之地】比喻地勢險要，就像咽喉是人十分要害的地方。也作「咽喉要路」、「咽喉要地」。

【表裡山河】有山河天險作為屏障。形容地勢險要。

【龍盤虎踞】像龍盤繞，像虎蹲踞。形容地勢險要。亦作「龍蟠虎踞」、「虎踞龍盤」。

【天險】天然地勢險峻的地方

【天阻】天險；地勢險峻。

【凶險】地勢危險。

【奇險】非常險要。

【幽險】幽遠、險阻。

【絕地】極險惡之地。

【險惡】險阻、惡劣。

【鎖鑰】比喻險要之地或事物的關鍵。

【地窄路險】形容地勢的艱險。

天龍寺在大理城外點蒼山中岳峰之北，正式寺名叫作崇聖寺，但大理百姓叫慣了，都稱之為天龍寺，背負蒼山，面臨洱水，極佔形勝。（金庸《天龍八部・第十回》）

群雄魚貫入內，地道掘得甚深，杭州地勢卑溼，地道中水深及踝，等到鑽過大石時，泥水更一直浸到胸前，走了數十丈，已到盡頭。（金庸《書劍江山・第十回》）

海拔逐漸提高，我們已接近冰河源。源頭三面環繞冰峰，好像一只巨大的冰碗，反射出的炫目白光令人無法正視，這裡是崑吉山脈的山脊，阿克蘇冰河就是由這萬年不融的冰雪堆積擠壓而成。（杜蘊慈〈登上四千一百公尺〉）

據說回疆邊外，有地名帕米爾，山勢回環，發脈蔥嶺，雖土多磽薄，無著名部落，然高原綿亙，有居高臨下之勢，西接俄疆，南鄰英屬阿富汗，東、中兩路則服中國。（曾樸《孽海花・第二十回》）

這山海關，就聳立在這萬里長城的脖頸之上，高峰滄海的山水之間，進出錦西走廊的咽喉之地，這形勢的險要，正如古人所說：兩京鎖鑰無雙地，萬里長城第一關。（峻青〈雄關賦〉）

謖大笑曰：「汝真女子之見！兵法云：『憑高視下，勢如劈竹。』若魏兵到來，吾教他片甲不回！」平曰：「吾累隨丞相經陣，每到之處，丞相盡意指教。今觀此山，乃絕地也：若魏兵斷我汲水之道，軍士不戰自亂矣。」（明・羅貫中《三國演義・第九十五回》）

地震

【地坼】地面崩裂。
【地動】地震。
【坼裂】裂開。
【推擠】此指可移動的地殼板塊因受海底擴張推力的影響而相互擠壓，擠壓時會產生地震等現象。板塊就是構成地球的外殼岩層。
【掀裂】掀翻裂開。
【碎裂】破碎。
【震動】受到外力影響而搖動。

【震盪】震動、擺盪。
【餘震】主要地震發生後，緊接發生的一連串規模較小的地震。也作「後震」。
【撼動】搖動；震動。
【翻攪】上下、來回攪動。此形容地震時地層的翻動。
【斷層】由於地殼變動而斷裂，並沿著斷裂面發生相對位移的地層。
【擺盪】搖擺、晃動。
【顛簸】忽上忽下的震盪、搖動。

【騰躍】向上升起。
【天搖地動】形容震動的非常厲害。
【天崩地裂】形容巨大的聲音。也有「天崩地坼」。
【地牛翻身】俗稱地震。也作「地牛發威」。
【地殼變動】地球的表層，因地球內部作用力的影響所造成地殼結構的改變。也作「地殼運動」或「地殼改造運動」。其可以引起岩石圈的演變，也可以導致地震、火山爆發等。

【地龍翻身】此形容發生地震。地龍，本意指的是地上的龍或蚯蚓。
【轟然垮下】形容物體隨著巨大聲響之後倒塌下來。
【夷為平地】形容徹底的摧毀。

在那些人類還來不及參與的歲月裡，一座座火山噴濺出遮蔽天空的灰燼，大陸和大陸互相推擠，閃電、鳴雷、洪水和宏偉的地殼改造運動，億萬種類的族群分分秒秒向衰亡接近，又有億萬新生的品種在冰雪、沙漠、莽原、叢林或者肥沃的沖積三角洲中不斷誕生。（林耀德〈魚夢〉）

花蓮就在中央山脈與海洋的環抱中繼續安詳地沉睡著，墜入另一場夢境的深處，渾然不知翻過山的那一邊，堅硬底地層如何被翻攪上來，掀裂，成千上萬的人就在黑暗中驚惶的哀嚎起來，正當我們悠悠

駛過馬路，航行於東岸靜謐的小城。（郝譽翔〈那年夏天最寧靜的海〉）

上一個世紀的最後一年，「九二一大地震」地龍翻身，牠的頭部正好從烏石坑騰躍而起，或許是族民柔軟的心志安撫了碎裂的山岩，或許是土地公憐憫苦難的命運，幾年之後，滿山遍植了日本甜柿，甜度與硬脆媲美隔座山甜柿專業區的摩天嶺，〔……〕（瓦歷斯・諾幹〈烏石柔軟〉）

阿姨目睹著眼前這一切，突然有一種極大的、極不可置信的震動——才不過是她搜尋老夫婦的短短幾秒時間，原先還置身其中的那座實在建築便這麼嘩嘩夷為平地——灰濛的塵土自瓦礫堆中紛飛盤旋而起，凌擾的煙霧超現實畫派似地迴轉成一圈一圈。（張耀仁〈大旅社〉）

對那些餘震的感應是一種天人交涉的經驗，使我真正發覺蒼茫不可辨識的太空之外，顯然存在著一個（或者多個）超凡的神。大地震雖然停止了，在那以後半個月裡，這濱海的小城持續地擺盪著，顛簸著。（楊牧〈詩的端倪〉）

據聞，在一道強烈的藍光，沿著斷層帶迅猛地穿越過來之後，瞬時間，屋毀橋斷，竟連堅如石壁的水壩，也在強烈的撼動中轟然垮下。（鍾喬〈飛到天空去旅行〉）

大地無聲

【死靜】異常寂靜。
【安謐】安定、平靜。
【岑寂】寂靜。
【沉寂】寂靜。
【沉靜】寂靜；沒有動靜。
【幽寂】清幽、寂靜。
【悄然】寂靜無聲的樣子。
【寂寂】寂靜無聲貌。
【寂然】沉靜無聲的樣子。
【寂靜】安靜無聲。
【寥寂】寂靜無聲。
【寧謐】寧靜。謐ㄇㄧˋ。
【靜美】寧靜、優美。
【靜謐】安靜。
【凝靜】寧靜；寂靜。
【闃然】靜無人聲。闃ㄑㄩˋ。

【闃寂】寂靜無聲。
【闃靜】寂靜。
【闃黯】寂靜而昏暗。
【靜落落】靜謐、冷清的樣子。
【悄悄冥冥】靜寂的樣子。
【渺無聲息】沒有任何的聲音。
【萬籟俱寂】萬物無聲，一片寂靜。
【鴉雀無聲】形容非常寂靜。
【寂若死灰】寂靜無聲如同燃燒後的灰燼。形容非常寂靜。

我寄情山水，自然不慕榮利，讀書與爬山一般，致心其中，渾然忘我。我愛山之靜中有動，它靜得那麼安謐，動得那麼和諧。（王昶雄〈身在此山中〉）

松林裡的雨夜，格外沉靜，溫泉水煙貼伏著坡地，如湖波緩緩湧去，五里外的小鎮燈火，在松針稀疏處閃爍；我不曾見過這般靜美的景象，凝視中，彷彿信手掀開落地帷幕；原以為舞臺上空無一物，誰知布景早已妥當；一時仍不相信，只有失措張望。（李潼〈瑞穗的靜夜〉）

我躺在枕上，睜開雙眼，望著灰濛濛天光從窗簾的縫隙依稀流入，流到我的指尖。就在這一個光明與黑暗交相滲透的曖昧時刻，四周悄然無聲，生存這一件事卻變得非常不可靠起來。（郝譽翔〈追憶逝水空間〉）

你步行牽著單車，讓感官嘗試去習慣深山黑暗的長度，所有生靈彷彿都寂滅了，然而，四周卻傳來各種奇異的聲響，潛伏著騷亂和躁動，你的呼吸，草的窸窣，林木間的開闔，黑暗把這一切都增強，放大，甚至那汗水滴落，脈搏顫動的回音。原來寂靜的世界裡，竟有那麼多不為人知的喧嘩。（謝旺霖〈梅里雪山前的失足〉）

流動的光輝之中，一切都失了正色：松林是一片濃黑的，天空是瑩白的，無邊的雪地，竟是淺藍色的

了。這三色襯成的宇宙，充滿了凝靜，超逸與莊嚴；（……）（冰心〈往事〉）

匆匆我已邁入中年，午夜夢迴，四壁闃然，唯時聞誦經聲如絲如縷，穿牆而來。我常凝神諦聽，若有還無，乃知那是父親的魂魄，化為梵唱，正在庇蔭他的子孫，也為眾生而祈福。（古蒙仁〈梵唱〉）

滿江的漁火都幡然醒來／漫天的海鳥都低旋傾聽／隨著一顆辛酸的熱淚墜落／北方的天空昇起一顆熾亮的新星／岸上所有的燈火一一熄滅／海上所有的漁船紛紛遠揚／闃靜的天地／只留下對岸傳來的鐘響／響著／空！空！空！（杜十三〈傳說〉）

入夜，山中萬籟俱寂。借宿寺旁客房，如枕泉而眠。深夜聽泉，別有一番滋味。（謝大光〈鼎湖山聽泉〉）

2 山岳

山

【峰】山頂。

【崖】陡峭的山壁。

【嶂】形容高險像屏障的山。

【嶠】ㄐㄧㄠˋ，高而尖的山。

【嶺】有道路可通的山頂。

【嶽】高山或山的最高峰。

【巔】山頂。

【巖】高峻的山崖。

【山脈】依一定的方向延展，狀似脈絡的群山。

【山椒】山頂。

【山壁】陡立似壁的山崖。

【岣嶁】ㄍㄡˇ ㄌㄡˇ，山巔。

【絕頂】山的最高峰。

【雲根】深山雲起之處；亦即山的高處。

【稜線】物體兩面相交所

形成的線。常使用在地形學上，即山的最高點連接成的線。稜，物體兩面相交所形成的一個頂角。

【丘】小土山。

【崗】較低的山。

【陵】大土山。

【巒】尖銳的小山。或連綿不斷的山群。

【崗子】不高的山。或稍高的土坡。

【山腰】山腳和山頂大約一半的一方。

【茀】山腰上的路。

【山腹】山腰。

【峰脅】山腰。

【山腳】山下靠近平地之處。

【阯】地基、山腳。通「址」字。

【趾】山腳。

【陬】ㄗㄡ，山腳。或指角落。

【麓】山腳。

【山根】山腳。

【山谷】兩山之間的低窪地方。或山中的溪谷。

【壑】山谷；山溝。

【山凹】兩山間低下的地方。

【山岬】兩山間的峽谷。岬ㄐㄧㄚˇ。

【山坳】兩山間凹下之處。或指山間平地。

【山溝】兩山間低窪、狹窄的部分。

【峽谷】兩坡陡峭，中間狹而深的谷地。

【浚壑】深谷。

【山曲】山中彎曲隱蔽處。

路彎轉，拉出層層山**稜線**，深淺綠色混著枯黃，新春已在路上。中央山脈盤踞，村落集聚島嶼外圍。（方秋停〈兩面海洋〉）

從那裡回望，可以看到鹿窟坪密植著杉樹、時有白雲徘徊的**山坳**，斑鳩與白頭翁不時從喬木深處發出幽遠的啼叫聲，如我小時候聽到的那樣。（林詮居〈二坪：我的里山〉）

在山裡頭步行，是很享受而且奇妙的經驗，眼裡望去盡是大自然的開闊、**峽谷**的鬼斧神工，而耳朵聽到的，卻只有自己的呼吸聲。（嚴長壽〈慢遊，花蓮〉）

山景

【連綿】連續不斷。
【陁靡】連綿不斷。
【坦迤】平坦連綿貌。
【延屬】相連。
【拱抱】環繞，環抱。
【拱衛】環繞在周圍護衛。
【迤邐】連綿不斷的樣子。邐ㄌㄧˇ。
【施靡】連綿不斷貌。
【峮嶙】山相連貌。峮ㄑㄩㄣ。
【連亙】接連不斷。亙ㄍㄣˋ。
【綿亙】連續不絕。
【綿延】連續延長。
【盤山】沿山盤繞。
【橫亙】綿延橫列。
【環拱】圍繞。
【如屏如障】形容群山相連，好像屏風一樣具有遮蔽、保護的作用。
【回環層疊】層層環繞重疊。
【岡連嶺屬】山嶺相連，綿延不絕。
【峰巒起伏】形容大小山峰隆起與低伏，有如波浪般。
【峰巒疊翠】形容層疊翠綠的山色。
【群峰羅列】形容山連著山羅布排列。
【橫陳屏阻】群山橫列，形成遮蔽、阻隔的屏障。
【渾沌】模糊不分明。
【渾渾】廣大貌。
【山翠】翠綠的山色。
【翠微】青翠的山色。
【蒼肅】山色青黑而靜肅。
【秀麗】清秀、美麗。
【怪麗】奇異、絢麗。
【幽奇】幽雅、奇妙。
【靈秀】清秀、美好。
【靜定】平靜、安定貌。
【靜肅】寧靜、肅穆。
【磊磊】石頭眾多的樣子。
【嵾嵳】山石不整齊的樣子。
【磈磊】石頭高低不平。磈ㄎㄨㄟˇ。
【礧磈】高低不平貌。礧ㄌㄟˇ。
【曲扭褶疊】形容彎曲折疊狀。
【糾扭褶皺】形容山石呈現連續波狀彎曲貌。
【鬼斧神工】形容工程或製造的技藝高超，非人力所及。也可形容自然美景乃人力斧鑿不出的，而是大自然的力量所創造而成的。也作「神工鬼斧」。
【像被刀削出了一道道綠色的皺摺】此形容山壁呈現一層層彎曲折疊的紋路。
【光禿】裸露。無天然覆蓋物。
【禿頂】形容整座山光禿禿的，沒有草木生長。
【禿山】不生草木的山。
【荒悍奇禿】形容山的景貌荒涼原始，草木不生。
【濯濯童山】不生草木的山。濯濯，明淨貌；也可作光禿的樣子。

當旭日昇起，在澄淨的蒼穹下，臺灣五大山脈中，除了東部的海岸山脈之外，許多名山大嶽，此時都濃縮在我四顧近觀遠眺的眼底，所有的那些或伸展連綿的曲扭褶疊的嶺脈，或雄奇或秀麗的峰巒，深谷和草原，斷崖和崩塌坡，都在閃著寒氣，變動著光影，氣象萬千，〔……〕（陳列〈玉山去來〉）

東山迤邐北延，愈進愈高，連接著插入雲峰的舒姑山嶺，兀立在F市的北面，卻作了擋住北方烈悍之風的屏障。舒姑山繞而西行，像一具長弓，弓的西極，回過來遙遙與大江西岸的諸峰相接。（郁達夫〈逃走〉）

車往北穿過一片紅色砂岩地形，漸漸往上爬。天放晴了，四周開始出現樹林與草地，已進入橫亙新疆的天山山脈。（杜蘊慈〈去時雪滿天山路〉）

山後較遠處群峰羅列，如屏如障，煙雲變幻，顏色積翠堆藍。早晚相對，令人想像其中必有帝子天神，駕螭乘蜺，馳驟其間。（沈從文〈沅陵的人〉）

這條路順著河谷蜿蜒而下，不時出現地震造成的山崩裂痕，裸露的黃土宛如條條傷痕，望之令人心疼。好在瑕不掩瑜，群山峰巒疊翠，鬱鬱蒼蒼，一路桃花和櫻花盛開，彩蝶飛舞其間，點綴得埔霧公路美麗繽紛，好不熱鬧。（陳若曦〈重返桃花源〉）

新店溪行經海會寺，山巒橫陳屏阻，溪水迴繞而過，形成灣潭後，依然向北流去，從空中鳥瞰，是一條碧綠的靈蛇，蜿蜒的穿梭於谷壑，又像一塊綴有翠絲線的玉玦，遺落在山的膝腳下。（路寒袖〈守護灣潭的燈〉）

看到紗帽山的靜定，看到花開泉流，看到山色變幻，有無之間，愛恨之際，原來它的渾沌中滿是殺機，有從蛹眠中醒來的蛇與蝴蝶，有血點的櫻花與杜鵑，滿山撒開，殺機與美麗都不可思議，我懂了

一點「齊物論」，懂了一點生命飛揚的喜悅與酸辛，要俯首謝它，而紗帽山，只是無動於衷，依然渾渾兩大堆土。（蔣勳〈山盟〉）

也許我該這麼說，未染俗塵的那羅部落，山翠撲面，風來捲成一片綠葉芳影，日華澹澹，千山萬水中一幅好畫圖的人間仙境，〔……〕（陳銘磻〈花心那羅〉）

此際溪水無聲泛著銀光，四山蒼肅，深淺濃淡各有遠近高低，薄薄地覆著一層清柔的月光。（凌拂〈深入與遠離〉）

山是寂寞而靜肅的，像個博愛的哲人，那是做為一個常常沉思的人的恩物。它跟大海不一樣，大海廣曠而深沉，有若燈塔一般，它迸射著光芒，但給人類的最大用處是溝通情感，供人遨遊。（林佛兒《北回歸線》）

台東市在陰霾的雲層底下縮成灰灰扁扁的一圈，對面的岩灣山層像被刀削成一道道綠色的皺摺。（林韻梅〈利吉的青春〉）

比起太過偉大的阿爾卑斯山，我印象更深的倒是橫阻法國與西班牙邊界的庇里牛斯山，荒悍奇禿，有一種原始的野性，處處是紅褐的土塊、倔強深沉，是佛拉明哥舞中鬱苦與狂歡的混合。（蔣勳〈山盟〉）

我對於這濯濯童山的裕廓，不但沒有覺得枯燥，反而倒慶幸它還保存無邪的單純，這裡既嗅不到歷史的血腥氣味，又聽不到庸俗的浮誇。它的稍帶洪荒狀況的草莽，它的單調粗野的森林，卻代表了永恆的素樸。（凌叔華〈愛山廬夢影〉）

山勢高峻

【高聳】聳立。
【兀立】矗立，直立。
【岎崱】ㄌㄧˋ ㄗㄜˋ，形容山峰高聳。或形容山相連綿不斷。
【屹立】聳立不動。
【岧岧】ㄊㄧㄠˊ，高貌。
【茀蔚】高起突出貌。茀ㄈㄨˊ。
【突兀】高聳貌。也作「兀突」。
【挺立】聳立。也作直立之意。
【峨然】高聳的樣子。
【崇阿】高山。
【竦峙】ㄙㄨㄥˇ ㄓˋ，聳立。
【嵎嵎】ㄩˊ，山高貌。

【嶫峙】聳立。另有「嶫豎」。
【崔嶊】ㄗㄨㄟˇ ㄨㄟˇ，高聳貌。
【嶪嶭】ㄧㄝˋ ㄋㄧㄝˋ，高聳。
【嶾嶙】ㄧㄣˇ ㄌㄧㄣˊ，高聳突兀貌。
【嶽嶽】高聳挺立貌。
【聳立】高立。
【峻拔】高聳挺拔。
【巑岏】ㄘㄨㄢˊ ㄨㄢˊ，聳立。或形容山高銳貌。
【矗立】高聳直立。
【矗矗】高聳的樣子。
【高入雲霄】形容山勢或建築物極高。也有「高插雲霄」。

【插入雲峰】形容山峰高聳入雲。
【挺然獨秀】挺拔高聳，特別突出。
【壁立千仞】形容岩壁矗立之勢極高。
【尖峭】尖而陡。
【危峭】高峻峭拔。
【岌岌】高峻貌。
【岑崟】ㄘㄣˊ ㄧㄣˊ，山勢高峻貌。
【峌嵲】ㄉㄧㄝˊ ㄋㄧㄝˋ，高峻貌。
【岧嶢】高峻的樣子。嶢ㄧㄠˊ。
【陡立】直立。
【陡削】山勢陡峭，像是用刀削過一樣。

【陡峭】坡度很大，高直而峻立。
【峭立】山壁直立。
【峭秀】挺拔秀麗。
【峭拔】高而陡。
【峭壁】陡立的山壁。
【峻峭】山高而陡絕。
【嵰嶮】ㄑㄧㄢ ㄒㄧㄢˇ，山高峻貌。
【崔嵬】高大；高峻。
【崔巍】高峻的樣子。
【崎崟】高峭貌。或山不平處。
【崢嶸】山勢高峻、突出。
【崚嶒】ㄌㄥˊ ㄘㄥˊ，山勢高峻、突兀。或作「嶒峻」、「嶒稜」。
【筆岫】形容山巒高峻、聳

立。

【崔崒】ㄌㄩˋ ㄗㄨˊ，山勢高峻。也作「崔崔崒崒」。

【崴嵬】高峻不平貌。

【嵯峨】山勢高峻。嵯ㄘㄨㄛˊ。

【嵽嵲】高峻的山。嵽ㄉㄧㄝˊ。

【嶙峋】山石奇兀聳峭。

【嶙嶙】山勢高低起伏的樣子。

【嶕嶢】山勢高峻。嶕ㄐㄧㄠ。

【嶟嶟】ㄗㄨㄣ，山勢高峻、陡峭。

【嶢崢】高峻的樣子。

【嶢嶢】高峻的樣子。

【嶷岌】高聳、峻峭。嶷ㄋㄧˋ。

【巃嵸】ㄌㄨㄥˊ ㄗㄨㄥ，高峻的樣子。

【巋峗】ㄎㄨㄟ ㄨㄟˊ，高峻。

【巖巖】高峻的樣子。

【崇山峻嶺】高大、陡峭的山嶺。

【巋然獨存】高峻屹立，獨自存在。巋然，高大堅固貌。

南太武山主峰高高聳立在群山之中，天上是陰灰慘慘的雲氣，平時常常半隱半現的高峰，這時卻出奇的清明。（鍾鐵民《雨後》）

從淡水河關渡方向看八里鄉的觀音山，山勢峭秀，有特別靈動的線的起伏；如果換一個方向，站在八里鄉，隔著淡水河，瞭看對岸的大屯山系，則氣勢磅礴，一派大好江山的樣子。（蔣勳〈山盟〉）

他們把天空的圓月望了好一會兒，忽然埋下頭來，才看見四圍的景色變了。一面是一座峻峭的石壁，一面是一排臨湖的水閣。湖心亭已經完全看得見了，正蒙著月光和燈光。（巴金《家》）

爬上墾丁望海樓，海風撲面，極目眺望，遠處近處山巒崢嶸，海水碧藍，海浪如千層雲捲，水天一線。（韓韓〈鄉愁的換轉〉）

雲渺渺，路迢迢。地雖千里外，景物一般饒。瑞靄祥煙籠罩，清風明月招搖。崔崔崒崒的遠山，大開圖畫；潺潺湲湲的流水，碎濺瓊瑤。（明・吳承恩《西遊記・第二十九回》）

或許那祇是現實下想像的夢境，又或許，你正是那萬中選定的一個，有幸在日夜更迭之前，望見梅里褪去雪霧和雲翳的嵯峨表情。你有種喘不過氣的激動，想在山谷裡放肆大叫一番，感官的視野裡存在著一種高潮時興奮的顫慄。（謝旺霖〈梅里雪山的失足〉）

雞鳴作飯，昧爽西行。二里，過橋，折而南又六里，上乾塢嶺。其嶺甚坦夷，蓋於潛之山西來過脈，東西皆崇山峻嶺，獨此峽中坳。（明・徐弘祖《徐霞客遊記・浙遊日記》）

山勢雄偉

【壯麗】多形容山川、建築等宏壯美麗。

【岌嶪】高峻、壯麗貌。也作「嶪岌」。

【雄奇】雄偉、奇特。

【雄峙】昂然屹立。

【雄赫】雄壯、盛大。

【雄渾】雄壯、浩瀚。

【雄峻】高大、險峻。

【對峙】可形容兩山相對聳立。

【磅礡】氣勢極為雄偉、盛大。

【巍然】高大雄偉貌。

【巍巍】高大壯觀貌。

【千山萬壑】形容高山深谷極多。也有「千巖萬壑」、「千巖萬谷」。

【奇峰連嶂】山峰突兀高聳，連綿不斷。

【拔地參天】從地面上陡然聳立到空中。多形容高挺或氣勢雄偉。

【重巖疊嶂】形容山巖重重疊疊，山勢險峻的樣子。也作「重巒疊嶂」、「層巒疊嶂」。

【巍峨聳矗】雄偉、聳立貌。巍峨，亦作「嵬峨」。

名列臺灣山岳十峻之首的玉山東峰就在我的眼前，隔著峭立的深淵，巍峨聳矗，三面都是泥灰色帶褐的硬砂岩斷崖，看不見任何草木，肌理嶙峋，磅礡的氣勢中透露著猙獰，十分嚇人。（陳列〈玉山去來〉）

百越有金甌山者，濱海之南，巍然矗立。每值天朗無雲，山麓蔥翠間，紅瓦鱗鱗，隱約可辨，蓋海雲古剎在焉。（蘇曼殊《斷鴻零雁記》）

雁蕩山的地勢變化多姿，隔世絕塵，自成福地仙境，遠觀只見奇峰連嶂，難窺其深，近玩卻又曲折幽邃，景隨步轉，難盡全貌。（余光中〈雁山甌水〉）

仰頭，重巖疊嶂，上面是喬木叢草，下面江水沸鍋那麼滾滔著，翻著乳白色的浪花。人便這樣烤鴨般懸在峭壁上。（蕭乾〈血肉築成的滇緬路〉）

山勢險峭

【峻崎】高峻、險要。

【崛崎】山勢險絕。

【崒兀】山高而險峻。

【崇阻】高峻、險阻。

【嵌巉】山勢險峻。巉ㄔㄢˊ。

【嶇嶔】山勢險峻。或道路險阻不平。

【犖确】山石險峻不平貌。

【嶢屼】山高險貌。屼ㄨˋ。

【嶔崎】ㄑㄧㄣ ㄑㄧˊ，山勢險峻。

【嶮介】高峻、險阻。

【嶮巇】險峻、崎嶇。巇ㄒㄧ。

【險峻】山勢陡峭、險要。

【險絕】極險。

【險巇】險阻難行。

【斷崖】陡峭的山崖。

【懸崖】高聳、陡峭的山崖。也可用來比喻險境。

【巉岏】形容山勢高聳而尖銳。

【巉峭】山勢險峻、陡峭。

【巖巉】山巖險峻的樣子。

【巘巘】ㄧㄢˇ，險峻的樣子。

【山奇壑險】形容高山深谷奇特險怪。

【危崖陡壁】高峻的懸崖，陡峭的山壁。

【攲斜秀削】歪斜不正、高聳陡峭的樣子。攲ㄧ。

【懸崖絕壁】高峻的山崖，陡峭的石壁。形容山勢高直、險峻。也作「懸崖峭壁」。

這時候陽光已毫無熱力，不過，視野寬闊，眺望台左邊是合歡東峰，再過去為令人聞而色變的奇萊山和它的北峰；左後方遠處是中央尖山，尖峭的山勢披著金黃的陽光，美而險峻；〔……〕（路寒袖〈憂鬱三千公尺〉）

還有更早時，漢人移民翻越三貂嶺，遷移到蘭陽平原的辛苦。本地漢人提到當時移民在此翻越三貂嶺時，曾流行一句生動的閩南俗諺：「若過三貂嶺，毋通想母子。」可見此地山勢之險絕。（劉克襄〈全世界最貴重的孤獨——三貂嶺車站〉）

向上游，烈日陽光下，大山如在額際，森林一片一片浮貼於升起的海拔，那麼近，樹幹的行列如香爐裡漆紅的小竹棍。龐然蒼翠的林木群中偶然出現一塊空白，那是陡峭的懸崖，永遠掛著山泉瀑布。（楊牧〈水蚊〉）

山崩

【沖刷】水流沖擊，使土石流失或剝蝕。

【沖蝕】急速的流體或固體衝擊材料，物理性的將物料從表面加以沖刷。

【隆隆】形容巨大的聲響。

【轟轟】形容震耳的巨響。

【土崩】土石崩落。

【山頹】山崩塌。

【坍方】土石崩塌。

【坍塌】崩塌；倒塌。

【坻隤】山崩或山崩的聲響。亦作「坻頹」。

【崩坍】倒塌毀壞。

【崩塌】崩裂倒塌。

【崩落】崩塌；倒塌。

【塌方】塌陷或下落。

【塌陷】下陷。

【傾崩】傾倒毀壞。

【土石流】大量泥沙、岩塊與水，自然混合而成的快速流動體。

【堰塞湖】原有河流因土石崩塌、阻塞而形成的湖泊。

【山泥傾瀉】山上泥土大量從高處傾倒流瀉。

【山洪暴發】因大雨或積雪融化，由山中突然下流的大水。

以前只有瘦小的泥土路時，縱使連綿落雨，周遭都是森林，根本不用擔心山崩。現在坡地失去森林遮護，黃土隨時在沖刷，當然會有土石流的問題。（劉克襄〈重返火燒寮〉）

滾石轟轟／流土隆隆／如果手能伸到山的那一邊／我就可以及時救你／偏偏我的手已斷／偏偏你的腳折壓在門檻（岩上〈大地震，世紀末生死悲情〉）

學校上方已經有些石頭滾到學校，學校往下就是梯田式的台階大約一百五十公尺的距離就是河流，早上去看還好，沒有想到又有土崩下來，就形成較大的堰塞湖，所以附近的族人早上就撤離到部落左邊，〔……〕（瓦歷斯・諾幹〈重回kanakanavu〉）（kanakanavu，是南鄒族群其中一族的族稱。）

嘉靖初年，洞庭兩山出蛟，太湖邊山崖崩塌，露出一古塚，朱漆棺寶物無數，盡被人盜去無遺。（明・凌濛初《二刻拍案驚奇・第三十九卷　神偷寄興一枝梅　俠盜慣行三昧戲》）

3 水流

水

【川】河流。

【澗】山間的流水。

【泖】ㄇㄠˇ，停滯不湍急的水流。

【泉】地下水。

【伏流】潛伏地下的水流。

【幽流】潛藏於地面下的水流。

【暗流】潛流。也作「暗潮」。

【潛流】地面下的水流。

【澤】水流匯聚的地方。

【合流】河流匯流。

【匯流】水流的會合。

【倒流】水從下游流向上游。

【溪壑】山谷中水所流聚的地方。

【汊】ㄔㄚˋ，河道的支流。

【氿泉】從旁側湧出的泉水。氿ㄍㄨㄟˇ，從旁流出的。

【岔流】從河流下游分岔出去的小河流。亦作「汊流」。

【港汊】分支的小河。

【沼】水池。

【塘】水池。

【潢】積水池。

【陂塘】池塘。

【洿】ㄨ，不流動的水池或濁水池。

【淵】深潭。

【潭】深水池。

【岸】水邊高地。

【河口】河流注入海洋、湖泊或其他河流的地方。

【大海】寬闊的海洋。

【大壑】大海。

【天池】大海。

【滄海】大海。

【滄溟】大海。

【溟渤】大海。

【瀛海】大海。

【裨海】小海。裨ㄆㄧˊ，小的；副的。

【灣】海岸凹入陸地，可以停泊船隻的地方。水流彎曲之處。

【漲落】水位的上升與下降。

【漲潮】海洋水面受日月引力影響而定期上升。

【汛】江河定期的漲水。

【大潮】海洋潮汐升降的幅度受到日、月引力而逐日不同，潮差最大的潮汐稱為大潮，通常發生在朔（農曆初一）、望（農曆十五日）後一至三日內。

【小潮】潮差最小的潮汐，通常發生在上弦（農曆的初八、九）、下弦（農曆的二十二、三日）後一至三日內。

【淩汛】初春時期，因上游冰雪融化，造成河流水位猛漲的現象。

【伏汛】指夏天河水暴漲。伏，指一年中天氣最熱的時候。

【秋汛】指秋天河水暴漲。

【滿漲】水位升到再也容納不下的樣子。

【潮汐】海洋及沿海江河水流定期漲落的現象。白天發生的稱潮，黑夜發生的稱汐。

【洋流】海洋的水穩定地朝著一定的方向作大規模的流動。又稱「海流」。

【黑潮】一種暖性洋流，是太平洋洋流的一環，流速相當快，顏色較其他正常海水濃黑而得名。由於為日本人首先發現，又稱「日本海流」。

【親潮】一種寒性洋流，是太平洋洋流的一環，在日本東部海域與黑潮會合而形成北太平洋洋流。因其像是父母一樣養育著魚類而得名。

又稱「千島群島洋流」。

【退潮】 海洋水面受日月引力影響而定期下降。

【水落】 水位降低。

【落潮】 潮水低落。

【海岬】 突向海中的尖形陸地。

【水平線】 水平面上平行的直線，也指與水平面平行的直線。

【海岸線】 陸地與海的邊界線。

【天塹】 天然形成隔絕交通的大溝渠。

【河床】 河流兩岸間的容水部分。

【河套】 河流彎曲成形如口袋的河道。

【畔】 邊側。

【漈】 ㄐㄧˋ，水邊；水涯。

【隰】 ㄒㄧˊ，水邊。也作低溼之地。

【濱】 水邊。

【灘】 水邊的沙石地。

【隩】 ㄩˋ，岸邊水流彎曲的地方。

【沙洲】 水邊由泥沙淤積而成的陸地。

【渠】 人工挖掘的水道。

【槽】 水道。

【明渠】 挖在地面上的渠道。

【陰溝】 地下的排水溝。

【運河】 人工開鑿借以通航的水道。

【溝瀆】 水道。

【壕溝】 水道。

【壟溝】 田壟間的溝渠，用來排水、灌溉、施肥等。

年輕人划船千萬要學會觀察東西兩邊海平線雲層的變化，大潮、小潮的海流是和月亮有直接關係的。（夏曼・藍波安〈黑潮の親子舟〉）

夏日春天滿漲的溪河，如同一位充滿生殖力豐滿誘人的婦人，平緩的流動，生命大量在渾融溫暖中成長，不斷的繁殖。（王幼華《兩鎮演談》）

坐在上、下、左、右大幅搖動的船身中，面對黑潮巨大的能量排山倒海而來，那種震撼與折磨簡直就是生不如死，永生難忘。（王家祥〈都蘭海岸的冥想健行〉）

習慣在陸地行走和生活的人類，一旦遠眺茫茫大海，或者來到海上看到最後一抹陸地陰影在水平線上消失，沒有不在肉體和精神都感到憂懼的。（東年〈航海的勇氣〉）

鐵路以東的左營，此刻正房地蓬勃，鷹架遍生。建商驕傲地說，這些樓廈落成後，將擁有閱讀海洋的視窗。或許，有一天人們真能看見那灰亮海面旁，漂浮隱現的海岸線；也或許，它始終空白，藏得安靜，無人理解。（黃信恩〈空白海岸〉）

水流輕緩

【淌】流下；流出。

【溜】流動；輕快地流過。

【沆漑】水慢慢的流動。

【涓涓】細水慢流的樣子。

【涓澮】小水流。澮ㄎㄨㄞˋ。

【流幻】流動變化。

【流淌】液體流動。

【滈汗】水長流貌。滈ㄏㄠˋ。

【滲漉】水緩緩向下滴流。

【漫灌】散漫的流入。

【潺湲】水慢慢流動的樣子。

【澶湉】ㄔㄢˊ ㄊㄧㄢˊ，水流緩慢的樣子。

睡了，都睡了！／朦朧地，山巒靜靜地睡了！／朦朧地，田野靜靜地睡了！／只有窗外瓜架上的南瓜還醒著，／伸長了藤蔓輕輕地往屋頂上爬。／只有綠色的小河還醒著，／低聲地歌唱著溜過彎彎的小橋。（楊喚〈夏夜〉）

有河從南邊雲巒間流轉而下，穿越市區地帶後，在社區外圍形成半圈流幻弧彎。河有兩個名字，老輩稱為「三角湧溪」，今人則以「三峽溪」呼之；社區也有兩個名字，一般人通稱「龍埔仔」，但也有一些人仍然堅持叫它「劉厝埔」。（詹明儒〈流動在三角湧溪的歲月〉）

拉薩河靜靜地流淌，儘管河邊的水結了一層透明的冰霜，河心的水仍從容地流著，拒抗時間的變化。草原枯槁僵斃，但仍有三兩群牛羊信步低頭尋找咀嚼的生機。（謝旺霖〈雪域告別〉）

松樹苗在苗圃栽種長大到約莫一尺高後，便由農民們移植到磺嘴山上，這是這個山區從日據時代遺留下來的美好傳統：一種馬拉松式的造林，一旦入山，你便行走在蟲鳴鳥叫溪水潺湲喬木蒼翠樹蔭蔽日的山路上了，它使得磺嘴山水源豐沛，大坪與二坪的水田得到庇佑。（林詮居〈二坪：我的里山〉）

水勢迅急

【瀉】水向下急流。

【汩汩】ㄍㄨˇ，水急流的樣子。

【汩淴】水急流貌。

【奔流】急速流淌。

【奔揚】水勢湍急。

【奔瀉】水往下急速地流。

【飛泉】噴泉。

【飛湍】水流急速。湍ㄊㄨㄢ。

【飛瀑】形容瀑布自高處流瀉而下。

【急流】水流疾速流動。

【宣洩】疏導、發洩。

【迸流】湧出；濺射。迸ㄅㄥˋ。

【峻急】湍急。

【流瀉】流散、傾瀉。

【淢汩】急流貌。淢ㄩˋ。

【淺淺】水流急速的樣子。

【湍激】水流猛急。

【寒瀨】寒涼、湍急的水。

【湧流】奔瀉。

【湧湍】水流奔急。

【傾注】形容由高處往下流瀉。

【傾瀉】液體大量從高處傾倒、流瀉。

【漻淚】水疾流貌。漻ㄌㄧㄠˊ。

【潏湟】水疾流貌。潏ㄐㄩㄝˊ。

【瀄汩】水疾流貌。瀄ㄐㄧㄝˊ。

【激越】可形容水流激揚。另作聲音高亢、清越。

【激揚】激盪、沖濺。另作聲音激越、昂揚。

【激盪】受沖激而動盪。

【濜溳】ㄐㄧㄣˋ ㄩㄣˊ，水流湍急貌。另作水波起伏相連貌。

【懸瀨】山水懸空往下流瀉。

【一瀉千里】江河水勢奔流直下。

【急湍甚箭】水流得很急，比射出的箭還要快。

【凌虛飛下】高高地從空中飛下。此形容瀑布從高處流瀉下來。

【湍急奔流】水勢急速奔騰。

【激流湍湍】湍急的水流。

我去砍月桃的時候，足下春澗水汩汩流，挾石衝飛煙水笙歌生命如流水。（凌拂〈野花三帖〉）

每當颱風過境／溪水也會悲憤地哭泣／讓洪水一瀉千里／沖毀了長長的堤防／也沖失了層層的田地（趙天儀〈五張犁之歌〉）

這也是個瀑布；但是太薄了，又太細了。有時閃著些許的白光；等你定睛看去，卻又沒有——只剩下一片飛煙而已。從前有所謂的「霧縠」，大概就是這樣了。所以如此，全由於岩石中間突然空了一段；水到那裡，無可憑依，凌虛飛下，便扯得又薄又細了。（朱自清〈白水漈〉）（霧縠，薄霧般的輕紗。）

布干丸溪的河床很險，巨石交疊、激流湍湍。我們通過一處斷崖的時候，都已是筋疲力竭了。（盧非易〈山外山〉）

水勢浩大

【洶湧】水流騰湧的樣子。

【泫沄】水翻騰貌。

【洶洶】水騰湧貌。

【沸沸】水湧流貌。

【浹渫】ㄐㄧㄚˊ ㄒㄧㄝˋ，水湧流貌。

【浩蕩】水勢洶湧壯闊。也有廣大曠遠之意。

【湁潗】ㄔˋ ㄐㄧˊ，水沸騰湍湧的樣子。

【湓湓】水洶湧氾濫。湓ㄆㄣˊ。

【湧漫】形容水流騰湧、漫無邊際。

【湍怒】水勢洶湧疾急。

【渤潏】沸騰翻湧的樣子。

【滂湃】澎湃。

【滂渤】波濤洶湧翻滾。

【滔滔】大水滾滾不絕的樣子。

【滾滾】急速翻湧的樣子。也作「袞袞」。

【澎湃】波濤相衝擊的聲音或氣勢。

【潮湧】如潮水般洶湧奔騰。

【澒湧】水勢廣闊洶湧。澒ㄏㄨㄥˋ。

【澐澐】水流洶湧貌。

【濆薄】水流激湧的樣子。

【翻滾】滾動；轉動。

【翻騰】上下滾翻，翻動。

【浪淘淘】波浪翻湧貌。

【拍岸騰起】波浪拍擊岸邊，洶湧翻騰。

【萬馬奔騰】原指馬匹奔馳貌。後多借以形容波濤洶湧的樣子。

【驚濤拍岸】激盪洶湧的浪濤擊打岸邊。

【浩瀚】水勢廣大的樣子。

【汪洋】水勢浩大。

【沛沛】水流盛大。

【汸汸】ㄆㄤ，水盛貌。

【泱泱】一ㄤ，水勢浩瀚。

【泱漭】水勢浩瀚的樣子。

【泮汗】水流廣大。泮ㄆㄢˋ。

【沺沺】ㄊ一ㄢˊ，廣大無際貌。

【洸洋】形容水深廣、不見涯際貌。洸ㄍㄨㄤ。

【洹洹】ㄏㄨㄢˊ，水流盛大的樣子。

【茫茫】水勢浩大無邊的樣子。也可作廣大遼闊的樣子。

【浼浼】ㄇㄟˇ，水勢盛大。

【渙渙】水勢盛大。

【溶溶】水勢盛大的樣子。

【滔天】瀰漫無際。形容水勢極大。

【潰渱】水流廣大。渱ㄏㄨㄥˊ。

【瀇瀁】水勢浩大，深廣無涯。瀇ㄨㄤˇ。

【瀾汗】水勢浩大。

【灝溔】水勢盛大，無邊無際。溔一ㄠˇ。

【灝灝】廣大無際貌。

【灪滃】大水茫茫的樣子。灪ㄩˋ。

【浩浩湯湯】水勢盛大壯闊。亦作「浩浩蕩蕩」。

風雲在山區和草原飛／海水銜接處浮波洶湧似血／因心魔造次尋不到出路：／累積的憂鬱世紀曆法上重疊（楊牧〈台南古榕〉）

忽然，天地間開始有些異常，一種隱隱然的騷動，一種還不太響卻一定是非常響的聲音，充斥周際，如地震前兆，如海嘯將臨，如山崩即至，渾身起一種莫名的緊張，又緊張得急於趨附。不知是自己走去的還是被它吸去的，終於陡然一驚，我已站在伏龍館前，眼前，急流浩蕩，大地震顫。（余秋雨〈都江堰〉）

三峽溪與磺溪交匯並且流入大粁崁溪，湧漫的河水輕拂著小鎮美麗的灘岸，李梅樹歐基桑一生以之為題，三角湧彷彿他永遠的夢。（林文義〈記得大粁崁　淡水河記〉）

夏日裡滾滾濁流，捲去人們搭建的橋樑，種下的田圃。秋日裡它乾旱下來，長滿芒草。秋風中一叢叢繁盛的芒草，像一堆堆白色的海濤。冬日的東北風使得河川底飛砂走石，塵灰滾滾，剩下的細流，顏色深暗，靜靜的停滯在角落裡。（王幼華《兩鎮演談》）

午後晝靜時光，溶溶的河流催眠似的低吟淺唱，遠處間或有些雞聲蟲聲。（柯靈〈野渡〉）

我住在大龍峒，是淡水河與基隆河的交會處。淡水河已近下游，浩浩湯湯，經社子、蘆洲，往關渡出海；基隆河則蜿蜒向東，溯松山、汐止、基隆方向而去。（蔣勳〈山盟〉）

流水沖蝕

【削】本指用刀斜刮除去物體的表層。此指水沖刷侵蝕岩石。

【劈】本指用刀斧將物體破開。此指水沖刷侵蝕岩石。另有雷擊之意。

【鋸】本指截斷。此指水沖刷侵蝕岩石。

【錘】本指敲打。此指水沖刷侵蝕岩石。

【鑿】本指挖掘。此指水沖刷侵蝕岩石。

【水蝕】受水的侵蝕。或由於水的衝擊，使土壤流失、岩石剝落等現象。

【海蝕】海水的沖擊和侵蝕。

【浪蝕】受海浪的侵蝕。

【啃蝕】慢慢侵蝕。

【摩挲】本指琢磨。此指水沖刷侵蝕岩石。挲ㄙㄨㄛ。

【蝕刻】利用酸性化學藥品來腐蝕玻璃或金屬，而產生圖案的方法。此指水侵蝕岩石表面成窟窿狀。

【鑿穿】本指挖開、打通。此指水沖刷侵蝕岩石。

每一蓬海風，每一波碎浪，每一次潮汐的漲落，都是羅丹的巨斧，逐漸把整座緻密的岩岸，鑿成、削成、錘成、鋸成、劈成、摩挲成如今的風貌！人間的米開蘭基羅只有一個，而大自然的鬼斧神工卻無時不在，無處不在！（陳幸蕙〈岸〉）

海蝕洞和蝕溝像一把吉他／沒事的風喜歡撥弄輕彈／和聲的潮汐從來不喜歡和寂寞為友／邀集一些岩石吵醒夕陽（鍾順文〈風櫃上的演奏會〉）

每時每刻「破浪」的姿態與聲響絕無重複，它鑿穿岩壁，蝕刻孔穴，旋轉、交擊、激盪，並且形成漩渦。（吳明益〈海的聲音為什麼會那麼大？〉）

水流迴旋

【渦】漩流。

【打旋】旋轉。

【洄洑】流水湍急迴旋。

【洄瀾】水流迴旋成大波浪狀。也是臺灣花蓮的古稱。相傳早期移民因見花蓮溪水注入太平洋時相互衝擊，水流形成巨大波浪，人們便以「洄瀾」稱之，後以諧音「花蓮」命名。

【泓汯】水勢迴旋的樣子。汯ㄏㄨㄥˊ。

【瀠洄】水流迴旋的樣子。瀠ㄧㄥˊ。

【渦流】流體中，特指與主要氣流相反的小旋渦。

【湍流】急而迴旋的水流。

【泡漩】波浪翻滾並有漩渦的水流。

【漩渦】水流遇低窪處所激成的螺旋形水渦。

【盤渦】漩渦。

水在翻滾，水在打旋，混濁的水，把許多土塊溶化在一起，那飛濺的是土塊，那洶湧的，湍急奔流著是土塊的溶液，把整個土山溶化在那裡，用力攪過，然後，從那高處，往下瀉著，把所經過的，把所能觸到的一切，順手攫走，那力量無法抗拒。（鄭清文〈水上組曲〉）

這一定是適合跳舞的季節，我坐下來，在我的右側，是溪與海交會處，激盪，洄瀾成澎湃巨浪。我聽說交會處的海浪未曾有平靜的時刻，當年漢族文明帶著犁具和種籽，與部落文明也在附近初次相會吧，文明交會後波瀾即不再迴轉了。（呂政達〈沙灘上的陌生人〉）

水景

【清淺】水流清而不深。另有銀河之意。

【淺淺】水不深貌。

【淺瀨】淺而急的流水。

【急灘】河道中水淺石多而流急之處。

【湍瀨】水淺流急的地方。

【寬廣】水面寬闊、廣大的樣子。

【泓】水深廣的樣子。

【汗漫】水大漫無邊際。也作「漫汗」。

【沆漭】寬闊無際的水面。沆ㄏㄤˋ。

【汪汪】深廣的樣子；水充盈的樣子。

【浩渺】水面曠遠。

【浩淼】水面廣闊。

【深沉】深邃、隱密的樣子。

【湠漫】水廣大的樣子。湠ㄊㄢˋ。

【淼淼】ㄇㄧㄠˇ，形容水面遼闊而無邊際。

【淼漫】江海廣遠無際。

【滉瀁】水深廣貌。

【漭漭】水廣大貌。

【漭瀰】廣大貌。

【廣曠】廣大、寬闊貌。

【潢漾】浩蕩無際貌。

【潢潢】水深廣貌。

【澒溶】水深廣貌。

【潭潭】深廣貌。

【濩渃】ㄏㄨㄛˋ ㄖㄨㄛˋ，水大貌。

【瀰瀰】水盛滿的樣子。

【灙漭】水廣闊貌。灙ㄉㄤˇ。

【反照】光線反映照射。

【倒映】人或物體的影像倒著映現在水面上。

【倒影】映在水中，倒立的影子。

【飛濺】向外濺出。

【飛沫】水拍打沖擊而噴濺起的泡沫。

【飛碎】形容水花飛濺破碎。

【飛薄】水花四處飛散。

【飛漱】水花潑濺。

【迸濺】向四周飛濺。

【破浪】波浪拍擊海岸時，

形成浪花飛濺破碎的現象，也叫「拍岸浪」。

【即開即謝】 此形容海浪激起的浪花很快地生成，也很快地消失。也作「旋開旋落」、「旋落又旋開」。

【晶瑩而多芒】 此形容水花光亮透明且像是帶有許多芒刺般。

【飛花碎玉般亂濺】 此形容水花像是雪花飄飛或細小的玉屑似的四處飛濺。

【淤】 水道被泥沙阻塞。

【沉積】 水流中所夾帶的岩石、泥土等物質在低窪地帶沉澱淤積。

【淤塞】 沉積的泥沙使水流不暢。

【淤滯】 淤積停滯不能暢通。

【淤積】 淤泥沉積。

【泥淖】 泥濘的窪地。

【汙濁】 混濁不乾淨的。

【汙滯】 形容汙濁又不流通的水。

【灰濁】 灰暗汙濁。

【烏濁】 黑而濁。

【混濁】 不清澈。

【淟濁】 骯髒、汙濁。淟ㄊㄧㄢˇ。

【渟洿】 不流動的濁水。渟ㄊㄧㄥˊ。

【惡死】 此形容汙穢、不通達的水。

【溷黃】 形容水混濁如黃土般的顏色。溷ㄏㄨㄣˋ。

【溷濁】 汙濁。

【溷穢】 汙穢；骯髒汙濁。

【枯涸】 水乾竭。涸ㄏㄜˊ。

【枯竭】 乾枯涸竭。

【乾枯】 無水；枯涸。

【乾涸】 水份乾竭。

礁岩錯落成一泓清潭，海蛇與鰻魚在潭底棲息，陽光游走於潭面，像一名執鏡頑童探測魚群發光的祕密。（簡媜〈天涯海角——給福爾摩沙〉）

住在小島上的人們以小船往來斯德哥爾摩和住屋之間，海就是道路，在蔚藍的景象中因小船的航行而飛濺著白色的浪花，但瞬即又平靜了下來。（李敏勇〈我們屬於土地〉）

一排排的潮水連捲帶撞，搗打在珊瑚礁暗褐色的百褶裙裾上，激起一叢叢飛碎的浪花，那花，旋開旋落，旋落又旋開，在強勁的海風裡維持一個最生動的花季。（余光中〈龍坑有雨〉）

潮水墨藍如破曉前的天空，白浪鮮明的在深色布幕上暈開，一朵朵即開即謝的雪白浪花在高低湧動的

黑色山丘上綻放。（廖鴻基〈丁挽〉）

那瀑布從上面沖下，彷彿被扯成大小的幾綹，不復是一幅整齊而平滑的布。岩上有許多稜角；瀑布經過時，作急劇的撞擊，便飛花碎玉般亂濺了。那濺著的水花，晶瑩而多芒；遠望去，像一朵朵小小的白梅，微雨似的紛紛落著。（朱自清〈綠〉）

職是，同樣的月光，同樣地照著急水溪，儘管溪床日漸淤積，小城居民至今仍然沒去注意到，農作鴨兒什麼時候又把溪畔變得這般的擁擠？（阿盛〈急水溪事件〉）

春末夏初氣溫第一次狠狠地飆高到三十度以上，剛入夜車行經過大直橋，儘管已經截彎取直依然不脫汙滯本色的基隆河味道撲鼻而來，〔……〕（楊照〈氣味〉）

持北海岸發現台灣看法的人認為，東海岸太過莊嚴、龐然，決非一個「美麗」了得。墾丁的南海岸正因為太像東南亞，根本無法感動從那兒上來的葡萄牙水手。而西海岸呢？十日有八九天，海水烏濁，遠山常蒙上一片靉靉的灰色雲氣更不夠資格。（劉克襄〈北方三小島——發現福爾摩沙〉）

濁水溪的水流，其實並非長年混濁，除非下大雨做大水，才有洶湧的濁水，平時整個河床乾涸的部分居多，只河床中央有一條小小的溪流，河水清澈見底，不只可以望見溪底的小石，一群一群游魚和蝦蟹，也都清晰可見，〔……〕（吳晟〈堤岸〉）

祇有瀕臨惡死的淡水河，還是無求地，寬宏的以她溫暖卻衰弱，臂膀般的河流，緊緊擁抱著北台灣的土地與子民。（林文義〈記得大嵙崁　淡水河記〉）

水色

【明淨】明朗、潔淨。

【汀瀅】水清澈貌。汀ㄊㄧㄥ。

【泯泯】ㄇㄧㄣˇ，水清的樣子。

【泂泂】ㄐㄩㄥˇ，水清而深的樣子。

【盈盈】水清澈的樣子。

【純淨】無汙染的。

【透明】能透過光線的。

【清冽】清澄而寒涼。亦作「清洌」。

【清亮】清澈、明亮。

【清澄】清澈、明亮。

【清瑩】潔淨、透明。

【清澈】清淨、透明。

【湛湛】清明、澄澈。

【湜湜】ㄕˊ，水清澈貌。

【漃漻】水清澈幽深貌。漃，古通「寂」字。

【粼粼】ㄌㄧㄣˊ，水流清澈的樣子。或水石閃映貌。

【漻漻】水清澈貌。

【澄湛】純淨、清晰。

【澄瑩】清澈、透明。

【澂澈】水清見底。澂ㄔㄥˊ，通「澄」字。

【瀏瀏】水清明貌。也作風疾的樣子。

【澄江如練】清澈的江水，像一條潔白的絲絹一樣。

【澄碧】澄澈而碧綠。

【縹碧】形容水色青綠澄淨。

【碧澄澄】純淨碧綠的顏色。也作「碧沉沉」。

【綠幽幽】形容水綠而深遠的樣子。

【碧波萬頃】形容水波清澄碧綠，水面廣闊無際的樣子。也有「一碧萬頃」。

【碧藍】青藍色。

【藍澄澄】清澈明淨的藍色。

【寶藍】鮮亮的藍色。

【深釅】顏色深。釅ㄧㄢˋ，味道濃厚。

【湛藍】深藍色。

【墨藍】深藍色。

【灰濛濛】暗淡無光、模糊不清的樣子。

【浩渺煙波】形容遼闊無邊的水面籠罩著煙霧。也有「煙波浩渺」、「煙波萬頃」。

【水光接天】水面反映的光色和天空相接連。

【江天一色】形容江面寬廣，水天相連成一種顏色，難以分辨。

【明如照鏡】形容明亮如鏡子般。也有「如明鏡般的」。

【銀銀反光】形容水面反射出銀白、閃亮的光芒。

【鑲了晶鑽的銀蟒】此形容水景閃亮銀白，蜿蜒綿長，望去有如一條鑲上鑽石的巨長蟒蛇。

在木橋下緩緩地流著清瑩的溪水，水聲彷彿是小兒女的愉快的私語。這些都牽引著她的心。但是她卻深切地感到它們跟她中間有一個不小的距離。她好像不再是這個世界裡面的人了。（巴金《春》）

西川的創傷，而今似已癒合。流水依然瀲灩，沙灘依然平整，草原依然青綠。但人們內心的傷痕，是否也能這樣抹滅無跡呢？（顏崑陽〈西川之夢〉）

寫毛筆字、讀古唐詩、瀏覽辭源，都是在娛樂自己；到田園去散步遊賞，採果子來吃，途中欣賞河水的浩渺煙波及河上的帆檣，更是娛樂自己。（羅蘭〈欣賞就是快樂〉）

海，銀銀反光，漁船點點，船搖船晃，像浮著，又像鑲著。（吳鈞堯〈泥塘〉）

愛河像一條鑲了晶鑽的銀蟒，從都市峽谷底部蜿蜒著滑入西子灣外的海港。港區帆檣雲集，一艘艘船艦泊在船塢裡，隨倒映的波光擺盪著，靜沉沉彷如安眠。（李志薔〈奔跑的少年〉）

水波

【安瀾】 水波平靜。

【風平浪靜】 沒有風浪。也可比喻平靜無事。

【浪恬波靜】 波浪不興，水面平靜。

【靜如平鏡】 形容風平浪靜。

【清漣】 清澈水面上泛起微波。

【漣漪】 水面上的細微波紋。也作「漪漣」。

【縠紋】 縐紗似的細紋。多用來比喻水波之細。縠ㄏㄨˊ。

【水袖般的】 形容水面的波紋就好像傳統戲服袖端所綴的一尺餘白綢在甩動著。

【蕩漾】 振動起伏，多用於指水波、聲音。也作「盪漾」。

【沔沔】 ㄇㄧㄢˇ，水滿蕩漾貌。

【洸朗】 形容水波動蕩。

【涌裔】 水波動蕩貌。

【滄波】 青綠色的水波。

【滉漾】 浮動、蕩漾。

【颭灩】 水波蕩漾貌。

【漩澴】 水波回旋湧起。澴ㄏㄨㄢˊ。

【潭淪】水波搖動貌。淪ㄩㄝˋ。

【澹澹】水波蕩漾的樣子。

【澹灩】水波蕩漾貌。

【頷淡】水波蕩漾。頷ㄏㄢˋ。

【瀅瀅】水波動蕩的樣子。

【瀲瀲】ㄌㄧㄢˋ，水滿溢且波動蕩漾貌。

【瀲灩】波光映照、閃爍。

【鱗鱗】形容水波或雲層像魚鱗一樣層層排列。

【灩灩】水波閃閃發光。

【清凌凌】水清澈而有波紋。

【溶溶蕩蕩】水波蕩漾貌。

【萬頃琉璃】形容水波蕩漾，好像一大片的琉璃瓦般。

【粼粼波光】波光閃動的樣子。也有「粼粼發光」、「波光粼粼」。

【銀光閃爍】形容水波蕩漾，發出閃閃銀亮光芒。

削切的海底地形使海浪在遠處看去並無波濤，靜如平鏡，而一至近處卻因遇見堅硬的岩質陸塊而拍岸騰起，像個激情張臂的婦人，揚動著長髮奔來，向你呼喚。（楊渡〈靜埔海岸〉）

海風輕叩著／隔岸人家的簷鈴。／我伏在水閣的欄杆上，／計算漣漪上面一圈圈的燈火。／在迷茫的遠方，／這該是潮打空城的時光。／月亮上升了，／我為繁星傾杯，／也許今宵無夢。（馬博良〈家在白鷺州〉）

我彷彿記得曾坐小船經過山陰道，兩岸邊的烏桕，新禾，野花，雞，狗，叢樹和枯樹，茅屋，塔，伽藍，農夫和村婦，村女，曬著的衣裳，和尚，蓑笠，天，雲，竹，……都倒影在澄碧的小河中，隨著每一打槳，各各夾帶了閃爍的日光，並水裡的萍藻游魚，一同蕩漾。（魯迅〈好的故事〉）

直到夕陽快要西下了，才帶我們回到江邊的閣邊。我一時不解，到了高閣的陽台上，遙視寬廣的贛江在夕陽下粼粼發光，才覺悟到原來這是安排我去對照那個「水天一色」名句的景致吧！（漢寶德〈秋水共長天一色〉）

水聲

【泙泙】ㄆㄥ，水聲。

【泙湃】水聲。

【泠泠】ㄌㄧㄥˊ，形容流水聲。也作聲音清脆、激越。

【洴淜】形容水聲或鑼鼓聲。

【淙淙】ㄘㄨㄥˊ，形容流水聲。

【淜滂】多形容水聲或風擊物聲。淜ㄆㄥ。

【琤瑽】ㄔㄥ ㄘㄨㄥ，形容流水聲。

【溘溘】水聲。

【滑辣】水聲。

【漰沛】水聲。漰ㄆㄥ。

【潺湲】形容流水聲。

【潺潺】形容流水聲。

【澎濞】水聲。濞ㄆㄧˋ。

【濺濺】流水聲。

【瀝瀝】水聲。

【瀧瀧】水聲。

【幽咽】低微的水流聲。

【幽幽】形容輕微的聲音或光線。也作深遠貌。也有寂靜之意。

【流咽】低沉的水流聲。

【嗚咽】形容水聲、風聲等低沉淒切。

【滴答】形容水滴落下的聲音。

【滴瀝】形容水滴落下的聲音。

【嘩啦】形容東西流下的聲音。亦作「嘩啦啦」。

【汩沒】形容水波的聲音。

【澒溔】ㄏㄨㄥ ㄏㄨㄛˋ，形容波浪相激盪的聲音。

【漰漭】波浪撞擊的聲音。

【嘩喲嘩喲】在此形容海浪聲。

【咕嘟】形容液體沸騰或湧出的聲音。

【湍鳴】急流的響聲。

【激激】急流的聲音。

【轟鳴如雷】可形容水聲轟轟如雷聲般響。

【脈脈】此形容水沒有聲音，像是深含情意的樣子。

由石家莊到太原，因必橫貫太行山脈，故鐵道率隨山旋轉；有時車行兩懸崖間，石樹掩蔽，不見日影；有時蛇行絕壁側，旁臨深壑。壑中溪流泠泠成韻，絕壁則拔地參天，使人望而生畏。（馮沅君〈清音〉）

細聽堤下，微聞流水淙淙，可知水很小。除非豪雨連日，或驟雨崇朝，山洪傾瀉，始有萬馬奔騰的水勢，否則此去萬頃沙原，只有幾條涓涓細流，蜿蜒其間。（陳冠學〈九月十日〉）

屋外的風聲仍然呼呼地響著，夾著海浪隱隱約約的嘶叫，嘩喲嘩喲，幽幽的，像一曲生命的悲歌，唱著捕魚人的辛酸。（王拓〈望君早歸〉）

所以，當你下工的時候，很星夜了，屋頂上竹叢夜風安慰著蟲唧，後院裡井水的流咽沖淡蛙鼓，雞塒已寂，鴨也閉目著，〔……〕（簡媜〈漁父〉）

何況血痕染過那些石獅的鬈鬣，白骨在橋上的輪跡裡腐化，漠漠風沙，嗚咽河流，自然會造成一篇悲壯的史詩。（王統照〈蘆溝曉月〉）

出土的石像正在伏龍館裡展覽。人們在轟鳴如雷的水聲中向他們默默祭奠。（余秋雨〈都江堰〉）

葉子本是肩並肩密密地挨著，這便宛然有了一道凝碧的波痕。葉子底下是脈脈的流水，遮住了，不能見一些顏色；而葉子卻更見風致了。（朱自清〈荷塘月色〉）

水味

【甘甜】甜美。

【甘芳】芳香甜美。

【清芬】清香。

【硫磺味】一種含有硫化氫的味道。即天然溫泉所發出的味道。

【惡臭】難以忍受的臭味。

【腥臭】腥臊臭味。

【腥膩】帶有腥臭與油膩的氣味。

【腥鹹】帶有腥臊和鹽分的氣味。亦作「鹹腥」。

【渾腥】氣味混濁腥臭。

【濃臭】濃烈的臭味。

【海羶味】海中生物所發出刺鼻氣味。羶ㄕㄢ。

【魚腥味】魚的腥臭氣味。

【腐屍味】動物屍體的腐臭味。

【令人掩鼻】讓人用手捂住鼻子。以表不想聞到骯髒、濁臭的味道。

【腥羶臭氣】腥臊難聞的氣味。

細雨撲面，流螢汛來。季春、孟夏有那麼多那麼多那麼多的流螢，水息清芬，流螢喜歡的是溼溼的草，溼溼的雲和霧和風。那麼一大片的閃動，置身其中，它劇烈我安靜。（凌拂〈流螢汛起〉）

旁邊是臺中港工業區的「廢水集中區」，原是麗水村舊址，現在村人都遷光了，是一片發出令人掩鼻的惡臭底黑水沼地。（洪素麗〈過境鳥〉）

八斗子的冬天總是這樣，才剛放晴了，接著又是好長一段日子都是風風雨雨的天氣，到處溼漉漉陰沉沉的。強風挾著海浪的腥鹹，像刀斧般颳在臉上，鑽進骨子裡。天氣冷得人們直冒白氣。（王拓〈金水嬸〉）

確實，有很多年的青年族人在台灣流浪多年後，在回鄉省親的三、四天裡，長輩們在他身上聞到的盡是胭脂粉味、古龍水以及濃濃的酒氣味，而沒有一滴海水的魚腥味。（夏曼・藍波安〈黑潮の親子舟〉）

那幾次，徘徊秦淮河畔，陣陣襲來的不只是腥羶臭氣，還有一種寂寞荒涼之感。千百年來的繁華地落到如此景況，使人有一種說不出的滋味。（袁鷹〈秦淮河〉）

水災

【溢】水漫出外流。

【氾濫】大水橫流，漫溢四處。也有「氾濫成災」。

【決潰】堤防被大水沖破。也作「潰決」。

【泛溢】大水泛濫，四處漫溢。

【浸淫】水流溢；氾濫。

【淹沒】被水覆蓋；洪水氾濫。

【崩決】崩塌潰決。

【漫溢】形容大水氾濫。

【漫漶】模糊不清。

【滾滾洪流】急速翻騰的浩大水流。

【懷山襄陵】指洪水洶湧，奔騰溢上山陵。

【澇】ㄌㄠˋ，水災。

【巨浸】洪水。

【洪災】洪水引起的災害。

【海嘯】海水的一種劇烈波動，起因於海底地震或風暴。衝上陸地時，常造成極大的災害。

【倒灌】海水灌入沿海低窪地區。

【暴洪】來勢猛而急的洪水。

【暴漲】水位突然急劇上升。

【瀝澇】淹水。

【做大水】淹水。

【發大水】鬧水災。也作「發水」。

【鬧大水】淹水。

【一片汪洋】原形容水面遼闊浩瀚。此作平原地區淹大水。

【一汪水潦】形容大雨之後，積在田地裡或流於地面的水。

【隔並屢臻】指陰陽失調而生的水旱災害。隔並，隔開之意。臻ㄓㄣ，至、到來。

【整治】疏通修整；整頓治理。

【分洪】將上游洪水分流引入其他河流，以免下游受災的方法。

【防洪】使用堤防、擋土牆、水庫、洩洪道以及其他手段防止洪水成災。

【洩洪】水庫蓄水量超過警戒線時，為維護水庫的正常功能而打開閘門，排放洪水。

【浚利】疏通水道，使水流通暢無阻。

【蓄洪】為防止洪水氾濫，而把超過河道所能排泄量的洪水蓄存在一定的地區。

【截彎取直】是一種河道治理的方法，把彎曲的河川改建成直線狀態，使河水流動速度加快進而減少沉積物，有助於防治洪水氾濫。也作「裁彎取直」。

因為大浪沖過來，不但種的草木，連堤防也坍掉，海水就湧進來了。過去就有幾次，颱風的晚上堤防**決潰**了，使我們吃了無數的苦頭。（呂赫若〈風頭水尾〉）

黃梅天漏，江南雨多。發大水淹沒田地，總在這個時候。但並非不可收拾，成災的年代極少，不過青草塘地勢低窪，十九會被浸淫。（高曉聲〈魚群鬧草塘〉）

凌晨，沉寂未久的廣播聲再度響起，緊急警告居民溪洪高度已超越有史以來的安全水線，催促里民盡快開走停在河堤下的車輛，並及早做好溪水漫溢或河堤崩決的準備。（詹明儒〈流動在三角湧溪的歲月〉）

一旦做大水，河水暴漲、四處漫漶，作物往往來不及收成，即被急流淹沒或沖走，所有心血便都付之水流，又且覆上一層砂石或淤泥，需再重新整地，其中的辛勞艱苦實難以想見。（吳晟〈堤岸〉）

於是，豪雨觸動山洪，河水挾泥沙滾滾而下，河身狹仄、曲折不利洩洪，再遇河口附近海水倒灌，兩派水系只需激戰一夜，即能使冬山河岸田疇、村舍沒入一片汪洋之中。（簡媜〈水證據〉）

以前只有狹窄的溪水河道，洪水難免越堤，但溪岸和腹地沼澤、溼地多，不用煩惱溪水暴漲，無法吸納的問題。現在水道筆直、寬敞，溪水速度快，流量大，反而讓山谷充滿水災肆虐的危機。（劉克襄〈重返火燒寮〉）

「做大水」是冬山河流域孩子們的共同記憶——平等且沒有階級之分的經驗。整治後這條河已馴化，但你必須自私地承認，最懷念的仍是她的狂野時代。（簡媜〈水證據〉）

現今開車進侯硐，首先映入眼簾的是寬闊的基隆河景，這是近來才整治好的員山子分洪工程，由瑞芳往九份一〇二號公路半途，往侯硐分叉路走北三十七道路一分鐘就到了。（曾陽晴〈侯硐遊〉）

堤壩上茂生的灌木叢下，隱約看見大石疊成的高階護堤，是近年推行的生態工法，既兼顧防洪又滋養草木，將人家後門陋巷掩在碧蒼蒼密林裡。（戴玉珍〈北坑來的水〉）

4 平野沙漠

平野

【四野】四周廣闊的原野。

【沃衍】肥沃的平野。

【坦迤】平坦綿延的樣子。

【原野】平原曠野。

【荒野】荒涼的原野。

【莽蒼】形容郊野景色迷茫。也指廣大無際的原野。

【溥原】廣大的平原。

【蒼莽】郊野景色看不清的樣子。

【寥廓】空曠、深遠。

【遼闊】遼遠、寬闊。

【瀰迆】ㄇㄧˇ ㄧˇ，平坦遼闊的樣子。迆，通「迤」字。

【壙埌】ㄎㄨㄤˋ ㄌㄤˋ，形容原野空蕩廣闊貌。

【壙壙】原野廣大空曠貌。

【曠野】空闊的原野。

【曠寥】空曠、寥廓。

【陰莽莽】昏暗廣闊貌。

【坦坦蕩蕩】平坦寬闊。另有行事正直、磊落之意。

【肆意揮灑】任意放縱，灑落自如。此形容平原廣闊，無邊無際的樣子。

【綠野】綠色的原野。

【平蕪】雜草繁茂的平原。

【常青】長保青翠。

【沖積】高地的泥土、沙礫等受水流沖擊而沉積到下流較平坦的地區。

【沖積平原】由河流的沉積作用而形成的平原地貌。

【平疇】平原田地。

【田埂】田間的土埂，用來分界和蓄水。

【田野】田地和原野。

【田疇】田地。

【阡陌】田野；田間小路。

【原田】原野上的田地。

【旱田】土地表面不蓄水的田地。通常種植不需要大量水分的落花生、蕃薯等。

只記得當時微風輕吹，掀動我覆額的黑髮，四野景色依舊宜人，好像什麼事情也不曾發生；然而，我畢竟脆弱的稍稍有些感傷了——我自己知道，我所哀悼的，又豈僅是清溪阿伯而已！（洪醒夫〈清溪阿伯與布袋戲〉）

西川，這塊憋在海隅的鄉壤，沒有嵯峨怪麗的崗巒；沒有蓊鬱森碧的林木；沒有馨香斑斕的花草；沒有巍峨櫛比的高樓。有的只是綿亙寥廓的平野；有的只是波濤翻湧的海域；有的只是一灣清淺的小溪；有的只是低矮簡陋的瓦舍；更有的只是那片寧謐、荒僻、素樸，而充滿鹹味的氛圍。（顏崑陽〈失帆之港〉）

中、上游河段多山谷溪澗、河水湍急；下游則沖積而成遼闊的彰雲平原。（吳晟〈溪埔良田〉）

在遼闊的曠野上／一陣疾風／吹向了抖擻的芒草／用堅韌的身軀／在曠野的地平線守望（趙天儀〈芒草的天空〉）

除夕將近的空中，／飛來飛去的一對鳳凰，／唱著哀哀的歌聲飛去，／銜著枝枝的香木飛來，／飛來在丹穴山上。／山右有枯槁了的梧桐，／山左有消歇了的醴泉，／山前有浩茫茫的大海，／山後有陰莽莽的平原，／山上是寒風凜冽的冰天。／天色昏黃了，／香木集高了，／鳳已飛倦了，／凰已飛倦了，／他們的死期將近了。（郭沫若〈鳳凰涅槃〉）

我現在將以一個平原之子的心情來訴說你們的山水，在多山的地方行路不方便，崎嶇坎坷，總不如平原上坦坦蕩蕩；住在山圈裡的人不容易看到天邊，更看不見太陽從天邊出現，也看不見流星向地平線下消逝，因為亂山遮住了你們的望眼；萬里好景一望收，是只有生在平原上的人才有這等眼福；〔……〕（李廣田〈山水〉）

靜靜的看廣場，看收成後的甘蔗園，甘蔗園過去的兩道平行線，青色的是柏油路，褐色的是鐵路，然後，是肆意揮灑的大平原。（栗耘〈奇美的花〉）

這山村的墾殖開始於一七五〇年代，當時的車軌寮一片綠野平疇，中有圳溝沿路向山下行去，圳溝兩旁就是水田，綠色的稻苗，金黃的稻穗，赤腳的農夫，壯碩的水牛，還有田間棲息的白鷺，構成一幅亮眼的山村農耕圖，〔……〕（向陽〈山村車輓寮〉）

這次我離開你，是風，是雨，是夜晚；／你笑了笑，我擺一擺手／一條寂寞的路便展向兩頭了。／念此際你已回到濱河的家居，／想你在梳理長髮或整理溼了的外衣，／而我風雨的歸程還正長；／山退得很遠，平蕪拓得更大，／哎，這世界，怕黑暗已真的成形了……（鄭愁予〈賦別〉）

天光初瀉，雞已三啼，我折枝笄髮，掬水果腹，隨著一伍莊稼漢子，來到平野。啊！阡陌如織，薄霧之中，又如千條飄帶，一起向我招搖。（簡媜〈天涯海角——給福爾摩沙〉）

沙漠

【平坦】地表無高低凹凸。

【平滑】平而光滑。

【安詳】平靜自然。

【均勻】平均；均等。

【柔和】柔軟；軟和。

【柔軟】柔和。也可作軟而不堅硬。

【軟和】柔軟。

【軟軟】柔軟，輕軟。

【綿綿】微細。也作連續不斷之意。

【神祕】奧祕。神妙莫測，難以捉摸。

【奧祕】深奧神祕。

【謎樣】形容充滿神祕色彩或令人無法理解的人、地或事物。

【莫測高深】形容深沉到令人難以揣測或理解。

【幻景】虛幻的景象。

【蜃氣】一種大氣光學現象。光線經過不同密度的空氣層後發生折射，使遠處景物顯現在半空或是地面上。古人誤認這種現象是蜃吐氣而造成的，故稱之。蜃ㄕㄣˋ，一種大的蛤蜊。

【海市蜃樓】由於光線折射，而將遠處景物如城市、樓閣等投映在空中或地面上。這種現象多出現在夏季沿海一帶或沙漠中。多用來比喻虛幻的景象或事物。也作「蜃樓海市」。

【大漠】無邊的沙漠。也可指中國西北一帶的廣大沙漠。

【戈壁】沙漠的蒙古語。指蒙古大沙漠，土質大半為細沙和碎石，地表堅硬，不同於一般的沙漠。古也稱「翰海」、「瀚海」。

【蒼茫】 空曠遼遠的樣子。也可形容廣遠迷茫的樣子。

【平沙萬里】 平坦廣闊的沙漠。

【茫茫一片】 廣大遼闊的樣子。

【純然一色】 形容沙漠除遍地黃色的沙土外，看不見其他顏色的物體。純然，完全；純粹。

【黃沙漫漫】 形容一望無際的黃色沙土。

【無邊無際】 看不見邊際。形容寬廣、遼闊。

【漫無邊際】 非常寬廣，一眼望不到盡頭。

【荒漠】 荒涼的沙漠或原野。

【寸草難生】 連一點小草都難以生長。形容土地貧瘠或災情嚴重。也可形容沙漠大部分的地面覆蓋沙土，植物難以生長。

【不毛之地】 荒涼貧瘠，不生草木的土地。

【沙丘】 在風力作用下由沙粒堆積成的沙堆，最常見於沙漠、河岸或海邊等沙地。

【沙磧】 沙漠。也可指沙灘或沙洲。也有「砂磧」。磧，ㄑㄧˋ。

【沙礫】 沙和碎石子。

【起伏】 此形容沙丘高低不平，有如波浪般。

【流沙】 沙漠中常隨風流動轉移的沙。

【狂風沙】 狂風揚起的沙土。

【風沙迷眼】 風揚起的沙土讓眼睛看不清楚。

【黃沙滾滾】 塵土飛揚，漫天黃沙翻騰。也作「黃塵滾滾」。

【漫天風沙】 滿天都是被風吹起的沙土。

【無窮無盡波浪起伏的沙粒】 形容大風吹起遍地沙土時，就像一波波起落不止的波浪般。

【綠洲】 沙漠中水草豐盛的地區。

沒有隆起的沙丘，也不見有半間泥房，四顧只是茫茫一片，那樣的平坦，連一個「坎兒井」也找不到，那樣的純然一色，就使偶爾有些駱駝的枯骨，它那微小的白光，也早已溶入了周圍的蒼茫，又是那樣的寂靜，似乎只有熱空氣在哄哄的火響。（茅盾〈風景談〉）（坎兒井，新疆一帶因應氣候乾旱的一種灌溉工程。即是從山坡到田地挖成一連串的暗溝，將山上的融化的雪水滲透到地下水，以作為農田澆灌之用。）

我家的門口，開門出去是一條街，街的那一邊，便是那無邊無際的沙漠，平滑、柔軟、安詳而神祕的一直延到天邊，顏色是淡黃土色的，我想月球上的景色，跟此地大約是差不多的。（三毛〈平沙漠漠夜帶刀〉）

許久，地貌果然開始改變了！沙漠的表面愈來愈平滑、均勻，顏色也成為比較柔和的土黃。漸漸地，地形也有了起伏，小形的沙丘，或遠或近的出現了！（羅智成〈沙中之沙——北非之旅〉）

軟軟的細沙，也不硌腳，也不讓你磕撞，只是款款地抹去你的全部氣力。你越發瘋，它越溫柔，溫柔得可恨之極。無奈，只能暫息雷霆之怒，把腳底放輕，與它廝磨。（余秋雨〈沙原隱泉〉）（硌ㄍㄜˋ，碰到凸起、堅硬的東西而使身體感到痛苦或損傷。）

回首天山，整個南麓都浮升出來了，崢嶸嶙峋，難以言狀。俯瞰前方的吐魯番，蜃氣中已經隱約現出了綠洲的輪廓。在如此悲涼嚴峻的風景中上路，心中湧起著一股決絕的氣概。（張承志〈漢家寨〉）

如夢如幻又如鬼魅似的海市蜃樓，連綿平滑溫柔得如同女人胴體的沙丘，迎面如雨似的狂風沙，焦烈的大地，向天空伸長著手臂呼喚嘶叫的仙人掌，千萬年前枯乾了的河床，黑色的山巒，深藍到凍住了的長空，滿布亂石的荒野……這一切的景象使我意亂情迷，目不暇給。（三毛〈收魂記〉）

那是抗戰的最後年頭，兵荒馬亂，一位陳姓敦煌所職工病倒在沙漠上，他呼天搶地，聲嘶力竭，極端恐懼地喊了整整半天，可憐誰也聽不見。直到大漠落日，暮色蒼茫，才算遇上了過路人，他緊緊拉住我的衣角，苦苦哀求將他送回蘭州，唯恐死在不毛之地的沙丘之中。（常書鴻〈從鐵馬響丁當說起〉）

亞斯文水壩附近有一個理工學院，建在亞斯文沙漠與撒哈拉大沙漠的交界處，許多埃及大學生埋首研究水壩的問題，他們在寸草難生的沙漠地上，研究著世界上最大的湖水的將來，說起來也是數千年來生育埃及文明的尼羅河，一個極大的諷刺。（林清玄〈星落尼羅河〉）

是誰在沙漠上／啞口的層層荒蕪中／羅列久久猶不肯瞑目的／望著天空的頭顱／黃沙滾滾／眼瞼上有天空的淚痕（李魁賢〈海灣戰事　沙漠〉）

在這兒，無窮無盡波浪起伏的沙粒，才是大地真正的主人，而人，生存在這兒，只不過是拌在沙裡面的小石子罷了。（三毛〈搭車客〉）

四 人文環境

1 環境

繁榮

【稠】繁密。

【川流】形容像水流一樣連續不斷或次數頻繁。

【市廛】市中店鋪。也指商店雲集的市區。廛ㄔㄢˊ，店鋪。

【軟紅】形容繁華、熱鬧。

【喧騰】吵鬧、沸騰。

【喧闐】喧嘩、熱鬧。闐ㄊㄧㄢˊ，充塞。

【喧嚷】喧嘩、吵鬧。

【絡繹】往來不絕。

【稠密】多而密。

【稠集】此指人口稠密，住家聚集。

【熙攘】人來人往，忙碌紛紜。也有「熙來攘往」。

【蝟集】好像刺蝟的毛般聚集。比喻繁多而叢雜。

【熱鬧】人群聚集、喧嘩吵雜。也作「鬧熱」。

【繁華】繁榮；熱鬧。

【嬲騷】擾亂；騷擾。嬲ㄋㄧㄠˇ，擾亂、糾纏。

【雜沓】紛雜繁多貌。

【叢簇】叢集；緊密聚集。

【擾攘】吵鬧、紛亂。

【鬧滾滾】形容熱鬧、吵雜的樣子。

【人潮洶湧】比喻人群像潮水一樣洶湧。

【人潮流水】比喻人群像流水一樣不斷行進著。

【十里洋場】本指清末上海租界一條長約十里的大街，這條街道因洋人聚集，洋行與洋貨充斥，因此被稱之「十里洋場」。後多用來借指上海市區或比喻熱鬧繁榮的地方。

【車水馬龍】形容車馬絡繹不絕，繁華熱鬧的景象。

【車馬喧囂】形容車馬往來不止，熱鬧非凡的樣子。

【往來如織】人來人往，像是織布一樣。形容熱鬧繁華的樣子。

【肩摩踵接】肩摩著肩，腳碰到腳。形容往來的人很多，前後相繼不絕。也有「比肩繼踵」、「踵接肩摩」、「摩肩接踵」。

【肩摩轂擊】肩靠著肩，車子互相碰撞。形容往來人車擁擠或市況繁榮。也作「轂擊肩摩」、「擊轂摩肩」。轂ㄍㄨˇ，車子中心的圓木。

【紅塵萬丈】比喻塵世喧擾不斷的繁華與熱鬧。紅塵，鬧市的飛塵，多比喻繁華之地。

【接踵而來】形容來者很多，絡繹不絕。

【蟻螻似的】形容人群眾多而擁擠，有如不計其數的螞蟻和螻蛄等這類小蟲般。

【如錢塘江潮】比喻人群眾多的景象，有如中國浙江錢塘江潮般的壯觀。

【擠人也被擠】形容人群擁擠的樣子。

【車如流水馬如龍】形容車馬絡繹不絕，繁華熱鬧的景象。

【推着前浪，也被後浪所推動】本指江水奔流，前後相繼。此指人潮眾多，造成人群前後推擠、碰撞。

【簇擁著別人也被別人簇擁著】形容人潮洶湧的樣子。

【相扣相連】相互連接、關聯。

【星羅棋布】形容多而密，如星星、棋子般廣泛分布。

【密密接接】密集；緊密連接。也作「密接」。

【參差比鄰】紛雜不齊而相互鄰近。

【錯落有致】形容事物的布局雖交錯紛雜，但卻富有條理或情趣。

【櫛次鱗比】比喻建築物排列密集。櫛次，像齒梳般緊密排比；鱗比，像魚鱗一樣相次排列。亦作「鱗比櫛次」、「櫛比鱗次」。也有「鱗鱗比比」。

【金光耀目】可形容都市夜晚燈火閃耀，一片繁華的景象。

【霓虹閃爍】指多用於廣告或裝飾的霓虹燈閃耀著各種色光。可形容都市夜晚的繁華景象。

【耀耀煌煌】燈光明亮輝煌。形容都市夜晚的繁華景象。

揣想當初新市街落成，將原本僅容牛車一輛通行的街道拓寬後，小鎮突然飛迅、突然現代起來的鬧熱境況，以布匹與藥材為主的商業活動召來鄰近街庄的人潮車潮，川流，絡繹。（許正平〈中正老街〉）

且看小屋的主人，住不多久，就匆匆趕回十丈軟紅的臺北市，一到就打電話找朋友再次的「暢敘離情」。可見田園的幽靜，還是敵不過友情的溫馨。（琦君〈方寸田園〉）

我沒有想到，一條曲折的小巷竟然變化無窮，表裡不同，櫛比鱗次的房屋分隔著陸與水，靜與動。一面是人間的苦樂與喧嚷，一面是波影與月光，還有那低沉迴盪的夜磬聲，似乎要把人間的一切都遺忘。（陸文夫〈夢中的天地〉）

近年來高大的建築物愈來愈稠密，大街上的安全島多半取消，人們在臺北市所能看到的青空也愈來愈狹窄。保險公司和股票市場，電影廣告和醫藥宣傳，塞滿了百萬人口的臺北。每天早晨，蟻螻似的群眾自火車站、公共汽車裡湧出來，瀉滿了臺北市的許多角落。（張健〈臺北二十年〉）

我在倫敦紐約雖住得不久，卻已嗅得歐美名都的忙空氣；若以彼例此，則藐乎小矣。杭州清河坊的鬧熱，無事忙耳。他們越忙，我越覺得他們是真閑散。（俞平伯〈清河坊〉）

這裡的氣候黏在冬天與春天的接口處／（這裡的雪是溫柔如天鵝絨的）／這裡沒有嬲騷的市聲／只有時間嚼著時間的反芻的微響（周夢蝶〈孤獨國〉）

今天，整齊的高樓已經把從前的那些矮屋給踩在腳底下，叢簇的樓群已經和淡水河對岸的市區遙遙相對起來。埔的影子早已消失，市的味道已經相當的深濃，而那些讓這個地方失光的事件，也跟著越來越少起來，今日的三重，不可輕視了。（張騰蛟〈地方誌〉）

陰曆十五，商船泊埠，／一簍簍的貨物自漳泉來，／自運河搖櫓欸乃入城，／擾攘的市集，／接踵而來的人群，／那時古都依然新穎和快樂／並且流行最時尚的服飾與髮髻，／所有燒香時許下的願，／皆將於今生來世一一還清。（劉捷〈大稻埕點畫〉）

從延平北路到大橋頭，陋巷的肩摩轂擊的鬧滾滾。（張錯〈古都〉）

「五四」風暴中，作為一個北方省城的中學生，到上海參加第一次全國學生代表會議。這宛如一枚剛出土的土豆，猛然落入金光耀目的十里洋場。（曹靖華〈憶當年，穿著細事且莫等閑看〉）

有時候，莫名其妙穿上簡單的球鞋，就在紅塵萬丈的臺北市慢跑起來。跑步的時候可能有很好的心情、很沉重的心情，或者只是很簡單的心情。沿著臥龍街向前邁開腳步，經過六張犁公墓，轉個彎通過和平完全中學……慢慢跑著，心情漸漸沉澱下來，只剩下風、汗水、腳步，以及心跳的聲音。（侯文詠〈與風同行〉）

其實哪裡還有靜穆莊嚴？觀光客如錢塘江潮或許是必要之惡，但自高處往四界望去，卻發現屋檐都讓透明塑膠管給圈起了輪廓，塑膠管裡有小燈泡。當天色變黯，這裡也像豫園商圈朝觀光客招手的姿態嗎？（王盛弘〈寒山寺〉）

不同種族的淑女紳士淑女，顫顫巍巍，在燈光變換前簇擁著別人也被別人簇擁著越過大街，把街景烘托得異常國際。〔……〕立刻，人行道上的潮流將我們捲了進去。於是我們也參加擠人也被擠的行列，推着前浪，也被後浪所推動。（余光中〈登樓賦〉）

鬱悶的小鎮，相扣相連的巷弄日夜騷動著，那時我半夜常常被驚醒，有時是夫妻吵架，兩人拿刀對峙，旁邊有一群小孩哭嚎的叫聲；有時是河堤屠宰場的豬隻夜半慘烈的嚎聲；有時是幾個小太保追逐

幹架的叫囂聲。（楊索〈回頭張望〉）

那末鱗鱗比比店房，那末密密接接的市招，那末耀耀煌煌的燈光，那末狹狹小小的街道，竟使你抬起頭來，看不見明月，看不見星光，看不見一絲一毫的黑暗的夜天。（鄭振鐸〈黃昏的觀前街〉）（市招，商店門外的名號、招牌或用來招徠顧客的標誌。）

在月明的夜裡，女子鬼魂騰空升起，自高空中俯視「不見天」。長達五里的參差比鄰斜屋頂，錯落有致，隨著「五福路」略彎曲成新月，月光下輝映成一條靜臥巨龍，恍若還有著呼吸脈動，在月移雲湧中，幽微起伏。（李昂〈不見天的鬼〉）

幽靜

【靜】平和、恬淡；安靜無聲。

【沉靜】寂靜、沒有動靜。

【杳然】幽深、寂靜貌。

【幽寂】清幽、寂靜。

【幽清】幽雅、清靜。

【幽深】深而幽靜。

【幽雅】幽靜、雅致。

【冥暗】幽暗。

【清幽】清靜、幽雅。

【清雅】寧靜、幽雅。

【莊嚴】端莊、肅穆。

【陰幽】邊遠、幽僻。

【偏靜】偏僻、安靜。

【寧謐】安靜；平靜。

【僻靜】偏僻、幽靜。

【優雅】可形容環境優美、雅致。

【靜穆】安靜、肅穆。

【遠離塵囂】遠遠地離開世間的紛擾、喧囂。

【鬧中取靜】在喧鬧環境中自取安靜。

【亂中得幽】在紛亂環境中顯得幽靜。

【隱居】退居山野或偏僻的地方；深居不肯出來做官。

【泯跡】隱藏身跡。

【屏居】隱居。

【屏隱】屏退世事而隱居。

【幽居】隱居。

【幽棲】隱居。

【幽獨】獨處於僻靜之處。也作寂靜、孤獨。

【幽隱】隱居。也有隱蔽之意。

【豹隱】比喻隱居山林。引申隱藏潛伏。

【避世】離世隱居。

【蟄居】隱居。蟄，讀音ㄓˋ，語音ㄓㄜˊ，本指動物冬眠，藏起來不飲不食，可引申隱藏潛伏。

【隱遁】隱居起來，遠避塵世。

【歸隱】回到故鄉或山野林間隱居。比喻遠離世俗，隱避行蹤。

【枕石漱流】以山石為枕，以流水漱口。形容隱居生活。

【遺世獨立】脫離現實社會而獨立生存。

【離群索居】離開群體，單獨居住。

我家右前側，是詩人蕭蕭的居所，兩家相旁，站在客廳庭院就可聲氣互通；蕭蕭愛詩，尤憐花草，於是他精心栽植的園圃雜細，也都成為我放眼可觀的美景。住在這樣的所在，有著山村的靜、人情的純、詩與多年老友的清淡可掬，住在這樣的遠離塵囂的所在，夫復何求？（向陽〈山村明月〉）

比如杭州的「雷峰夕照」，至今仍列名於舊「西湖十景」之中。人們路過淨慈寺，看到南屏山下林樹翳翳，古塔杳然，可以引起對善良的白娘子無端被邪惡迫害的同情和遐想，〔……〕（袁鷹〈燕臺何處〉）

旅舍的後邊，有道三百多級的階梯，直往山上通行；那古舊堅固的石級，通往山林的樹莊和一片植物園，從石級的最上面朝下鳥瞰，整個山的盆地裡的房子，像積木般，被圍繞的雲絮所浮貼，露出幽深低度感。（林佛兒《北回歸線》）

鎮江是箇古老的小城，比南京要顯得清幽，每從一些人家的門口，可以望見小小荷塘與半畝菜地。（鍾梅音〈春天的小花〉）

那是個寧謐的小小鎮市，僅兩條的古老磚房街路，一端是一所已有上百年歷史的古廟，另一端則是一

泓古潭，一條清澈的小溪。（鍾肇政《插天山之歌》）

原來魯鎮是僻靜地方，還有些古風：不上一更，大家便都關門睡覺。深更半夜沒有睡的只有兩家：一家是咸亨酒店，幾個酒肉朋友圍著櫃檯，吃喝得正高興；一家便是間壁的單四嫂子，她自從前年守了寡，便須專靠著自己的一雙手紡出棉紗來，養活她自己和她三歲的兒子，所以睡得也遲。（魯迅〈明天〉）

然而理想的下午，也常發生在未必理想的城區。不是每個城市皆如巴黎。便在喧騰雜沓的自家鄙陋城市，能鬧中取靜，亂中得幽，亦足彌珍了。（舒國治〈理想的下午〉）

最近的十幾年，他一直隱居海外，很少回台北，他就像一個失去戰場的將軍，給人以悲劇英雄的落寞感。他那踽踽獨行的身影，想來真讓人感到不忍。（瘂弦〈我、聯副、人間與高信疆〉）

一朝從「場面上」退下來，不要說活生生的客人，就是那一具黑烏烏冷冰冰的電話都難得響，那種悽涼，又數倍於常人。難怪幹過大事的人，都喜歡標榜歸隱山林，再不濟的也搬到市郊去住，車馬喧囂，他們不見得不願聽，只是不忍聽。（亮軒〈主與客〉）

荒蕪

【落後】指處於較低的發展水平上。
【式微】衰微；衰落。
【沒落】落伍；衰敗。
【封閉】隔絕；局限於狹小領域。
【凋敝】指衰敗的景象。
【敗落】衰落。
【落伍】比喻事物、思想行動跟不上時代發展的形勢。
【貧廢】窮困、衰落。
【鄉下】泛指城市以外的地區。
【鄉野】鄉村野外。
【被遺棄】此指不受到重視或被棄而不顧的地區。

【發展遲緩】開發進展緩慢。
【冷清】荒涼、寂靜的樣子。也作「清冷」。
【冷寂】冷清、寂靜。
【冷落】冷清；蕭條。
【冷僻】冷落、偏僻。
【孤懸】孤立。
【荒涼】荒蕪而冷清。
【荒陬】荒遠偏僻之地。陬ㄗㄡ，偏遠的地方。
【荒疏】荒蕪。
【荒寒】荒涼而有寒意。
【荒楚】草木叢生之地。

【荒僻】人跡罕至且偏遠。
【荒曠】荒涼、空曠。
【淒清】淒涼、冷清。
【疏落】稀疏、零落。也作「疏疏落落」。
【疏蕪】稀疏、荒蕪。
【蒼涼】荒蕪、淒涼。
【寥落】冷清。
【鄙陋】簡陋荒僻。另有地位低微之意。
【鄙野】郊外偏僻之地。
【僻野】荒僻的野外。
【僻壤】偏僻的地方。
【蕭索】冷落、衰敗貌。

【蕭疏】冷落、稀疏。
【蕭條】寂寥、冷清的樣子。
【蕭森】幽寂、冷清貌。也有陰森之意。
【蕭簡】蕭索、廣大貌。
【人煙稀少】形容偏僻、荒涼的地方。
【門可羅雀】形容做官的人從擁有權勢到離開政治中心後門庭冷落、賓客稀少的景況。
【荒煙蔓草】荒野的煙霧，蔓生的雜草。形容荒涼的地方。

【蠻煙瘴雨】本指中國南方有瘴氣的煙雨。也泛指極為荒涼之地。
【死寂】形容非常寂靜、死沉沉的。也作沒有一絲生氣。
【鬼域】鬼魂出沒的境域。也可形容環境陰氣森森。
【陰森】幽黯的樣子。也作「陰森森」。
【荒涼肅殺】形容景況充滿一種冷清、嚴酷的氣氛。

對於我們的小鎮有這樣一條打鐵街，有人認為那是一種落後的景貌，因為有關打鐵街的存在價值，曾在我們的小鎮引起過一場討論與爭議，〔……〕（王灝〈打鐵街〉）

根據對反地的理論，芒角（後稱旺角）與沙頭角分別成為了香港一地的中心和邊沿，處於對立的兩極位置。二十世紀的旺角（芒角）商店林立，人口密度為境內最高，而「沙頭角」則在口頭語中成為了

「荒僻無人之所」的同義詞，包含了「落後」和「被遺棄」的意思。（董啟章〈對反地〉）（對反地，當兩個地方處於極端對立的狀態。）

人口，是台灣城鄉破壞的最大根源。美濃自上世紀七十年代一直維持五萬的人口數，二十一世紀開始，更降低至四萬多人；算是破壞較小的。但「沒落」或「蕭條」的意象，卻在鎮上隨處可見，這亦是台灣各地皆有的通景。（舒國治〈最美的家園——美濃〉）

即使後來港口沒落，鹿港變成了一個隱藏在西部濱海區的封閉小鎮，但文化的底蘊卻沒有因時空的變遷而磨蝕，反而讓鹿港人充滿了特殊的氣質。（心岱〈來到曠野〉）

於是，才看到那一塊塊比座標紙還規則的公寓，每一戶都晾著些不十分白的衣服，在正午的懶風中待飄不飄的，猛一看，恍惚覺得是某種老屋的窗紙，又破又乾地裂成一種敗落的形象。（張曉風〈不是遊記〉）

即使我是彰化人，卻也摸不著頭緒二水是個什麼樣的地方，只知道會號稱「好山好水」的地方絕對就是人煙稀少、發展遲緩的鄉下的那個意思。（九把刀〈二水，這裡〉）

九份仔是一年比一年蕭條而冷清；礦村往年那種濃郁的年節味竟蕩然無存，除了昇平戲院和小菜場周遭還見著人群外，愈往上走便愈有步向廢墟的感覺；幾幢舊屋門，散佈著來自都市那種突兀而且荒謬的色彩，〔……〕（吳念真〈看戲去囉〉）

時光快快流轉，世事速速變遷，花束的大地上，曾經有過的冷寂和荒曠，已經悄悄地遠颺了；或許消失在大海裡，或許逃去了遠方。（張騰蛟〈風景花束〉）

前面有一叢樹林，樹林蔭裡，疏疏落落的看得見幾椽農舍。有兩三條煙煙囪筒子，突出在農舍的上面，隱隱約約的浮在清晨的空氣裡。一縷兩縷的青煙，同爐香似的在那裡浮動，他知道農家已在那裡炊早飯了。（郁達夫〈沉淪〉）

眷村外是寥落人家，是菜園，遠一點是稻田，再遠是竹林，孩子眼中的夜的邊緣，則是龐大的山。（張曼娟〈月與燈依舊〉）

直到現在，雖然交通是比較便利了，但像這樣的僻野地方，依然少有人知道所謂報紙新聞之類的東西。但這些地方也並非全無新聞，那就專靠這些挑擔推車的人們了。（李廣田〈野店〉）

時候既然是深冬，漸近故鄉時，天氣又陰晦了，冷風吹進船艙中，嗚嗚的響，從篷隙向外一望，蒼黃的天底下，遠近橫著幾個蕭索的荒村，沒有一些活氣。我的心禁不住悲涼起來了。（魯迅〈故鄉〉）

七〇年代的億載金城，位於荒煙蔓草中，四周皆是魚塭，想不到，現在卻是燈紅酒綠的地方，不禁讓人發出滄海桑田之嘆。（羊子喬〈七〇年代府城追思錄〉）

此外，從前的人由氣候宜人的中原或風光明媚的江南，到蠻煙瘴雨的南方或冰天雪地的塞外，醫藥不完備，生命時刻都有危險，那時得罪了皇帝充軍的人遷官以外，還有生離等於死別的痛苦。（思果〈別離〉）

有一天上午，我忘了為了什麼事情從鎮上回到自己的村子，天氣很熱，蟬在四處樹上叫著，我走過一個又一個厝宅牆堵，轉角、巷口，沒見個人影，平常那種——也不能說是害怕，但總是有點異樣的感覺又悄悄的在身體，隱隱約約的，我忽然明白到了，這不是沉靜，是死寂，是人的精神死寂使厝落變得像眼前這樣的死寂。（黃克全〈夜戲〉）

這些簇擁在山頭的森嚴、破敗建築，在後世反成為某些藝術家的噩夢場景、地獄圖像，我卻在這泰半無人居住的鬼域感受到家的餘溫……。（羅智成〈沙中之沙——北非之旅〉）

汙染

【噪音】嘈雜刺耳之聲。

【光害】因地面大量燈光照到天空，形成一面光幕，進而影響天文觀測與研究。也作「光汙染」。

【灰稠】此指因火災而造成的灰暗濃煙。

【灼燒】焚燒。

【沉疴】本指久治不癒的疾病。此指空氣中累積大量車輛排放的廢氣。疴ㄜ，通「痾」字。

【油煙味】油類燃燒不完全所產生的濃烈味道。

【汙濁油煙】烹調或燃燒油類所產生的混濁煙氣。

【烏煙瘴氣】比喻空氣汙濁、秩序混亂。

【刺鼻】氣味嗆鼻難聞。

【嗆鼻】因吸入刺激性的氣味而感到不舒服。

【衝鼻】鼻子吸入過於強烈的氣味而感到不適。

【濃濁】濃厚汙濁。

【飄塵】飄浮在空氣中的微小粉塵，能隨氣流飄往各處，造成環境汙染。

【油漆臭】形容空氣中瀰漫著難聞的油漆味道。

【核廢料】指核能發電廠使用過後的核燃料，因其具有高度放射性，宜謹慎處理，以防輻射外洩。也稱「核能廢料」。

【鐵銹黑煙】指燃燒鐵銹後產生黑色的煙。鐵銹，鐵在潮溼空氣中產生的氧化物。銹，通「鏽」字。

【毒氣氤鬱】指空氣中充塞著濃郁的毒氣味。氤鬱，氣味濃郁。

【空氣汙染】指大氣中存在的灰塵、浮游塵、有害氣體等汙染物質。包括工廠或交通工具所排放的廢氣，以及外洩的輻射線等，都足以對人類或生態造成損害。

【放射汙染】指核能廢料以及待處理的放射性物質釋放出的輻射線侵襲人類，引起肌肉組織病變。

【汙水】不清潔的水。也指汙水管道所輸送的廢棄的液體。

【廢水】作為廢物而排出的水。

【膠稠】此形容水受到汙染後黏稠、不清澈的樣子。

【黃茫茫】此形容受到工業廢水汙染後，河川呈現出一片的汙濁泥濘。

【酸雨】由燃燒煤、石油的發電廠、煉油廠、汽車等所排放出的二氧化硫等進入大氣中，和水蒸氣起化學反應後形成硫酸和硝酸，以雨、雪、雹、霧等方式降下而形成酸雨。酸雨會對水源造成汙染，也會損害植物生長和腐蝕建築物等。

【水污染】因某種物質、生物或能量的介入，使水質發生化學、細菌或生物性變化的現象。如工業廢水、家庭汙水、船舶漏油，對自然環境和生態都會造成危害。

【油汙染】因工業、海港廢油或油輪發生意外漏油，破壞環境造成水中生物的大量死亡。

【土壤汙染】土壤受到外來化學物質的侵入，例如重金屬、工業廢水等，使土壤變質，失去種植的能力。

因為，我所在的是一個鋼筋水泥的灰色大都市，我看到的，是工廠廢氣排放後灰色的天，我的四周俱是車輛的噪音，匆促的步調與灰色面孔的人們。（李昂〈買花與「愛草」〉）

因為光害，螢火蟲無法交配，「光明」驅趕了「黑暗」，卻使生命絕滅。（蔣勳〈滅燭，憐光滿〉）

由蔗園往上竄的濃煙像掙扎在水面上極欲呼吸新鮮空氣的魚的空氣泡破了。村子裡的狗對著濃煙狂吠不止。天空全黑了下來，灰稠的煙被風送得更遠，附依在黑天夜幕上，濃得像凸起的灰顏料。（蘇偉貞《離開同方》）

走在夏日的城市，乾燥沉痾的廢氣聚攏地平面上。在擁擠的日子時，甚至只需嗅覺即能分辨出交通流量增加。（王家祥〈文明荒野〉）

我甚至記得沿途車輛的油煙味、暗黑禮堂新打過蠟的嗆鼻味、校門左側幾株茉莉的芳香味、操場邊緣欖仁樹落葉的乾枯味，對我而言，這些都是城市的第一氣味，這些氣味清晰得毫無道理，還經常浮動在我青春不待的嗅覺裡。（楊翠〈借暮色溫一壺老人茶〉）

二〇〇一年花都第一瞥，瞥見蒙馬特於下班時間陷入燜燒鍋，舉目烏煙瘴氣，草葉枯萎，苞蕾等不到

盛開的早晨；〔……〕（王盛弘〈像小鳥唱歌不一樣〉）

但就在一九六〇年代初期的某一個時候，鍊銅場竟然開始排放出略帶褐黃而且夾帶刺鼻氣味的濃煙。一旦風向改變，那些濃煙會籠罩住整個金瓜石山谷甚至延伸到山頂。（吳念真〈102公路〉）

（鍊，用火燒或高溫加熱等方法，使物質變得精純或堅硬。通「煉」字。）

後來，果園附近的農地興建了一座小規模的鐵工廠，鍋爐鎮日燃燒，噴出濃濁的鐵銹黑煙，飄落在周圍的土地上。（王家祥〈你可以成為鳥類學家〉）

掩埋廣漠的沙漠的曠野／兄弟喲，又增加了一座油漆臭的工廠。／那是儼然的鋼筋水泥／要衝破天空似的煙囪，／兄弟喲，／不久我們會渾身漆黑在那裡工作吧。／一群失業者會在那裡賺取每天的米糧吧。（林芳年〈曠野裡看得見的煙囪〉）

鳥居可能想不到，有一天這群被他稱為「武陵桃源的人們」，將與供應台灣明亮夜晚的核廢料同居。一九八八年二月二十日，蘭嶼島上舉行第一次反對核能廢料場的遊行，那天夜晚的台北，想必也正燈火輝煌，光彩絢爛。（吳明益〈十塊鳳蝶〉）

早晨九點，在大肚溪下游，幾乎看不見對岸的沙洲上。跋涉半個小時後，終於踏離泥濘的沼澤。眼前，一片至少有半公里，覆滿化合劑廢水、黃茫茫的沼澤。遠方的工廠仍在冒煙。（劉克襄〈旅次札記〉）

河水在無邊的夜裡緩緩地、艱辛地流動著，一些發臭並且腐爛的屍體、穢物在逐漸膠稠的黑水裡沉浮著。只有百年之前，唐山的先民們知道，這河最原始的一種無瑕，最青春的一種潔淨。（林文義〈台北盆地〉）

過去南部地區發生過數次工廠廢氣外洩，北桃園地區一再受到不正常的環境因素影響，這些地區近鄰的農作物所受的傷害，過去就有不少專家認為係「酸雨」促成，〔……〕（楊憲宏〈變色的牽牛花〉）

2 風俗

民情風氣

【純樸】淳樸；質樸。

【古風】古代淳樸、厚道的風氣。

【拙樸】質樸、率真。

【素風】純樸的風氣。

【純篤】純樸、篤實。

【淳和】純樸、溫和。

【淳厚】敦厚、質樸。

【淳樸】敦厚、質樸。

【務實】講求實際；致力於實在而具體的事情。

【溫良】溫和、善良。

【溫厚】平和、寬厚。

【質樸】樸質、淳厚。

【醇厚】純樸、忠厚。

【樸真】樸實、純真。

【樸野】質樸、無華。

【樸實】質樸、篤實。

【樸魯】樸實、魯鈍。

【憨直】樸實、爽直。

【人情味】人與人之間通常具有的情感或意味。

【抱素懷樸】比喻民風淳厚、素樸。

【樸實無華】質樸、實在而不浮華。

【日出而作，日入而息】太陽升起就起身工作，太陽落下便休息。原指上古人民自由自在的生活方式；後泛指單純而簡樸的生活。

【新潮】新的社會風氣或思潮。

【開風氣】開創不同以往的風俗習氣。

【人文氣息】重視文化、藝文、學術研究以及美好的人格情操等方面的風氣。

【思想開放】思想開闊；善於接受新的思想。

【風清弊絕】 沒有營私舞弊等事發生。形容社會風氣良好。

【路不拾遺】 東西掉在路上而人們不會據為己有。形容社會風氣良好。也作「路無拾遺」、「道不拾遺」。

【粗獷】 粗率、豪放。獷ㄍㄨㄤˇ，粗野、強悍。

【冒險拚搏】 不避危險，拚命努力奮鬥。

【熱情奔放】 感情熱烈且盡情流露。

【人文薈萃】 比喻傑出人物聚集之所在。

【地靈人傑】 指人物傑出，是其出生或所到地方靈秀的緣故。也作「人傑地靈」。

【鍾靈毓秀】 形容美好的風土造育傑出人才。

【因循】 沿襲舊習。

【守舊】 因襲舊的做法而不願改變。

【保守】 維持舊狀態而不想改變。

【流俗】 社會上流行的風俗習慣。

【傳統】 世代相傳的；也指舊有的思想、作風等。

【積習成俗】 長期養成的習慣，逐漸演化成一種固定風俗。

【移風易俗】 轉移風氣，改良習俗。也有「風移俗易」、「風移俗變」、「易俗移風」。

【土味】 鄉土氣息。

【鄉土氣息】 富有濃厚的田園、鄉村或地方傳統風氣習尚。

【灰撲撲】 土氣，不顯眼。另可作灰暗貌。

【土裡土氣】 形容人的鄉土氣息濃厚。或指土氣、不時髦。

【土頭土腦】 指行為、舉止、服裝等不合時宜。

【斷髮文身】 截短頭髮，在皮膚上刺畫文飾。為古代吳、越一帶蠻族的習俗。用來形容野蠻的風俗。

【眇風】 衰弊的世俗風氣。眇ㄇㄧㄠˇ。

【脆薄】 浮薄；不淳厚。

【浮華】 講究表面的闊氣、華麗而不重實際。

【偷薄】 澆薄；不敦厚。

【澆風】 浮薄的社會風氣。也有「澆俗」。

【澆薄】 人情、風俗淡薄。

【澆漓】 社會風氣浮薄。

【薄俗】 輕薄的習俗。

【懷磚之俗】 古代青州風俗澆薄，太守初到，當地百姓皆懷磚叩首以示歡迎；等到太守卸職還鄉，百姓則持磚擊之以作相送。後來便以此比喻風俗澆薄，人情勢利。也作「懷甎之俗」、「懷塼之俗」。

【腐敗】 政治混亂黑暗，社會風氣敗壞。

【頹風】 敗壞的風俗。

【囂風】 指囂張、喧嚷，不守本分的民風。

【人心不古】感嘆社會風氣變壞，已失去古代淳樸厚道的社會風尚。

【人欲橫流】人的欲望嗜好氾濫。形容社會風氣敗壞。

【傷風敗俗】敗壞社會風氣。也作「毀風敗俗」、「敗化傷風」。

然而，若是在地農民轉型做觀光生意的民宿或農場主人，總是難脫憨直純樸的本色，他們只知道務實地將本求利，卻不懂得如何討好、怎麼行銷，生意就像農作一樣是「靠天吃飯」，時好時壞。（吳若權〈台灣最美的花果農園——新社〉）

這地方的人情風俗還是那樣地淳厚，質樸，溫良，同時因循而守舊。他們對於自己的命運和生活從來不去多費心思，不像致平所知道的某些人，總以為它應該這樣和那樣。他們似乎以為它本然就是那樣的，根本無需去用腦筋。他們不把它想得很複雜。（鍾理和《笠山農場》）

薛十一的故鄉獅島一向被公認為是風俗淳厚、民性樸真之島，因而當他翻閱地方誌讀到這則史蹟的記載，不禁悲憤萬分，不敢相信島鄉也會出這種人，而且居然是自己的祖先。（黃克全〈斑枝花〉）

之後，我們在充滿人情味的小巷弄與車水馬龍的台南街道進行拍攝，我們在一所樸實的高中校園度過最艱難的場面調度，那段日子，如基督徒讚美上帝一般，我心中懷著「時間與我同在」的感激，（……）（鄭文堂〈鏡格推移，光影之夏〉）

一七七〇年的魏瑪公國，全國人口不過十萬，軍隊不過數百，還被後來的歌德裁軍裁了一半；突然變成了人文薈萃的中心，過程並不複雜。（……）思想的開放，人文氣息的濃厚，對文人藝術家的厚愛，使魏瑪小國成為十八世紀德語世界的文化大國。（龍應台〈給我一個小城〉）

文明對於鄉村的洗禮仍不能消除這裡的粗獷氣息，南國是屬於樹不屬於花的世界，花朵太嬌弱，撐不

住亮麗的天空和炙熱的陽光，唯有高大的椰林和大片的草原才能與廣天闊地相稱。（周芬伶〈我的紅河〉）

我因此知道，性格上帶點老年期文化特徵的紫藤，究竟與臺灣熱情奔放冒險拚搏的民情風俗不很相合。（劉大任〈紫藤〉）

據我所知，清華的畢業生（除我而外）讀書的成績正被人家評為「不錯」呢？這又當作何解釋？呵，我懂了！這叫做「地靈人傑」，據說山水明秀的地方，靈氣所鍾，人物自然也會明秀，所以「水木清華」的清華園——也就是清華大學——人物也一樣的非常之「清華」了。（余冠英〈清華不是讀書的好地方〉）

人到中年格外依戀帶著鄉土氣息的景物人事。前夜燈下讀《晚春情事》，窗外微風細雨，沒有人影，沒有車聲，彷彿回到了兒時的古宅舊院之中，只是聽不到老樹下池塘裡的那幾聲蛙鳴。（董橋〈桂花巷裡桂花香〉）

而今人情澆薄，讀書的人，都不孝父母。這溫州姓張的弟兄三個都是秀才，兩個疑惑老子把家私偏了小兒子，在家打吵，吵的父親急了，出首到官。（清‧吳敬梓《儒林外史‧第十五回》）

一、二年來，他們用了死力，振臂狂呼，想挽回頹風於萬一，然而社會上的勢利，真如草上之風，他們的拚命的奮鬥的結果，不值得有錢有勢的人一拳打。（郁達夫〈離散之前〉）

地方活動

【醮】ㄐㄧㄠˋ，設壇向鬼神祈禱。

【建醮】在特定的日子裡，設壇為祈福或謝神而舉行的宗教活動。也叫「做醮」。

【杯筊】一種占卜吉凶的器具。多用竹木削成彎月形。亦作「杯珓」。筊ㄐㄧㄠˇ。

【燒】此指燃香。

【燻】煙火向上冒。

【炷香】焚香。

【進香】到寺廟或聖地燒香朝拜。

【膜拜】跪在地上舉兩手伏地敬拜。表示尊敬或畏服的禮式。

【燭火】蠟燭的火焰。

【燒紙】焚燒紙錢等供鬼神使用。也作「燒紙錢」。

【香火不絕】不斷地有人燒香參拜。也有「香煙不絕」、「香火不斷」、「香火鼎盛」。

【出巡】帝王或官員出外巡行。現多指廟宇神明的繞境活動。

【迎迓】迎接。迓ㄧㄚˋ。

【祈年】向神靈祈求豐年。

【謝神】民間為表對神靈的庇佑而辦的祭祀活動，常以在神靈前表演戲劇來展現敬意。

【開廟門】新廟落成的儀式。

【迎神賽會】把神明抬出來遊行，沿途表演，並舉辦祭會。

【放天燈】盛行於每年農曆元月十五日元宵節的一項民間習俗。現常被當成向上天祈福許願的儀式。

【迎燈排】為彰化花壇的一項慶賀元宵節的民俗活動，以迎燈排的繞境活動來祈求平安幸福。燈排，每座燈排由二十三個小燈籠串聯而成，再加上一些彩布、旗幟加以裝飾，外觀如船隻的形狀。

【炸寒單】盛行於臺東的一項民俗活動。寒單爺為臺東人民信仰中相當重要一位神祇，每年農曆元月十五日元宵節出巡繞境兩天，人們會以火炮炸拜真人扮演出巡的肉身寒單爺，相傳火炮炸得愈旺，當年的財勢運氣也會愈旺。

【鬧蜂炮】盛行於臺南鹽水的一項民俗活動，在每年農曆元月十五日的元宵節舉行，相傳放蜂炮響得愈久的人，其家運勢也會愈興旺。也作「射蜂炮」。

【飛魚祭】為臺東蘭嶼原住民達悟族的重要經濟與宗教活動。由於達悟族以捕魚為生，而每年三月到六月間為蘭嶼近海飛魚的汛期，也是達悟族人一年中最重要的漁獵期，他們會在三月舉行祈豐漁祭，祈禱魚獲豐收，接著有招魚祭、飛魚晝食祭、飛魚收藏祭、飛魚漁止祭等各種大小祭典儀式，一直到十月的飛魚終食祭為止，皆統稱「飛魚祭」。達悟族，舊稱雅美族。

【迎媽祖】各地媽祖廟為慶祝媽祖農曆三月二十三日誕辰所舉辦的迎神繞境活動。

【中元普渡】為臺灣民間在每年農曆七月十五日中元節所舉行的祭典。家家戶戶多會在此日祭祀祖先，並以豐盛的祭品，拜祭孤魂野鬼。

【盂蘭盆】為一般佛教徒在每年農曆七月十五日中元節舉行齋僧、拜懺等活動，目的是為了超渡祖先以及餓鬼道眾生。也作「盂蘭盆會」、「盂蘭盆節」。盂蘭盆本意為倒懸，喻亡者蒙受倒懸之苦，但後人多把「盆」解作供眾僧食的器皿。現多認為盂蘭盆的意思是將珍饈美食置於盆中供佛施僧，所得無量功德，可解除先人倒懸之苦。

【放水燈】為一種民間習俗，源於佛教。每年農曆七月十五日中元節舉行普渡祭典，民間以放水燈的儀式通知孤鬼野魂來接受施捨。水燈一般是以色紙作成蓮花形，在臺灣則是用竹條和紙糊製，有圓形燈或小屋形的紙厝。通常是在農曆七月十四日晚上，由僧人或道士引導遊行，持圓形燈在前頭，拿紙厝在最後。到了十五日凌晨（子時開始的時間，也就是晚上十一點），行至河邊將燈置在水燈筏上，放入水中，用火將其點燃。放水燈的習俗不止在臺灣盛行，也包括了中國部分地區、香港、日本以及東南亞的中國寺院等。

【豐年祭】為臺灣原住民的重要祭典。多在每年的七、八、九月於各部落間分別舉行，目的是為了感謝神靈、緬懷祖先以及祈求五穀豐收等。

【祭孔】祭祀孔子的典禮。在每年國曆九月二十八日孔子誕辰日，於孔廟舉行。

【迎王】盛行於屏東東港與小琉球的一項民俗活動，三年舉辦一次，為迎接代天巡狩的千歲爺到境內督察與賜福的祭典，約在農曆九月舉行。

【跳鍾馗】民間習俗中用來驅鬼除煞的一項演出儀式。通常在被認定是不寧靜的或充滿煞氣的地方，便會請出鍾馗來驅離掃除。一般跳鍾馗的儀式多是由藝師操弄傀儡戲偶或是由演員直接扮演鍾馗來進行。鍾馗，民間傳說中能驅妖逐邪的神。

【搬】此作表演、扮演。

【搬弄】表演。也作「般弄」。

【搬演】把戲劇搬上舞臺上演出。亦作「扮演」。

【敷演】表演。

【大戲】泛指情節、腳色較為複雜、完整的大型戲劇。

【布袋戲】為流傳於中國福建、廣東以及臺灣的一種地方木偶戲劇。用木頭刻成中空的人頭，戲偶的軀幹與四肢綴上衣服；演出時，將手伸進戲偶的服裝中進行表演。由於戲偶的身軀形似布袋，故稱之。又稱「掌中戲」、「手袋傀儡戲」。

【歌仔戲】為流行於中國福建以及臺灣的一種民間戲曲。早期因常在空地演出，又稱「落地掃」。

【酬神戲】地方善男信女為酬謝神祇保佑和祈福所演出的戲曲，一般多在廟會或戲臺上演出。

【吹簫擊鼓】吹奏簫樂和打鼓。

【鑼鼓喧天】敲鑼打鼓的聲音直上雲霄。形容氣氛熱烈。

【歡鑼喜鼓】開心地敲鑼打鼓。

【鈸鐃穿雲霄】擊打鈸、鐃的聲音直穿天際。鈸鐃ㄅㄚˊ ㄋㄠˊ，銅製呈圓盤狀的合擊樂器，大的稱「鈸」，小的稱「鐃」。

我真想不到縣政府前面會被允許搭起醮壇來。壇在中央，左是戲台，右是「北管」的帳篷。戲台上正演關公過五關斬六將，這是台灣的「大戲」，（……）（李喬〈故鄉 故鄉〉）

歡鑼喜鼓咚咚隆咚鏘　鈸鐃穿雲霄／盤柱青龍探頭望　石獅笑張嘴／紅燭火檀香燒　菩薩滿身香／祈祝年冬收成好　遊子都平安（李潼〈廟會〉）

也許，神的天地本來就應當廣闊無際的，否則如何容得下人們所傾吐的慾望與哀怨？但燭火的光影，灶香的氣息，杯筊觸地的聲響，洩漏的何止是不安分，還洩漏了人世間的無知、無助和辛酸。（吳敏顯〈媽祖宮的籤詩〉）

阿成仰頭看端坐在正殿的王爺像，數百年燭香燻得王爺臉面黝黝黑黑、不清不楚，王爺原本是凡人升天，卻因更多凡人信他，握住龐大生命權柄。但王爺公不過是一尊木雕神像，權柄有回落到信奉者手

中，阿成緊緊記住，那天阿爸對王爺公膜拜的莊嚴面容。（郭漢辰〈王爺〉）

元宵節晚上，鹽水射蜂炮，平溪放天燈，台東炸寒單，花壇迎燈排，簡稱為「南蜂炮，北天燈，東寒單，西燈排」，慶賀的方式截然不同，但都為台灣的天空綻放光彩，見證台灣人的智慧、設計的能力，多姿多彩。（蕭蕭〈茄苳燈排〉）

「中元節」是「盂蘭盆節」，是「普渡」，是把人間一切圓滿的記憶分享於死去的眾生。在水流中放水燈，召喚漂泊的魂魄，與人間共度圓滿。（蔣勳〈滅燭，憐光滿〉）

日月追逐成天象／化作美麗的潭水風光標緻台灣／日的光圈／月的形影／乾旋坤轉而繾綣的形體／深深的大地之愛印映潭心／青龍崙龍兩山頭伸入潭裡／拉魯島如珠　戲弄／族人的祖先逐鹿到潭中／樹立祖靈／祖籃與杵歌梵唱豐年祭典（岩上〈日月潭之美〉）

他們的生活風俗也與南方澳不盡相同，我常聽他們講東港、小琉球「迎王」的故事，於是小小年紀便知道南台灣的五府千歲與我們的媽祖不大一樣，「迎王」的祭典遠比「迎媽祖」大多了。尤其「迎王」時家家戶戶擺出來的食物琳瑯滿目，充滿每一條巷道，隨香客自由取用，想吃多少就吃多少，這種「好康」的善良風俗，最令我欣羨不已。（邱坤良〈再說一段南方澳情事〉）

傳說中，早些年每一次的跳鍾馗，必是驚天地、泣鬼神的大事。跳鍾馗之前，須把每一個閒雜人物趕回家，村莊內的房舍，都必須緊閉門窗，必須留在現場的樂師和雜役，胸前都得佩上護身符籙，扮鍾馗者口中還得含著銀針，以隨時應付頑劣的邪靈惡鬼。（劉還月〈瘖瘂鶴鳴〉）

我們村子小，搬不起「大戲」，只能搬布袋戲。「大戲」就是歌仔戲，費用大，負擔不起，布袋戲負擔較小。然而，即使只搬演一棚布袋戲，村人已經十分滿足了，〔……〕（洪醒夫〈清溪阿伯與布袋戲〉）

3 建築

修建

【破土】開始掘地。多指建築動工。

【動工】開工。

【開工】工程開始進行。

【興工】動工；開始修建。

【施工】進行工程。按計畫進行建造。

【開鑿】開掘、鑿通。

【興築】建築、修建。

【增建】在原有建築數量外另外興建。

【擴建】擴大工程、建築的規模。

【起厝】蓋房子。

【起造】建造。

【大興土木】大規模興建土木工程。通常指蓋房子。

【整治】整頓、治理。

【整建】整治、修建。

【整修】整治、修理。

【修復】整治、復原。

【修補】修理破損之物，使之完好。

【修葺】修築、整治。葺ㄑㄧˋ，本指用茅草蓋屋，後多作修補、修繕之意。

【修繕】修理、修復。

【補葺】修補。

【拆建】拆除舊的建築，在原地建造新的建築。

【重建】重新整建。

【翻修】重新修造。

【翻新】把舊的東西拆了重做。

【完竣】完工。

【竣工】完工；工程結束。也作「工竣」。

【落成】始成；建造完成。

【違建】未經申請、審查、許可並發給執照而擅自建造的建築物。也叫「違章建築」。

【疊床架屋】床上疊床，屋下架屋。比喻重複累贅。此用來形容老舊建築物的違建之多。

【裝修】裝飾、整修。

【布置】分布、安排。

【陳設】陳列、擺設。

【裝飾】裝點、修飾。

【擺列】擺置、陳列。

【粉刷】用石灰或油漆等物塗刷牆壁。

【塗飾】粉刷美化。

【髹漆】以漆塗物。髹ㄒㄧㄡ，將漆塗在器具上。

【保養】保護、修理，使之維持正常狀態。

【修護】修理、維護。

【維修】維護、修理。

【維護】維持、保護。

【失修】缺乏維護、修理。

每分每秒的光陰都被伊與信徒們塑起來，一片瓦、一塊磚、一疊榻……慢慢地凝聚著，醫院破土了，工人們日以繼夜地建築著。十多年的年華換去了，伊的容顏雖老卻相貌莊嚴，仍然胼胝著身軀心性，繼續籌募那些未著下落的尾款。恆河沙等量的恆河奔馳著，為的是把瘠地墾成淨土。（簡媜〈恆河沙等恆河〉）

當年第一筆債務，就是蓋這間大厝揹來的。人說「起厝按半料」，這房子造得講究，超出預算更多。落成典禮又一請二十八桌；過半年，阿姊出嫁歸寧幾乎請半庄子人。（張子樟〈老榕〉）（起厝按半料，臺灣俗語，意指誤算蓋房子的成本，所買材料只夠蓋一半；或謂在蓋房子的過程中，一再追加當初沒料到或未算入的費用。）

看見沿路正在大興土木的成排民宿，其實還是頗讓人擔心：它們的量體、規模、施工品質、審美觀、環保意識和經營理念既不可預測、也無從糾正、管理。（羅智成〈十一號公路〉）

因為斑駁的街道，古老的都市，若沒有計劃性的修葺，必然會牆倒瓦散。常見羅浮宮年年整修，聖母院不是前殿就是後門搭著鷹架，修補與維護兼而有之。（黃光男〈左岸巴黎〉）

不管是修繕還是重建，對廢墟來說，要義在於保存。圓明園廢墟是北京城最有歷史感的文化遺跡之一，如果把它完全鏟平，造一座嶄新的圓明園，多麼得不償失。（余秋雨〈廢墟〉）

違建鐵皮屋佈滿樓頂，千萬家篷架像森林之海延伸到日出日落處。（朱天文〈世紀末的華麗〉）

永和——台北的衛星市鎮。老舊公寓違章建築疊床架屋，窄街暗巷狹弄拐過一個彎又是另一個彎，抬頭便見滿佈的電線、第四台纜線，天空又常常是灰濛濛的一片，像不見天光的陰暗世界。（許榮哲〈迷藏〉）

台北故事館原名「圓山別莊」，茶商陳朝駿延聘英國建築師設計的都鐸式二層樓宅邸，一樓磚造以承重，二樓木結構髹漆上鮮黃外牆，屋頂鋪銅瓦在時光中氧化成優雅綠色，這棟屋子宛如童話故事發生的場景。（王盛弘〈台北演化私人史〉）

蘇州已經建城兩千五百年，它已經老態龍鍾。無怪乎七年前初次造訪的時候它是那樣疲勞，那樣憂傷，那樣強顏歡笑。失修的名勝與失修的城市，以及市民的失修的心靈似乎都在懷疑蘇州自身的存在。（王蒙〈蘇州賦〉）

華美

【巧麗】美妙、華麗。

【朱門】紅漆大門。古代王侯貴族的大門漆成紅色，表示尊貴。後泛指貴族富豪之家。

【宏偉】宏大、雄偉。

【壯麗】形容建築物宏偉華麗。也可作山、川雄偉美麗貌。

【美炫】華麗、炫目。

【氣派】表現在外的氣勢。

【堂皇】氣勢宏偉。

【偉麗】宏偉、壯麗。

【華麗】華美、豔麗。

【魁偉】宏偉、偉大。

【富麗】盛大華麗。

【貴氣】富貴或高貴的習氣、風度。

【豪華】指建築、裝飾或設備十分華麗。

【豔麗】鮮豔華麗。

【金碧輝煌】形容裝飾華彩炫爛。多指宮殿等建築物。

【美輪美奐】形容房屋裝飾得極為華美。

【氣派非凡】表現在外的氣勢不同凡響。

【瓊樓玉宇】形容精美華麗的樓閣。

【紛繁】多而複雜。

【玲瓏】形容事物製作精巧、細緻。

【精巧】精細、巧妙。

【精細】精緻、細密。

【精緻】精巧、細緻。

【複雜】此指工法繁複。

【繁複】繁多、複雜。

【講究】精美；力求完美。

【雕刻】在金屬、木頭、石

頭、骨頭等上面雕鑿刻畫。

【雕鏤】雕琢刻鏤。

【玉砌雕欄】玉石砌成的臺階，刻鏤華麗的欄杆。形容富麗的建築物。也作「雕欄玉砌」。

【鏤刻】雕刻。

【精雕細琢】精心細緻的雕刻與琢磨。也作「精雕細鏤」。

【雕梁畫棟】有彩繪雕刻的梁柱。用來形容建築物的富麗堂皇。

【別致】新奇、與眾不同。也作「別緻」。

【前衛】站在時代尖端且富革新性的。

【時興】流行；風行當時的指標。

【新穎】新奇、別致。

【嶄新】極新；簇新。

【摩登】時髦、新奇的。

【酷異】冷酷、特異的。顛覆傳統的。

【光怪陸離】形容奇形怪狀，色彩繽紛。也作「陸離光怪」。

【爭奇鬥豔】競相展現各種新奇豔麗的風貌。也作「爭奇鬥妍」。

【連雲】形容建築物高聳入雲。

【摩天】迫近於天。常用來形容建築物極高的樣子。

當我們在棋盤式井然有序的巷弄間穿梭參觀，見到建築的宏偉、建材的講究及格局的新穎時，嘖嘖稱奇聲此起彼落，而一想到那麼精緻的建築竟然無人居住、任其荒廢，又不免喟嘆不已！（廖玉蕙〈一座安靜的城市〉）

四城門，是北門最先被拆廢，而且也是北門城樓造得頂壯麗，聽講是當總理的人，要留下紀念事業，捐出私財建築的，〔……〕（賴和〈我們地方的故事〉）

城內有總督府、總督官邸；法院、臺灣銀行、臺灣電力會社、圖書館，一棟又一棟氣派的西洋建築，臺北市一番整容，開始綻露一張東西混血兒的都會臉龐。（陳柔縉〈逛遊臺北內三町〉）

姨丈是這條街上有數的富戶之一，全盛時，兩間連棟的店面排場貴氣，磚砌的拱形門樓上有富麗的吉祥浮雕，看起來和廟側那堵山牆一樣豔麗一般鵠立，門廊裡檜木大匾上燙著「杜中醫」的金字。（戴

玉珍〈花園停車場〉）

不同的是，在此的材質更多元、層次更分明、結構更精巧複雜。尤其是精雕細琢、金碧輝煌的木工，如桌、椅、欄杆、樑柱等，和慢工細活織就的各種地毯、壁毯及其他織品，完全替代了清真寺內的超越、清靈與光滑，而肆意添加了物慾的歡愉、豐盛與圓融的人間性。（羅智成〈沙中之沙——北非之旅〉）

簷下及門扇兩側，雕鏤得很精緻的透空圖案，大多已呈木材本色，稍微偏灰。在部分凹檔內角處，尚殘留有紫金黛綠的漆痕。（吳敏顯〈媽祖宮的籤詩〉）

我們要去赤崁樓了，其中一座建築稱為「文昌閣」，那是光緒年間創建的，當時庭院上有座著名的「蓬壺書院」，教室建築密佈，雕梁畫棟的文昌閣，則是祭祀著當年考生的守護神——魁星爺，有人稱之大魁天子、大魁星君，〔……〕（王浩一〈神遊臺南〉）

因此，坡內愈更顯得空曠，道路兩旁的新房屋都赤裸的站了出來，全是灰白的木板房，屋頂屋面顏色相同，大小款式也略相彷彿，是最時興的現代建築，兩層分裂式。（白先勇〈安樂鄉的一日〉）

嶄新的樓房鶴立雞群地矗立在水底寮，君臨般地面對低矮破舊的房舍，五彩繽紛的馬賽克在晨陽輝照下，閃閃發亮，燦爛得令人不敢正視。（廖蕾夫〈隔壁親家〉）

如今，北京的幽雅卻也是拆散了重來，高貴的京劇零散成一把兩把胡琴，在花園的旮旯裡吱吱呀呀地拉，清脆的北京話裡夾雜進沒有來歷的流行語，好像要來同上海合流。高架橋，超高樓，大商場，是拿來主義的，雖是有些貼不上，卻是摩登，也還是個美。（王安憶〈兩個大都市〉）（旮旯ㄍㄚ ㄌㄚˊ，不明顯的角落。）

微雨的週末清晨，聽任朝子的安排，睡眼惺忪搭上往大阪的新幹線，在一棟奇形怪狀的酷異建築裡，

和一群激進的關西同志運動分子，熱烈討論著自己的片子。（陳俊志〈一個人的路上，想回家〉）

據說上海大興土木的那幾年，層峰忽然叫停，傳令下來：每幢大廈得蓋出自己的「特色造型」！於是弄成現在這爭奇鬥豔光怪陸離的都會外形。（雷驤〈上海日夜〉）

最近這些年，隨著社會的轉變，高樓華廈連雲而起。雖然每個大廈落成，在大廈的底層都會出現一個新的餐廳，彷彿在說我們並沒有忘記自己的吃。但事實上，每出現一個新的大廈，都會擠掉一些傳統風味的吃，（……）（逯耀東〈只剩下蛋炒飯〉）

玫寶忽然覺得這座一百〇二層的摩天樓，變成了一棵巨大的聖誕樹，那些閃亮的燈光，是掛在樹椏上的金球兒，雪花是棉絮，輕盈的灑在樹幹，而她自己卻變成吊在樹頂上那個孤零零的洋娃娃。（白先勇〈上摩天樓去〉）

簡樸

【古樸】 古老質樸。

【素樸】 樸實無華。也作「樸素」。

【清素】 清淡素淨。

【樸質】 樸素實在。

【簡約】 簡單樸素。

【簡潔】 簡單潔淨。

【古拙厚重】 古雅質樸而穩重。

【茅茨不翦】 用茅草覆蓋屋頂，也不加以修剪整理。比喻住所與生活相當簡樸。也作「茅茨不剪」。茨，ㄘˊ。

【井然】 整齊、有條理。

【俐落】 整齊、有條理。

【森嚴】 整齊、嚴密的樣子。

【儼然】 整齊的樣子。

【素雅】 素淨、高雅。

【典雅】 高雅不俗。

【莊重】 莊嚴、穩重。

【雅馴】 典雅不俗。

【雅潔】 雅正、簡潔。

【端凝】 莊重。

【古色古香】 形容具有古雅情調的建築、書畫、器物等。

【古意盎然】 充滿著古代

舊時的風格、情調和意趣。

【疏朗】通透、明亮。

【粗笨】笨重、不精細。

【復古式】指仿照舊時樣式。

【通透】通明、透亮。

【粗拙】粗疏拙劣、不精美。

【粗疏】疏略、不精細。

這圍牆看上去很古樸，住慣都市裡洋房的人更覺得別有風味，所以我一看就中意。同巷孩子又多，鄰居的白粉牆上給他們塗滿鉛筆字，還有畫啦！可是我這泥牆，又黑又糙，他們英雄無用武之地。（錢鍾書〈紀念〉）

基隆河環繞之處便是圓山，有橋橫跨河上，還是日據時代留下的石橋：橋上有幾座石亭，樣式古拙厚重，橋下是巨大穩實的墩柱。（蔣勳〈山盟〉）

偶爾，友朋們如低掠的漂鳥，穿過茅茨不翦的簷下，輕輕扣動我的門扉。（梁寒衣〈花魄〉）

兩百多年前，以福建長樂縣為主的居民跨海來到此地，就地取材當地的花崗岩，興建起這些防風雨且具防盜功能的石頭屋，結構上自成一體的聚落格局，不僅有著絕佳的整體美感，更彷彿是一個不隨時空流轉的典雅古城，佇立於塵世喧囂之外。（楊力州〈輕與重的對話——芹壁〉）

如果是一個南方人，坐車轟轟隆隆往北走，渡過黃河，進入西岸，八百里秦川大地，原來竟是：一抹黃褐的平原；遼闊的地平線上，一處一處用木椽夾打成一尺多寬牆的土屋，粗笨而莊重；（……）（賈平凹〈秦腔〉）

這兩間屋子，略加布置，尚屬雅潔。窗明几淨，常有不少的朋友來陪我閑談；大家總覺得既有這麼雅潔的屋子，更應當有個太太了，於是談鋒又轉到了擇偶的條件。（冰心〈我的擇偶條件〉）

而田野間，坡地上，一無例外的四周種滿了檳榔樹、椰子樹或果樹。綠樹紅瓦，古色古香，像極了國畫中的農村圖。比起來，李偉中他們三重市的公寓，簡直就像鴿子籠了。（鍾鐵民〈月光下的小鎮〉）

神社還有一種建物，稱「繪馬所」，如同是古意盎然的大型亭子，可供人休息，北野天滿宮的繪馬所，每月二十五日的舊貨市集，坐此不乏各色各樣的老人。（舒國治〈門外漢的京都〉）

烏蘭巴托市區建築疏朗，道路寬闊，有不少行道樹。沒有超過五層的樓房，也沒有連成一片的市街；一棟棟獨立建築，零星分布在棋盤式街道隔開的一個個小區裡，令人錯覺是過去因某種原因而停止建設。（杜蘊慈〈紅色英雄——烏蘭巴托〉）

破陋

【斗室】 形容狹小的房屋。

【拘窄】 形容空間狹小，受到拘束。

【陋居】 簡陋的住所。

【陋室】 簡陋狹小的房子。

【寒傖】 寒酸的樣子。

【寒酸】 窘態、不體面。

【湫窄】 住處低窪、窄小。

【湫隘】 居處低溼、狹小。

【蝸居】 極為窄小的住所。或謙稱自己的居室狹小。

【窩憋】 狹小而不寬闊。另有心情沉悶、不舒暢之意。

【簡陋】 簡單、鄙陋。

【簡窳】 簡陋、粗劣。窳ㄩˇ，粗糙、不堅固的樣子。

【蓬戶】 以蓬草為門。形容住所簡陋。

【鴿子籠】 本指飼養鴿子的籠子。也可用來形容住的地方非常狹窄。

【低矮傾斜】 形容房屋低平矮小，歪斜不正。

【家徒四壁】 家中只剩四面牆壁。形容貧困，一無所有。

【蓬門蓽戶】 草木做成的簡陋門戶。形容住所簡陋。

【環堵蕭然】 除了四面圍繞的土牆，家中別無他物。形容居室簡陋，十分貧窮。

【甕牖桑樞】 用破甕的口作窗戶，用桑枝作門軸。形容房屋簡陋，家境貧窮。另有「甕牖繩樞」。牖ㄧㄡˇ，窗戶。

【古舊】 古老、陳舊。

【老舊】 陳舊。

【破舊】 破爛、老舊。

【敝舊】 破舊；老舊。

【剝蝕】剝落而逐漸損壞。

【斑駁】顏色錯雜不純；此形容建築物老舊。

【損蝕】損壞、侵蝕。

【蒼老】本形容外貌、聲音、樹木等顯出老態。也可形容建築物因年代久遠而顯得老舊。

【垮】坍塌；倒塌。

【坍圮】崩塌。

【坍毀】倒塌、毀壞。

【破敗】殘破、敗壞。

【破落】破敗；破爛。

【破爛】破敗；敗壞。也可作不堪使用的廢舊物品。

【荒廢】荒置、廢棄。

【倒塌】傾倒；倒塌。

【殘存】殘缺不全地存留下來。

【殘破】殘缺、破爛。

【殘骸】人或動物殘留的骨骸。也可泛指殘餘物。

【殘舊】殘缺、老舊。

【傾圮】倒塌、毀壞。圮ㄆㄧˇ。

【傾頹】倒塌；傾覆。

【落架】房屋的木架倒塌、傾斜。

【廢墟】棄置的房舍、村莊或城鎮等。

【頹圮】坍塌；敗壞。

【頹敗】破敗。

【癩瘡】本指頑癬或惡瘡。此形容屋牆的破爛敗壞。

【隳壞】毀壞；破壞。隳ㄏㄨㄟ。

【年久失修】建築物因年代久遠，缺乏管理維修而損壞。

【荒屋破籬】荒廢的房屋，破敗的圍籬。

【敗宇頹垣】破敗的屋宇和倒塌的圍牆。多用來形容無人居住的荒涼、殘破景象。

【斑剝龜裂】斑斑點點而有剝落與裂縫。龜ㄐㄩㄣ。

【斷垣殘壁】毀壞、倒塌的牆。形容建築物倒塌、殘破的景象。

吳稚暉抗戰時借寓重慶上清寺七十三號，周遭環境鄙陋，乃自題「斗室」，並撰〈斗室銘〉，明眼人一看即知仿自劉禹錫〈陋室銘〉。原作題名「陋」，其實居處甚雅。吳作則名副其實的「陋」。（沈謙〈新陋室銘〉）

這兒曾經是日據時期日人的舊巢／這兒曾經是光復後臨時拍賣的交易場／這兒聳立著兩排的舊書攤露天為家／這兒陋居著數家的舊書店　珍藏古董字畫／這兒有琳瑯滿目的老教科書　發霉書味的舊雜

誌／這兒也有台灣史料　各種書刊　甚至絕版讀物（趙天儀〈牯嶺街〉）

這是發展中的新社區，阡陌交錯著一式的公寓房子；火柴盒子似的方正四層樓，一面嵌著藍色白色的美麗瓷磚，一面是灰頭土臉的水泥本色，齊齊整整的漫了好大一片，一眼望去倒有幾分壯觀，再看，卻不有些寒傖了。（蔣曉雲〈掉傘天〉）

他才到美國兩個月，美夢還不及幻滅，大蘋果的滋味也還是甜的，只沒想到一架小小相機，竟把這些蝸居在紐約貧民窟移民公寓的黑色臉孔，遙遙傳送到了台灣的我的公寓裡。（郝譽翔〈公寓中的美國夢〉）

下了船大家一同到卞家去。還是蕊秋從前替他們設計的客室，牆壁粉刷成「豆沙色」，不深不淺的紫褐色，不落套。雲志嫌這顏色不起眼，連九莉也覺得環堵蕭然，像舞台佈景的貧民窟。（張愛玲《小團圓》）

這裡曾是北方游牧民族的活動地帶，現在屬於俄羅斯聯邦布里雅特共和國，但是它似乎不應該屬於草原上的民族，而就應該是北國的俄羅斯。鐵路沿線幾個村落，俄式小木屋在陰沉的雨天裡顯得敝舊。（杜蘊慈〈白樺林後的北國〉）

四百多年裡，它一面剝蝕了古殿檐頭浮誇的琉璃，淡褪了門壁上炫耀的朱紅，坍圮了一段段高牆又散落了玉砌雕欄，（……）（史鐵生〈我與地壇〉）

房子很老了。外觀還維持著四合院的模樣。可是，那個灶，那扇窗，那個曬穀的廣場，老了，斑駁了。（歐銀釧〈澎湖太武村五號〉）

莫高窟大門外，有一條河，過河有一溜空地，高高低低建著几座僧人圓寂塔。塔呈圓形，狀近葫蘆，外敷白色。從幾座坍弛的來看，塔心豎一木樁，四周以黃泥塑成，基座壘以青磚。歷來住持莫高窟的僧侶都不富裕，從這裡也可找見證明。夕陽西下，朔風凜冽，這個破落的塔群更顯得悲涼。（余秋雨〈道士塔〉）

冬天，風從牆洞、窗戶、門縫、簷下四面八方吹來，於是草袋、破麻大出籠，這裡頂一塊，那裡掛一塊。雖然是暖和了，可是整個屋子更顯得破爛。（丘秀芷〈土塊厝〉）

我和媽媽緩緩走過市區，踏入過往我們經常路過的荒廢建築，坐在閣平居的屋裡，只見幾位外地來的遊客，好奇地向經營者詢問閣平居的歷史。（楊錦郁〈我的閣平居〉）

部落的第一盞燈在車前玻璃閃爍，那是派出所的大門燈，晚上才顯出它的威嚴，車頭漸漸面向部落，高高低低的燈火一盞一盞呈現在我們眼前，有孤單的路燈，黃橙色由屋內發出來的光，一閃一滅，好像殘存的廢城。（拓跋斯・搭瑪匹瑪〈拓跋斯・搭瑪匹瑪〉）

她靜默地遠了，遠了，／到了頹圮的籬牆，／走進這雨巷。／在雨的哀曲裡，／消了她的顏色，／散了她的芬芳，／消散了，甚至她的／太息般的眼光，／她丁香般的惆悵。（戴望舒〈雨巷〉）

他，范曄，更是則一直落在激宕之中，注望著四周圍的舊桌椅舊蓆面和癩瘡殼牆，覺得這一切即將立可以換新的了。（王文興《家變》）

在這經過離亂底村裡，荒屋破籬之間，每日只有幾縷零零落落的炊煙冒上來；那人口底稀少可想而知。（許地山〈萬物之母〉）

我們學校的禮堂是一座古老的建築，日據時代的遺物。外壁的橫條木板早已斑剝龜裂，變成褐黑且帶有因風雨侵蝕過久遺留的苔痕；內部則漫著一種令人噁心的陳年霉味。（季季〈屬於十七歲的〉）

那座斷垣殘壁的媽祖廟，戰時被日機炸得面目全非，後來還傳出鬧鬼，村民都不敢整修它。（張放〈海村明月〉）

4 交通

流暢

【平衍】平坦寬廣。

【平展】平坦寬闊。也作平整光滑。

【平順】平穩、順暢。

【平整】將凸凹不平的地方整治得平坦整齊。

【平闊】平坦、寬闊。

【宏敞】高大寬敞。

【坦平】平坦。

【坦夷】寬而平坦。

【坦途】平坦的道路。

【拓寬】開拓使寬展。

【寬敞】寬大廣闊。

【寬廣】寬闊、範圍廣大。

【坦蕩蕩】平坦寬闊。

【陽關大道】原指古代經過陽關通往西域的大道。後泛指寬闊平坦的道路。

【流通】運行未受阻礙。

【康莊】平坦寬廣、四通八達的道路。

【通達】交通通暢無阻。

【通衢】四通八達的道路。

【貫穿】連通；穿過。

【貫通】連結；穿透。

【筆直】形容很直的樣子。

【順暢】順利流暢。

【暢通】毫無阻礙，順暢通達。

【橫貫】橫著貫穿兩邊。

【縱橫】縱向和橫向相互交錯。

【直坦坦】筆直而平坦。

【直躺躺】形容筆直而平坦。

【四通八達】有路通向各個方向。形容交通便利。

【通行無阻】通過順暢，沒有阻礙。

南京的街道是那麼寬而平衍，我們的破車子在蕭條的街道上行駛，找尋著栖身的處所，最後是在朱雀路的一家旅館門口歇下來。（黃裳〈白門秋柳〉）

學校離外婆的村莊三、四里地，村前那條大路，倒是平展寬敞，但要過兩次河，蹚兩次水。大人們不放心，不讓孩子們走大路，而走村後邊的小路。小路雖然不用蹚水，但要翻過一面陡峭的坡，坎坎坷坷地也不好走。（李天芳〈呼喚〉）

有多少待敘的別情？有多少彼此的關懷？但是我怔住了，為眼前這一片新起的高樓，拓寬的馬路。車子駛過敦化橋，車子滑過仁愛路四段，我想起了那一對常常手挽手出來消夜的小夫妻，我想起了那個小小的，但充滿溫暖的小家，彷彿還是昨日，轉眼竟已十年。（簡宛〈臺北！臺北！〉）

離開中山北路轉向承德路，道路益形寬廣，要不是超速照相機的虎視眈眈，他也想用力踩下油門，讓他那台一三〇〇ＣＣ小車的引擎展現它曾在北二高跑出的佳績。（莊世鴻〈記憶，在與台北交會的每一點上〉）

我想，我是椰林大道上有史以來最膽怯的小貴賓了。我真的只走到一半就走不下去了，這也難怪，一雙見慣了崎嶇曲折、羊腸小徑的眼睛，突然一下地看到坦蕩蕩、直躺躺、高矗著椰林樹的大道，怎不倏地心跳加快、膽顫心驚呢？（簡媜〈初次的椰林大道〉）

回程，我們牽著腳踏車，各自走在車的左右兩側，走上那條筆直荒涼的大公路，〔……〕（邱妙津〈第十七書〉）

現在的柏油公路四通八達，似乎沒有聽到有人讚美過它們。現代人寂寞，現代的路也很寂寞。（簡媜〈鋪路〉）

阻塞

【擁擠】群聚密集。
【沸騰】本作聲音喧鬧之意。此指車輛擁擠，車流聲吵雜喧囂。
【龜速】形容速度很慢。
【車行緩慢】車輛行進的速度遲緩。
【塞車】車輛擁擠而造成交通阻塞。
【堵塞】阻塞不通。
【停滯】停止不動。
【梗塞】阻塞不通。
【凝滯】停滯不動。
【壅塞】淤滯不通。
【癱瘓】無法正常運作。
【阻隔】兩地之間阻擋、隔絕，難以往來。
【閉塞】交通不便。也有堵塞不通之意。

【陋巷】狹小的巷子。也有「窄巷」、「隘巷」。
【胡同】中國北方人稱小巷道，多指寬度只能步行的小巷。也作「衚衕」。
【狹路】狹窄的道路。
【狹隘】寬度小。
【窄仄】狹隘。
【迫隘】狹窄。
【逼仄】狹窄。
【曲折】彎曲、迴轉。
【曲窄】曲折、窄小。
【回旋】盤旋。也作「迴旋」。
【迂曲】迂迴、曲折。
【迂迴】曲折、回旋。
【拐彎】行路轉變方向。

【逶迤】ㄨㄟ ㄧˊ，彎曲、回旋的樣子。
【蜿蜒】曲折延伸的樣子。
【蜿蟺】屈曲、盤旋貌。蟺ㄕㄢˋ。
【盤陀】曲折、回旋。也作「盤蛇」。
【盤紆】迂迴、曲折的樣子。
【盤旋】旋轉，迂迴繞圈。
【縈紆】盤旋、環繞。
【轉折】曲折。
【羊腸小徑】形容狹小而曲折的路。也作「羊腸小道」。
【曲曲彎彎】形容很多彎曲不直之處。
【曲裡拐彎】彎曲的樣子。

【蟠蟠蜿蜿】回旋、曲折的樣子。蟠ㄆㄢˊ。
【繚繞彎曲】環繞、盤曲。
【彎彎扭扭】彎曲；曲折。另有扭動之意。也有「彎彎曲曲」。
【難行】不容易行走。
【凹凸】凹陷和凸起；高低不平。也有「凹凸不平」。
【坎坷】地不平，不好走。也作「坎坎坷坷」。
【泥淖】爛泥。淖ㄋㄠˋ。
【泥濘】雨後爛泥淤積，難於行走。濘ㄋㄧㄥˋ。
【窪陷】地面凹陷。
【月球道路】形容道路像

月球一樣布滿坑洞。

【坑坑洞洞】形容路高低不平的樣子。也作「坑坑窪窪」。

【打滑】地滑而站不穩。

【溼滑】形容道路潮溼滑溜，不易行走。

【溼濘】形容雨後道路潮溼，一片泥濘。

【滑澾】泥濘滑溜。

【崎嶇】山路艱險峻峭，高低不平。

【傾斜】歪斜；偏斜。

【間關】道途崎嶇輾轉，不易行走。也作「閑關」。

【嶢崎】山路曲折。另有形容奇怪而不合常理的事情。

【險阻】地勢艱險阻塞，崎嶇難行。

【顛簸】上下振動；不平穩。簸ㄅㄛˇ。

【寸步難行】一小步也行走不得，形容行走困難。

【山突路迴】形容山路曲折不平。

【柔腸寸斷】柔和的心腸一寸寸地斷。形容極度傷心。現多用在道路因風雨災害等而毀壞。

沸騰的車陣，車流一點點一點點推進，一輛卡車正放任它的警廣交通網大聲宣洩：高速公路北上車行緩慢，楊梅到中壢路段發生兩起車禍，交通大隊正在處理，駕駛人稍安勿躁。（張瀛太〈夜夜盜取你的美麗〉）

臺北的交通，平時已夠壅塞，如果再下點雨，整個臺北立刻癱瘓。（隱地〈臺北的交通〉）

在交通閉塞的大草原中，常年難得有一個客人進門，就是陌生的路人也常被讓進牧場當作貴賓招待，又何況那些都有深交的旅行商人。（梅濟民〈草原商隊〉）

這些新穎的現代化公廁，坐落在老舊的胡同裡，真是格格不入。（熊秉元〈光譜的兩端〉）

梅迭契家族的私人教堂在曲折狹隘的巷道內。路面凹凸不平，街道兩旁盡是古舊的民房，樓下的部分多數已改成商店或餐廳。（林文月〈翡冷翠在下雨〉）

入山的街道更窄仄，始有些山產乾貨和佛具香燭店，因山頂有一座觀音寺，啊這你想起來「我來過這裡！」是夢中？還是四十年前學生時一個意外旅程中滿滿行程中的一站，（……）（朱天心〈偷情〉）

由大湖庄到蕃仔林為止，是迂曲在岩壁凹缺，或叢草齊腰的羊腸小徑，連單輪雞公車都派不上用場。（李喬《寒夜》）

撇開靈異鬼魅，北宜沿線算得上是風光明媚的，諸如雙峰輝映、雲海濃霧、坪林溪流、山村野店、碧湖橋影、穿林坡徑……，蜿蜒起伏，各有情趣，即使看上數百遍也不覺其膩。（羅葉〈像個老朋友〉）

我溜達來溜達去，看野蔓拂溪，蹊徑繚繞彎曲，千回百回，遍尋不著。卻不知茯苓早已在暗裡淡淡覷我多時了。（凌拂〈茯苓菜〉）

當我們把阿里山的月亮／踢到背後／沿著舊鐘刻面般的荒徑盤旋而上／大片白樹林矗立，彷彿天使魅影／見證著雷神曾經到此一遊（陳家帶〈玉山日出〉）

和國坤大哥分手後，我們挑著一條曲曲彎彎的山路往桃鎮走。在山路上，您講了很多的話：講您和國坤大哥一起在做的工作；講您們的理想；講著我們中國的幸福和光明的遠景。（陳映真〈山路〉）

遠走，遠走的是巴蕉葉的青綠／電光閃閃／我的形踐踏我的影／雨季遂滑落一地泥濘（李瑞騰〈哭為五絕句〉）（巴蕉，通「芭蕉」。）

通往我家那條坑坑洞洞的月球道路旁，就有幾處菜地。（鍾怡雯〈中壢之味〉）

過飛來寺幾公里，已經遠離了旅遊地帶，路面由柏油轉為沙石，讓人車危險顛簸不已，這實在歷歷可見當權者的現實。（謝旺霖〈邊境未竟〉）

五十年前的洛城還頗有一些山突路迴的天成幽景，如今無限平移延展，人每天睜開眼睛看的盡是這些朗朗乾坤下的乾焦空蕩，真不知怎麼收攝心神。（舒國治〈哪裡你最喜歡〉）

光看著這一條白滔滔的巨流，一片片的崩塌地，以及柔腸寸斷的古道，回家的路將會比我想像的困難。（黃美秀〈碧利斯與碧力思〉）

五 時序

1 季節

春

【明媚】景色鮮明悅目。

【婉娩】形容春光明媚。

【煙花】形容春天繁花盛開，如一片煙霧的樣子。

【韶景】春景。也作美好時光。韶，美好的。

【駘蕩】使人舒暢的。多用來形容春天怡人的景物。

【鶯花】黃鶯啼叫和百花盛開。形容春日的景色。

【春山如笑】形容春天山區的風景如微笑般動人。

【春日遲遲】形容春天漫長的樣子。也可作春天陽光溫暖、光線充足的樣子。

【春回大地】形容嚴寒已過，春天再度降臨大地。

【春色惱人】春天美好的景色，反使人心生煩惱。

【春色滿園】園子內都是春天美麗的景色。

【春寒料峭】形容初春的寒冷。料峭，形容微寒。

【草長鶯飛】形容江南暮春的景色。

【清新秀美】空氣清爽新鮮，景色秀麗美好。

【陽氣勃勃】形容充滿蓬勃生機的春暖氣息重回大地。

【萬物甦醒】一切物類從昏迷或沉睡中醒過來。此形容冬去春來，所有生物開始展開其嶄新、旺盛的生命力。

【萬象回春】冬去春來，大地回暖，草木重生，萬物顯得生氣盎然。

【鶯飛草長】形容暮春三月明媚的景色。

【鶯啼燕語】鶯聲婉轉，燕子呢喃。形容春光明媚。

【像一篇巨製的駢儷文】可比喻春天的富麗繁縟，有如用典繁多、辭藻華麗的駢體文。

【頭迓】農曆二月初二的俗稱。與農曆十二月十六日的尾牙相對，是民間祭祀土地公，以求福祉的習俗。也作「頭牙」。

【寒食】節日名，約在清明節前一、二日。相傳春秋時晉文公時為求介之推出仕而焚林，導致介之推抱木而死；人民同情其遭遇，約定每年在其忌日禁火、吃冷食，之後相沿成俗。

【早春】初春。多指農曆新年過後一、二十天。

【發春】春天的開始。也指農曆一月。

【新春】早春；初春。

【開春】新春；春天開始。

【開歲】一年的開始；歲首。

【陽春】春天；溫暖的春天。

【遲日】春日。

【春老】晚春。

【餘春】晚春。

【暮春】春季將盡之時。也作「晚春」。

【闌珊】衰減；將盡。

【孟春】春季的第一個月。即農曆一月。

【仲春】春季的第二個月。即農曆二月。

【季春】春季的第三個月。即農曆三月。

【立春】二十四節氣之一。在國曆二月四日或五日，為春季的開始。二十四節氣是古代根據氣候變化對一年進行的節令劃分，對農事步驟的提示與生產有重大的意義。

【雨水】二十四節氣之一。在國曆二月十九日或二十日。

【驚蟄】二十四節氣之一。在國曆三月五日或六日，此時正值春天，氣溫上升，土地解凍，春雷始鳴，蟄伏過冬的動物驚醒，故稱之。

【春分】二十四節氣名稱之一。在國曆三月二十日或二十一日，太陽直射赤道，這一天白天夜晚一樣長，之後白天漸長，夜晚漸短。

【清明】二十四節氣之一。在國曆四月五日或六日。

【穀雨】二十四節氣之一。在國曆四月二十日或二十一日。

自葬後，每年清明左右，春風駘蕩，諸名姬不約而同，各備祭禮，往柳七官人墳上，掛紙錢拜掃，喚做「弔柳七」，又喚做「上風流塚」。未曾「弔柳七」、「上風流塚」者，不敢到樂遊原上踏青。後來成了個風俗，直到高宗南渡之後，此風方止。（明．馮夢龍《喻世明言．第十二卷　眾名姬春風弔

柳七》）

山茶花又叫椿花，農曆年前後，春寒料峭時，它會抖抖擻擻開出寒香來。（洪素麗〈一花一葉耐溫存〉）

等你回過頭再望回來的時候，在暮色裡，它又重新變成了一個迷濛的記憶，深深淺淺、粉粉紫紫的站在那裡，提醒你曾經走過來的，那些清新秀美的春日，那條雨潤煙濃的長路。（席慕蓉〈花事〉）

對我來說，春天的來臨不是時間概念，而是萬物甦醒的狀態，是樹液流動的聲音，是山鳥啁囀的音量，是山風吹在身上柔和的感覺。（徐仁修〈驚蟄・春分〉）

我現在對於春非常厭惡。每當萬象回春的時候，看到群花的鬥豔，蜂蝶的擾攘，以及草木昆蟲等到處爭先恐後地滋生蕃殖的狀態，我覺得天地間的凡庸，貪婪，無恥，與愚癡，無過於此了！（豐子愷〈秋〉）

先在江浙附近的窮鄉里，游息了幾天，偶而看見了一家掃墓的行舟，鄉愁一動，就定下了歸計。繞了一個大彎，趕到故鄉，卻正好還在清明寒食的節前。和家人等去上了幾處墳，與許久不曾見過面的親戚朋友，來往熱鬧了幾天，〔……〕（郁達夫〈釣臺的春晝〉）

乍然驚見遲來春樹——流蘇，梢頭也開了瑩白花朵，走過樹下，幽香清雅，幾隻黑白小蝶，繞花流連不捨。開到流蘇、木棉，又是一年春老。（方瑜〈春鏡〉）

當我獨坐於杜鵑城之一隅，眼見朵朵白花飄零，暮春的感傷沒有刺痛我，因為今年，我沒有春天。我只希望一剎那所有的花朵都變成海鷗展翅向我飛來。（簡媜〈海路〉）

春快要闌珊了！天氣正愁人，我在蘇州城裡連聽了三天潺潺的春雨。冒著雨我爬過一次虎丘，到冷落的留園和獅子林徘徊了一陣。我愛這城市的蒼茫景色，靜的巷，河邊的古樹，冷街深閉的衰落的朱門。（柯靈〈蘇州拾夢記〉）

雨氣空濛而迷幻，細細嗅嗅，清清爽爽新新，有一點點薄荷的香味，濃的時候，竟發出草和樹沐髮後特有的淡淡土腥氣，也許那竟是蚯蚓和蝸牛的腥氣吧，畢竟是驚蟄了啊。也許地上的地下的生命也許古中國層層疊疊的記憶皆蠢蠢而蠕，也許是植物的潛意識和夢吧，那腥氣。（余光中〈聽聽那冷雨〉）

清明節／大家都已習慣這麼一種遊戲／不是哭／而是泣。（洛夫〈清明〉）（泣，只掉眼淚而不出聲的哭。）

夏

【炎暑】炎熱酷暑。

【炎蒸】暑熱熏蒸。

【暑熱】盛夏的炎熱。

【蒸暑】盛夏的燠熱。

【焚燒般的】此形容熱氣逼人，像火在燃燒一樣。

【沉李浮瓜】指沉浮於水中的瓜果和李子，是夏天清涼可口的食物。後用來比喻夏日消暑的樂事。也作「浮瓜沉李」。

【像一首絕句】此比喻夏天充滿自然萬物各種聲響，像是在吟唱詩歌一樣。

【端午】農曆五月五日，也是民間傳統節日之一。相傳戰國時楚國大夫屈原在農曆五月初五投汨羅江，後人為紀念其而有包粽子及賽龍舟等習俗；又因民間對鬼神的信仰，多會在家門前插蒲艾、喝雄黃酒、掛鍾馗像來除瘟辟邪。

【三伏】即初伏、中伏、末伏。由農曆夏至後第三庚日算起，每十日為一伏，共三十天，亦是一年中最熱的時候。也作「三伏天」。

【中暑】曝露於高溫環境過久而引發身體體溫調節障礙的病症，多會出現心悸、昏睡、肌肉鬆軟、體溫過高等症狀。

【受暑】中了暑氣。

【害熱】因天熱而感到身體不適。

【暑氣】盛夏的熱氣。

【暄氣】暑氣。

【去暑】消除暑氣。也作「祛暑」。

【拂暑】除去暑氣。

【避暑】到清爽、涼快的地方度過炎熱的暑期。

【消夏】避暑。用消遣的方式度過夏季。也作「消暑」。

【逭暑】避暑。逭ㄏㄨㄢˋ。

【歇夏】避暑。

【初夏】剛到夏天。

【穉夏】初夏。穉ㄓˋ，通「稚」字。

【炎節】夏季。

【黃天】夏天。

【纁夏】夏之別名。纁ㄒㄩㄣ。

【盛夏】夏天最熱的時候。

【酷暑】極熱的夏天。

【殘暑】暮夏。夏季將盡之時。也作「殘夏」。

【孟夏】夏季的第一個月。即農曆四月。

【仲夏】夏季的第二個月。即農曆五月。

【季夏】夏季的第三個月。即農曆六月。

【立夏】二十四節氣之一。在國曆五月六日或七日，為夏季的開始。

【小滿】二十四節氣之一。在國曆五月二十日、二十一日或二十二日。

【芒種】二十四節氣之一。在國曆六月五日、六日或七日，因此時節穀物開出芒花，故稱之。

【夏至】二十四節氣之一。在國曆六月二十一日或二十二日，太陽直射北回歸線，所以北半球白天最長，夜晚最短；南半球則是相反。夏至也稱「北至」、「夏節」。

【小暑】二十四節氣之一。在國曆七月六日、七日或八日。

【大暑】二十四節氣之一。國曆七月二十三日或二十四日。

寶釵聽了忙道：「噯喲！這麼黃天暑熱的，叫他做什麼！別是想起什麼來生了氣，叫出去教訓一場。」（清・曹雪芹《紅樓夢・第三十二回》）

它那麼悄然寧靜，甚至就在這焚燒般的盛夏裡，當熱風吹過我的河，汗水在我身上流淌，不免就有些焦躁充滿我幼小的心。（楊牧〈水蚊〉）

春天，像一篇巨製的駢儷文，而夏天，像一首絕句。〔……〕夏乃聲音的季節，有雨打，有雷響，蛙聲、鳥鳴及蟬唱，蟬聲足以代表夏，故夏天像一首絕句。（簡媜〈夏之絕句〉）

此時正值三伏天道，婦人害熱，吩咐迎兒熱下水，伺候要洗澡。又做了一籠裡餡肉角兒，等西門慶來吃。身上只著薄紗短衫，坐在小凳上，盼不見西門慶到來，罵了幾句負心賊。（明・蘭陵笑笑生《金瓶梅・第八回》）

沿著海岸隨手盜取／一片最美的風景／騎到一個拐彎處／就跳下來，倚著山岩／像伊索寓言裡兩個旅人／共寫一首詩／冬天要防止寒流／讓我們的腳踏車抽筋／夏天避免中暑／整座海岸倒在我們身上（鯨向海〈永無止境的環島旅行〉）

這些建築都有自己的光采，它新穎雄偉，使黃山的每一個角落都顯得生動起來。這裡原是避暑聖地，酷暑時外面熱得難受，這裡還是春天氣候。但也不妨春秋冬去，那裡四季都是最清新而豐美的公園。（菡子〈黃山小記〉）

翌年我到海邊去消夏。有一天戴了一頂寬邊的帆布帽，一人在海邊上划船，看銀色的海浪在槳下飛濺，海鷗在綠水上飛撲，遙遠的望見海邊的岩石旁，站著一個黑衣的女人，手中抱著一個嬰兒，向著海天沉思，眉目間鎖著海天般無際的憂愁。（張秀亞〈命運女神〉）

從穉夏到深秋／從無到有到非有非非有：／透骨的清涼感啊／這次第，怎一個知字了得！（周夢蝶〈詠蟬〉）

秋

【高爽】 清朗、舒爽。

【清秋】 明淨、爽朗的秋天。

【清麗】 清新、華美。

【絕美】 極其美麗。

【新涼】 新秋涼爽的天氣。

【橫秋】 彌漫秋日的天空。或作「橫越秋空」。

【秋高氣爽】 秋天天氣清朗、氣候令人感到舒爽。

【秋高馬肥】 秋高氣爽，馬匹肥壯。常指中國西北外族活動的季節。

【桂子飄香】 指中秋前後桂花綻放，香氣飄散。

【菊茂蟹肥】 菊花在秋天盛開；蟹類在秋天長得最好。可為秋天景物的代表。

【霜葉紅於二月花】 形容秋天的紅葉比農曆二月盛開的春花更加紅豔。語出唐代杜牧〈山行〉詩。

【秋扇】 秋天的扇子。常以秋涼而扇子被棄置不用，用來比喻女子色衰而受冷落。也可比喻過時而失去效用的事物。

【淒涼】 孤寂、冷落。也有「淒淒涼涼」。

【悽愴】 悲傷。

【悲慟】 悲傷、哀痛。

【慨嘆】 心生感觸而嘆息。

【感慨】 心靈受到某種感觸而慨嘆。

【傷感】 因感觸而心生悲傷。

【一年容易又秋風】 因蕭瑟的秋風而生起一年時光轉眼過去的感嘆。

【肅殺】 形容秋、冬天氣寒冷，草木凋落的蕭條氣象。

【蕭殺】 冷落、蕭條。

【蕭瑟】 形容秋天萬物蕭條，呈現出的冷清、淒涼貌。另有用來形容風打草木的聲音。

【秋老虎】 比喻立秋以後依然很熱的天氣。

【七夕】 農曆七月七日夜晚。相傳天上的牛郎和織女每年於此晚相會，後世便以此日為情人節。

【中秋】 農曆八月十五日。因居於秋季三月之中，故稱之。民間習於此日全家團聚，一同賞月和吃月餅。

【重陽】 農曆九月九日。民間習於此日相約登高、飲菊花酒以及佩帶茱萸以避凶厄。

【金天】 秋的別稱。

【旻天】 秋天。

【商秋】 秋天。

【晚秋】 秋季將盡之時。也作「暮秋」。

【深秋】 晚秋。入秋已久。

【寒秋】 深秋。

【孟秋】 秋季的第一個月。即農曆七月。

【仲秋】 秋季的第二個月。即農曆八月。

【季秋】 秋季的第三個月。

即農曆九月。

【立秋】二十四節氣之一。在國曆八月七日、八日或九日，為秋季的開始。

【處暑】二十四節氣之一。在國曆八月二十二日、二十三日或二十四日，這天過後，夏天暑氣漸漸結束，天氣轉為涼爽。

【白露】二十四節氣之一。在國曆九月八日或九日。此時早晚露水較重。

【秋分】二十四節氣之一。在國曆九月二十三日或二十四日，這一天太陽幾乎位在赤道的正上方，南北半球白天夜晚的時間一樣長。

【寒露】二十四節氣之一。在國曆十月八日或九日。此時露氣寒冷，為秋收、秋種之時。

【霜降】二十四節氣之一。在國曆十月二十三日或二十四日。

像橄欖又像鴿蛋似的這棗子顆兒，在小橢圓形的細葉中間，顯出淡綠微黃的顏色的時候，正是秋的全盛時期；等棗樹葉落，棗子紅完，西北風就要起來了，北方便是塵沙灰土的世界，只有這棗子，柿子，葡萄，成熟到八九分的七八月之交，是北國的清秋的佳日，是一年之中最好也沒有的Golden Days。（郁達夫〈故國的秋〉）

同時那北海的紅漪清波浮現眼前，那些手攜情侶的男男女女，恐怕也正搖著畫槳，指點著眼前清麗秋景，低語款款吧！況且又是菊茂蟹肥時候，料想長安市上，車水馬龍，正不少歡樂的宴聚，這飄泊異國，秋思淒涼的我們當然是無人想起的。（廬隱〈異國秋思〉）

秋天的天空、秋天的雲、秋天的風，最是迷人了，有種絕美的悽愴，想挽住什麼卻又不可能的悲慟，想全然捨去卻又不忍的掙扎。（李偉文〈有地中海風情的海上桃花源——馬祖〉）

夜來枕上隱隱聽見渤海灣的潮聲，清晨一開門，一陣風從西吹來，吹得人通體新鮮乾爽。樓下有人說：「啊，立秋了。」怪不得西風透著新涼，不聲不響闖到人間來了。（楊朔〈秋風蕭瑟〉）

一直以為最美麗的秋天在杜牧的詩裡，每當讀「山行」這首詩時，就會被那句「霜葉紅於二月花」帶進一片如春花般的秋野中。過了雲之啞口後，才知道最美麗的秋天不僅在杜牧的詩裡，也在美國西北部。（林滿秋〈霜葉紅於二月花〉）

這時才憶起，向來詩文上秋的含義，並不是這樣的，使人聯想的是蕭殺，是淒涼，是秋扇，是紅葉，是荒林，是萋草。（林語堂〈秋天的況味〉）

黃曆上一年二十四個節日，母親背得滾瓜爛熟。每次翻開黃曆，要查眼前這個節日在哪一天，她總是從頭唸起，一直唸到當月的那個節日為止。我也跟著背：「正月立春、雨水，二月驚蟄、春分，三月清明、穀雨……」但每回唸到八月的白露、秋分時，不知為甚麼，心裡總有一絲淒淒涼涼的感覺。小小年紀，就興起「一年容易又秋風」的慨嘆。（琦君〈母親的書〉）

秋天容易使人感到老，感到人事飄忽，生命的無常，在死寂空虛的情境中，是更容易令人起這些感慨的。深宮裡宮女們的許多關於秋的詩詞，也就是這樣的緣故，所以容易產生吧。（徐訏〈魯文之秋〉）

或許正因北方秋日來得肅殺，才有落葉構成的濃郁的秋意。（薛爾康〈北國秋葉〉）

初秋眼前更是一片蕭瑟／草長及胸，滿城飛舞／我想若是當年旌旗／那軍容該是何等壯盛（林齡〈億載金城〉）

不會忘記的，十一月，卻是秋老虎，南方，遲開的鳳凰木辣辣的紅一簇簇怒燒。鳳山那條街在正午太陽下整個花白而去，曝了光的黑白照片。（朱天文〈家，是用稿紙糊起來的〉）

旁邊一碟饅頭，遠看也像玷汙了清白的大閨女，全是黑斑點，走近了，這些黑點飛升而消散於周遭的陰暗之中，原來是蒼蠅。這東西跟蚊子臭蟲算得小飯店裡的歲寒三友，現在剛是深秋天氣，還顯不出它們的後凋勁節。（錢鍾書《圍城》）

冬

【冷寒】寒冷。

【寒冬】寒冷的冬天。

【寒流】自北方寒冷地帶南移的冷空氣團。以臺灣而言，一般是指使氣溫降至攝氏十度以下，或在二十四小時內使氣溫下降攝氏八度以下的氣流。也作「寒潮」。

【休憩】休息。

【萬物具休】此指一切物類在冬季休息。

【萬物偃息】此指一切物類在冬季多處於歇息或止息的狀態。

【冷寂】冷清、寂寞。

【慘淡】悲慘淒涼貌。

【了無生趣】毫無生活的意趣。也有毫無生存的意義。

【萬物枯寂】此指一切物類在冬季多處於枯寒、寂靜的狀態。

【臘八】農曆十二月初八。古代習於臘月祭祀祖先和眾神，起先並沒有固定日期，直到佛教在中國盛行，因十二月初八為釋迦牟尼成道日，人們便將臘月的祭祀與佛教的儀式混合。臘，農曆十二月。

【尾迓】農曆十二月十六日的俗稱，也是一年之中最後一次做迓，故稱之。此日家家戶戶多以三牲祭拜土地公，各行各業的老闆則藉此日宴請員工，感謝其一年來的辛勞。也作「尾牙」。

【隆冬】嚴冬。冬天最冷的一段時期。

【窮冬】深冬、嚴冬。

【嚴冬】酷寒的冬天。

【殘冬】冬季將盡之時。也作「冬殘」。

【暮冬】冬末。

【歲晏】年終；一年將盡之時。

【臘盡】歲末年終。

【避寒】天寒時移居溫暖之地。

【迎春】迎接春天的到來。

【孟冬】冬季的第一個月。即農曆十月。

【仲冬】冬季的第二個月。即農曆十一月。

【季冬】冬季的第三個月。即農曆十二月。

【立冬】二十四節氣之一。在國曆十一月七日或八日，為冬季的開始。

【小雪】二十四節氣之一。

在國曆十一月二十二日或二十三日。因此時中國黃河流域開始降少量的雪，農家也開始忙碌冬耕事宜。

【大雪】二十四節氣之一。在國曆十二月六日、七日或八日。此時雪轉甚，故稱之。

【冬至】二十四節氣之一。在國曆十二月二十一日、二十二日或二十三日，這天北半球夜晚最長，白天最短；南半球則是相反。冬至也稱「南至」、「冬節」。

【小寒】二十四節氣之一。在國曆一月五日、六日或七日。

【大寒】二十四節氣之一。在國曆一月二十日或二十一日。

台灣城市的冬天除了冷寒之外，沒有什麼冬天的景象，萬物枯寂了無生趣的氣息，必須在這種無人抵臨的所在才能深入體會。也因此，我終於嗅到春天即將隨浪而來的味道。（劉克襄〈沙岸〉）

北國冬日，原是休憩之際，田裡農活已停，萬物具休，直到來春，人的心念也在白雪皚皚的覆蓋下冷寂了下去。（楊明〈別後〉）

玫瑰被豢養在園中，園外草木有秋冬慘淡的厲色，然而在這個萬物偃息的季節裡，芹壁所到之處，卻是盛開的雛菊。（林詮居〈海隅隨想十則——馬祖芹壁村〉）

可是，到了嚴冬，不久便是春天，所以人們並不因為寒冷而減少過年與迎春的熱情。在臘八那天，人家裡，寺觀裡，都熬臘八粥。這種特製的粥是為祭祖祭神的。（老舍〈北京的春節〉）

過年，當然是大事，年節的氣氛從農曆十二月臘月十六日就開始可以聞到了，這一天，我們俗稱「尾牙」，這是因為每個月的初二、十六都要「做牙」——祭拜土地公。二月初二是每年第一次做牙，稱為「頭牙」，十二月十六日是最後的一次，所以稱為「尾牙」。（蕭蕭〈過年那幾天〉）

正廳前大院子裡的兩株桂樹，祇剩得老幹；幾枝蠟梅，還開著寂寞的黃花，在殘冬的夕陽光下，迎風打戰；階前的書帶草，也是橫斜雜亂，雖有活意，卻毫無姿態了。（茅盾〈動搖〉）

正是光陰如箭，轉眼間臘盡春來。官場正月一無事情，除掉拜年應酬之外，便是賭錢吃酒。（清．李寶嘉《官場現形記．第二十一回》）

2 時間

白天

【凌晨】 清晨。從零時起到天亮的這段時間。

【向晨】 天將亮時。

【迎晨】 黎明。

【拔白】 破曉。

【昧旦】 天將亮而未亮的時候。

【昧爽】 天將亮而尚暗的時候。

【朏朏】 ㄈㄟˇ，天將亮的時候。

【侵曉】 拂曉。

【拂曉】 天將亮時。

【破曉】 天剛亮。

【黎明】 天快亮的時候。

【遲明】 天將亮之時。

【薄曉】 天快亮的時候。

【嚮明】 天剛亮的時候。

【一黑早】 黎明時。

【五更天】 天將亮時；約指凌晨三點到五點之間。舊時把一夜分為五個時段，稱為「五更」，大致是從傍晚七時到次日清晨五時。

【魚肚白】 由於魚腹的顏色白裡透青，故多用來形容黎明時東方的天色。

【月落星沉】 月亮落下，星星低垂。指天將亮時。

【月歸星隱】 月亮歸去，星星隱沒不見。指天將亮時。

【魚肚翻白了東方】 指黎明。

【早晨】 清晨。

【清早】 清晨。也有「大清早」。

【透早】 在閩南語為早晨、一大早的意思。

【晨光】 早晨的陽光。

【晨曦】 早晨太陽的光輝。

【朝旭】 初升的太陽。

【朝暉】早晨的陽光。

【朝暾】早晨的陽光。也有「晨暾」。暾ㄊㄨㄣ。

【熹微】形容光線微弱的樣子。多指清晨的日光。也有「晞微」。

【曙光】清晨大地初現的亮光。

【曚曨】太陽初現時，光線暗淡的樣子。

【曦微】形容陽光微弱的樣子。多指清晨的日光。

【旭日東升】清晨太陽剛從東方升起。

【白晝】日出後，日落前的時間。

【旦晝】白晝。

【永晝】白日漫長。

【晝日】白天。

【三竿】太陽已升到三根竹竿相接的高度。表示早上的時間已不早了。也有「三竿日上」、「日出三竿」、「紅日三竿」。

【傍晌】接近中午的時候。另有「傍午」。晌ㄕㄤˇ。

【向午】接近中午。

【正午】中午十二點鐘。

【日中】正午。

【亭午】正午；中午。

【晌午】中午。

【當午】正午。

【晝分】中午。

【烈日當中】指正中午的時候。也作「日正當中」。

【過午】中午以後。

【過晌】過了中午。

【後晌】午後。

【下半晌】下午。指中午到日落前。

中夜聞隔戶夜起者，言明星烺烺；雞鳴起飯，仍濃陰也，然四山無霧。昧爽即行，始由西南涉塢，一里，漸轉西行入峽，平涉而上。（明・徐弘祖《徐霞客遊記・滇遊日記》）

月光碎在浪裡像忍者的暗器，不斷襲擊我可憐的過敏神經。這時候，風雖僅僅三級，浪高只有半米，但我真的急著上岸，急著脫離你的回憶上岸，就等魚肚翻白了東方。（陳大為〈海圖〉）

在曦微的晨光中，我望著母親的臉，她的額角方方正正，眉毛細細長長的，眼睛也瞇成一條線。教我認字的老師說菩薩慈眉善目，母親的長相大概也跟菩薩一個樣子吧。（琦君〈下雨天，真好〉）

在曙光初透的時刻，在魚市場看漁民拍賣一籮筐一籮筐的魚貨，並互相談詢著昨夜的海上，以及今夜和未來幾天海洋裡可能的變化。（林清玄〈海的兒女〉）

本來麼，祖孫兩人，緩轡蹣跚於羊腸小道，或浴著朝暾，或披著晚霞，閑談著，也同鄉里交換問寒問暖的親熱的說話，右邊一隻鳥飛了，左邊一隻公雞喔喔在叫，在純樸自然的田野中，我們是陶醉著的。（吳伯簫〈馬〉）

小女兒起床時，日頭早已出過三竿高，風向也已由東北漸轉為西南，滿株的樹蘭花也開始放出濃厚的馥郁對著平屋散發過來。（陳冠學〈花香〉）

有一日晌午，屋後亂草叢，一枝橫掃到窗上的割芒，上面臥著一隻日本樹蛙，陽光淡影斜斜錯落，我看了內裡會心，非常喜悅生活中出其不意的喜悅，蛙類蟲豸之屬，我高興生活在這樣一個充滿蹤跡遊絲的所在。（凌拂〈斯文豪氏蛙〉）（蟲豸ㄓˋ，昆蟲的通稱。）

黑夜

【下晚】近黃昏的時候。

【夕陽】傍晚的太陽。

【夕照】黃昏時的太陽。

【夕曛】日暮時夕陽的餘暉。曛ㄒㄩㄣ。

【斜陽】傍晚西斜的太陽。

【斜暉】傍晚西斜的陽光。也作「斜輝」。

【晚照】夕陽。

【晚霞】日落時出現的雲霞。

【殘陽】夕陽餘暉。也作「殘照」。

【落照】夕陽。

【餘暉】夕陽的餘光。

【遲陽】夕陽。

【傍晚】黃昏時分。

【夕暮】傍晚。

【日夕】傍晚。

【日暮】傍晚。

【日薄】傍晚。

【向晚】傍晚。

【投晚】傍晚。

【尾暗】在閩南語為傍晚、天將暗時的意思。

【昏暝】黃昏、傍晚。

【昏暮】黃昏。

【垂暮】傍晚時候。

【崦嵫】ㄧㄢ ㄗ，山名，位在甘肅省天水縣之西。古來常用來借指日落的地方。

【晡夕】黃昏。晡ㄅㄨ，申時，即下午三到五時，泛指下午或黃昏。

【黃昏】太陽將落，天快黑的時候。

【暮色】傍晚昏暗的天色。

【薄暮】黃昏；太陽將落的時候。

【嚮晦】傍晚。

【曛黃】黃昏。

【暗頭仔】在閩南語為黃昏的意思。

【夜幕初籠】形容剛剛天黑。夜幕，夜裡景物看不清楚，像是被大黑幕籠罩一樣。

【夜幕低垂】天色昏暗，指天黑。

【華燈初上】夜色低垂，家家戶戶點上明亮燈火的時候。

【掌燈時分】天黑點燈的時候。

【入夜】到了晚上。

【永夜】夜晚漫長。

【申旦】整夜；從夜晚到天亮。

【竟夕】整夜。

【通宵】整個晚上。

【終夕】整夜。也有「終夜」。

【窮夜】徹夜。

【連更徹夜】整夜；通宵達旦。

【幽冥】昏暗、黑暗。

【暗昏】黑暗而模糊。也作「暗昏昏」。

【星光】星的光輝。

【星夜】有星辰的夜晚。泛指夜晚。

【夜闌】夜深。

【更闌】指夜已深。

【深宵】深夜。

【夤夜】深夜。夤ㄧㄣˊ。

【黑魆魆】黑暗。「魆」在「黑魆魆」讀ㄒㄩ，在「魆黑」讀ㄒㄩˋ。

【子夜】半夜十一點到凌晨一點。

【三更】半夜十一點到凌晨一點。

【午夜】半夜。

【中夜】半夜。

【中宵】半夜。

【深更半夜】深夜。也作「三更半夜」。

【鐘鳴漏盡】夜半鐘響，計時的沙漏或水漏已殘。指深夜。

翁婿兩個，無言對坐在斜陽照射的玄關上，那財大勢大「嚇水可以堅凍」的老人，臉上重重疊疊的紋路，在夕陽斜暉中，再也不是威嚴，而是老邁的告白了。（廖輝英〈油麻菜籽〉）

樸公回到院子裡的時候，冬日的暮風已經起來了，滿院裡那些紫竹都騷然的抖響起來。西天的一抹落照，血紅一般，冷凝在那裡。（白先勇〈梁父吟〉）

不帶有一點兒的哀傷／在春日的遲陽下，帶著古遠的拂照／令人憶起落寞的喧動（溫瑞安〈再見〉）

所有的光輝逐漸收斂。夕暮／在那高擁的嵐雲後，垂落眼簾／你觀望，在無形的急逝中／投入這一片蒼茫的莫名的時刻（白萩〈夕暮〉）

入夏好風南來，紙扇輕搖，擇一無人山門，避炎陽於簷下，忽的睡去，如在自家，日薄崦嵫，猶忘了醒來，直是羲皇上人。（舒國治〈下雨天的京都〉）

若你有銅雀　鎖不鎖得住春天／若你有春天　鎖不鎖得住二喬／若我有東風　便把東風一股腦兒借你／借與你漫天的花雨　千樹的桃花／逐水流。可是江南不是千山的江南／任十里的春江向晚　凝目處堆煙砌霞／漢朝的樓台不見樓台　荒蕪的庭院深深／誰還知道千年的往事　又散入了誰家？（吳望堯〈銅雀賦〉）

想像如果推回一九二〇年代末，夏日尾暗時，那噠噠聲發自高齒木屐，從圓環輻射的大路與串連的巷底傳來，穿著日式浴袍或寬大台灣衫褲的男女，自連排燠熱的居室裡踱出，三兩並肩前後陸續閒走，圓環零散的露店攤頭明滅的燈火，即向彼等招手了。（雷驤〈青春圓環〉）

法國近代的象徵派大詩人梵樂希，以此為題材，寫成他的不朽名著「水仙辭」。那首詩以氤氳的薄暮霧靄，銀光閃爍的溪流，和水中美極的顫動影像，形成一首感人的詩篇，深具象徵意味。（張秀亞〈水仙花的愛者〉）

夜幕初籠，附近的大樓開始稀稀落落地亮起燈來，街道上汽車引擎和喇叭的交響陣陣傳來，飄蕩在空

曠的棒球場內。（金光裕〈殘兵記〉）

西門慶大怒，罵道：「眾生好度人難度，這廝真是個殺人賊！我倒見你杭州來家，叫你領三百兩銀子做買賣，如何夤夜進內來要殺我？不然拿這刀子做甚麼？」（明・蘭陵笑笑生《金瓶梅・第二十六回》）

照例的，我又睡了一個失眠的午覺。有些朋友知道我擅長失眠，但那是意味子夜的輾轉反側。夜間萬籟俱寂，不能順利入睡，尚值得同情；但午覺而失眠，則是多此一舉，胡思亂想，更屬咎由自取。（林文月〈午後書房〉）

紀時

【天干】甲、乙、丙、丁、戊、己、庚、辛、壬、癸十干的總稱。是古人用來表示次序的符號，和十二地支配合以計算時日。

【地支】子、丑、寅、卯、辰、巳、午、未、申、酉、戌、亥十二支的總稱。是古人用來計算時日的代稱或表示次序的符號。

【干支】天干和地支的合稱。以十天干與十二地支循環相配，依序從甲子、乙丑、丙寅、丁卯……到癸亥止共六十組，以六十為周期的序數記錄年歲的方法。現今農曆的年，仍用干支表示。如二〇一二年，以干支紀年即為「壬辰」年。

【子】十二地支之一。指夜晚十一時到凌晨一時。

【丑】指凌晨一時到三時。

【寅】指凌晨三時到五時。

【卯】指凌晨五時到七時。

【辰】指早晨七時到九時。

【巳】指早晨九時到十一時。

【午】指早上十一時到下午一時。

【未】指下午一時到三時。

【申】指下午三時到五時。

【酉】指下午五時到晚上七時。

【戌】ㄒㄩ，指晚上七時到九時。

【亥】指晚上九時到深夜十一時。

亭亭道：「史書以干支紀年，始於帝堯。自帝堯甲辰即位，至今武太后甲申即位，共三千四十一年；若以伏羲至今而論，共五千一百五十三年了。」（清．李汝珍《鏡花緣．第五十三回》）

這樣的街子聚也有時散也有時。聚自午未散於次日卯辰。河谷地區居民分散，從自家小屋爬到此處，少則三十里多則五六十里不等，當晚是回不去的。（黃曉萍〈天街〉）

從前

【千古】時代久遠。

【太古】上古時代。

【古遠】很久以前；年代久遠。

【夐古】遠古。

【洪荒】混沌、蒙昧的狀態。指遠古時代。

【混沌】古代傳說中指天地未形成之前，萬物融合而模糊不清的狀態。

【鴻蒙】宇宙形成前的混沌狀態。也作「鴻濛」。

【開闢】開天闢地。指天地初開。

【前世】上輩子。也作「前生」。

【昔】過去的。

【往】過去的。

【徂】ㄘㄨˊ，過去的。

【故】從前的。

【歷】已過去的。

【舊】從前的；古老的。

【以前】從前；以往。

【夙昔】從前。

【既往】過去。

【異時】從前。另有不同時候之意。

【過去】以前；從前。

【舊日】從前。

【疇昔】昔日；從前。

【疇曩】從前；往日。曩ㄋㄤˇ。

【曩昔】從前。也作「曩日」、「曩時」。

【近來】離現在不遠的時日。

【新近】最近；近日。

【爾來】近來。

【邇來】近來。

風很輕，茶園邊的一排排相思樹葉微微搖晃著，發出輕悄悄的沙沙聲。偶而，樹葉聲停止，這時週遭靜極了，靜得像回到太古的洪荒時代；祇有細微的，比那輕悄的樹葉聲更細微的蜜蜂振翼聲在飄浮

著。（鍾肇政《魯冰花》）

我渴望與他對話，想像他也是發光的形體／可以舉杯，遙遙與之斟酌一些滿溢的心情／啜飲小口的微醺——呵，只能小口、小口地／因為今晚的寂寞／釀自古遠的年代／然而——他說，雖然我們都是孤獨的——／這並不足以使我們相戀／（我們都是孤獨的。星子們群起附和著說）／不足以使他不再離去（陳克華〈旅人的夜歌〉）

天地原初便是好嗎？混沌未開，天真未鑿。人似乎總有意無意在悼念某個失落的世界，所以故事這樣開頭：很久很久以前，在一個遙遠的地方……（張讓〈也許有一個地方〉）

鴻蒙以後多少年，只有善於攀援的金絲猴來遊。以後又多少年，才來到了人。第一個來者黃帝，一來到，黃山命了名。（徐遲〈黃山記〉）

蓋自開闢以來，每受天真地秀，日精月華，感之既久，遂有靈通之意。（明・吳承恩《西遊記・第一回》）

自彼次遇到妳／著開始了我的一生／是前世註定的命運／咱兩人相閃在滿滿是菜子仔花的田埂中（杜十三〈自彼次遇到妳〉）（相閃，為閩南語相遇、交會之意。）

臣自出茅廬，得遇大王，相隨至今，言聽計從；今幸大王有兩川之地，不負臣夙昔之言。（明・羅貫中《三國演義・第八十回》）

我出了飯館，從太陽曬著的冷靜的這條夾道，走上輪船公司的那條大街上去。大約是將近午飯的時候了，街上的行人，比曩時少了許多。（郁達夫〈還鄉後記〉）

現今

【甫】始；才。
【頃】剛才。
【方才】剛剛；不久之前。
【適來】剛才；方才。
【適間】剛才。
【纔剛】剛才。

【今茲】此時；現在。
【日下】現在；當下。
【而今】如今。
【時下】現在；眼前。
【迅即】立刻；馬上。
【現在】現今；目前。

【現時】現今；目前。
【眼下】目前。
【登時】當時；立刻。
【當下】即刻；立刻。
【今生】現在這一生。也有「今生今世」。

【現世】現在之世。
【當代】目前這個時代；現代。

有一天醒來突然問自己／這就是未來嗎／這就是從前／所耿耿於懷的未來嗎／那個時候的現在／所害怕到達的未來／裡／你以為就叫／現在的現在／而我以為的／早已過去的未來（夏宇〈同日而語〉）

「淺薄的很。先生不要見笑。」我照例恭恭敬敬的回答。但是這句話剛出口，我登時就覺不妙，我得了一種感覺，我們還得互相回敬十五分鐘，大繞大彎，才有言歸正傳的希望。到底不知他有什麼公幹。（林語堂〈冬至之晨殺人記〉）

往後

【今後】從今以後。
【翌】ㄧˋ，次的、第二的。如「翌日」即明日。如「翌年」即明年之意。
【越】過了。如「越日」即明日、次日。如「越明年」即過了第二年，也就是第三年的意思。
【旦日】明日；第二天。
【不日】不久；幾天內。
【嗣歲】來年；新的一年。
【未來】將來。

【他日】將來；未來某一日。

【向後】往後。

【來日】未來的日子。

【前去】將來。

【嗣後】從此以後。

【爾後】從今以後。

【有朝一日】將來有一天。

【來世】來生。人死亡後再轉生在人世的那一輩子。也作「來生」。

【下輩子】來生。

昔作少年遊，翠廊深處認回眸。／縱使相逢非故我，／今後、白首書成人人咒。（鍾曉陽〈南鄉子〉）

四五個都是少年子弟，出娘胞胎未經刑杖，一個個打的號哭動天，呻吟滿地。這西門慶也不等夏提刑開口，吩咐：「韓二出去聽候。把四個都與我收監，不日取供送問。」四人到監中都互相抱怨，個個都懷鬼胎。（明・蘭陵笑笑生《金瓶梅・第三十四回》）

他向慕容博合什一禮，說道：「慕容先生，昔年一別，嗣後便聞先生西去，小僧好生痛悼，原來先生隱居不出，另有深意，今日重會，真乃喜煞小僧也。」（金庸《天龍八部・第四十三回》）

長久

【永久】長久。

【永劫】永恆。

【永恆】恆久。

【亙古】終古，永恆。亙ㄍㄣˋ，形容時間或空間延續不斷。

【長長】長久。

【恆久】永久，長遠。

【悠久】長久。

【悠遠】時間長久。

【終古】永恆。

【經年】形容時間長久。

【漫長】悠長，長得看不到盡頭。

【八輩子】時間長久。

【天長地久】天地永恆無窮的存在著。

【天荒地老】比喻時代的久遠。

【生生世世】在世的每一

輩子；永恆。

【年深日久】形容時間長久。也作「日久年深」、「日久歲深」。

【年深歲改】形容時間久遠。

【年湮代遠】年代久遠。湮ㄧㄣ。

【窮年累月】比喻長久的時間。也作「窮年累歲」、「窮年累世」。

【億萬斯年】形容時間極為長久。

【萬世】萬代，永久。

【萬劫】佛家稱世界從生成到毀滅的過程為一劫，萬劫為萬世。形容時間極長。也有「千萬劫」。

【千秋】千年。比喻長久的時間。

【百代】百世。比喻年代時間久遠。

【百葉】百世；百代。

【百歲】一百年。比喻人的一生。

【一生】一輩子；整個生命期間。

【平生】一生；終生。

【幾度春風】經過了好幾年。

【通年】一整年。

【終歲】一整年。

【窮年】一整年。

【淹月】一整個月。

【期月】一整個月。也有作一整年。

【匝月】滿一個月。匝ㄗㄚ。

【旬】十天，如「上旬」，指每月前十天。也作十年，如「九旬老翁」，指九十歲的老人。

多麼多麼地想在長長的生命中／打一個短暫的岔一個短暫打岔／當我遇見你的剎那／你擁有足夠的溫柔和危險／我擁有等量的成熟和混亂／多麼地多麼地想在短短的生命中／打一個永恆的岔一個永恆打岔（夏宇〈在你的生命中打一個岔〉）

在這個亙古深垂的死底帷幕前，天堂和地獄，美和醜，善和惡，凶殘和平和，生活，愛情，工作，都該退避。（王尚義〈現實的邊緣〉）

他回身推攏石門，見那石門又那裡是門了？其實是一塊天然生成的大巖石，巖底裝了一個大鐵球作為門樞。年深日久，鐵球生銹，大巖石更難推動了。他想當年明教建造這地道之時，動用無數人力，窮

年累月，不知花了多少功夫，多少心血。（金庸《倚天屠龍記．第二十章》）

或竟是白蛇娘子的屍身，歷經千萬劫，被法海金剛杵搗成兆兆片，灑落海拔千尺高山，紅的肉白的膚幻化成紅蝴蝶白蝴蝶蘭，或是大逆子哪吒剔肉還母抽腸還父的親情倫理悲劇現場，遺留至今開成血跡斑斑的萬代蘭石斛蘭；（……）（周芬伶〈蘭花辭〉）

其實　我盼望的／也不過就只是那一瞬／我從沒要求過　你給我／你的一生（席慕蓉〈盼望〉）

短暫

【一息】一次呼吸之間。比喻時間短暫。

【一晌】短時間。

【一瞬】眼睛一開一合。比喻時間的短暫快速。

【寸晷】比喻極短的時間。也作「寸陰」。

【少頃】片刻。

【少間】不多時，片刻。

【半晌】片刻，一會兒。

【半霎】非常短暫的時間。霎ㄕㄚˋ。

【旦夕】比喻時間短促。

【忽忽】快速；倏忽。

【俄頃】很短的時間。

【俄然】片刻。

【剎那】源自梵語，表示極短的時間。

【眨眼】眼睛迅速開合。比喻時間短暫。另有「斬眼」。

【頃刻】形容極短的時間。

【倏忽】疾速。

【移時】一會兒。

【須臾】片刻；暫時。

【翕忽】倏忽；快速。翕ㄒㄧˋ，迅疾貌。

【斯須】短暫；須臾。

【短促】時間短暫而急迫。

【短短】極短的；短暫的。

【掣電】比喻時間短暫。

【彈指】比喻時間過的很快。

【撚指】搓揉手指。形容時間過得很快。撚ㄋㄧㄢˇ。

【霎時】極短的時間。

【瞥眼】一眨眼的時間。

【瞬息】比喻極短的時間。

【轉漏】古代以滴漏計時，轉漏指一滴漏前後轉移的頃刻。比喻極短的時間。

【轉瞬】轉眼之間。比喻極短的時間。

【一忽兒】一會兒。

【一轉眼】形容極短的時間。

【不移時】一會兒的工夫。

【不旋踵】來不及回轉腳步。比喻時間之迅速。旋踵，一轉腳。形容極短的時間。

【無一時】一會兒。亦有「不多時」、「沒多時」。

【一時半刻】指極短的時間。

【終食之間】吃一頓飯的時間。比喻極短的時間。

【電光石火】形容時間短促。

【翹足而待】抬腳的工夫就會到來。形容極短的時間。

【一盞茶工夫】比喻極短的時間。

【半合兒】片刻。

照顧牛的是阿古頭的孩子阿忠，選了平時牛最喜歡吃的東西給牠吃，可是牠也不吃，第三天就是屠戶的牛販要拿錢來牽牛的日子，阿忠天一亮就到牛欄看看，忽然牛一看到阿忠，就雙膝跪下雙眼流淚，阿忠看了也不覺流淚，呆了半晌，愈看愈可憐，他萬感齊集，忍不住就放聲哭起來了，〔……〕（吳濁流〈牛都流淚了〉）

俄頃雨停，一洗天青，人從簷下走出，何其美好的感覺。若這是自三十年代北京中山公園的「來今雨軒」走出來，定然是最瀟灑的一刻下午。（舒國治〈理想的下午〉）

多跋涉的一次分別——／倏忽，都已被織入秋色之中／霜浮於葉，萬里之外／你在哪一棵樹上？／時間的震央／朝滅而暮又生（楊佳嫻〈愛默生〉）

日子一天天過去，誰也沒有再遇到誰。／走在人群中，格外思念那段甜蜜卻短促的相逢。／在這個熟悉又陌生的都市中，／無助的尋找一個陌生又熟悉的身影。（幾米〈向左走．向右走〉）

那兩個月，紐約市熱得有如蒸氣浴室，在縫紉機旁坐十分鐘，身上便結起一層溼膩的鹽霜。素月卻渾然不覺，在工廠裡的十小時彈指即逝，她心裡想的，無非是每天晚上李平打來的那通電話。（顧肇森〈素月〉）

瞬息光陰，一如撚指，不覺時近仲冬。紂王同妲己宴樂於鹿臺之上。那日只見：彤雲密布，凜冽朔風。亂舞梨花，乾坤銀砌；紛紛瑞雪，遍滿朝歌。（明・許仲琳《封神演義・第二十六回》）

馬蒂因為這一段思考而迷惘了，覺得自己有點像是跳了電的機器，因為只是心中電光石火地一陣思潮，一轉眼卻發現已經是滿天星斗，月上中天，眼前的藍色大海早不見了，只剩下晦暗的天地共色。（朱少麟《傷心咖啡店之歌》）

消逝

【代序】 時序更替。

【代謝】 更替；交替變換。

【更迭】 交換；更替。

【奄冉】 形容光陰的流逝。

【浮漚】 原指水面上的浮泡，因其易生易滅，故用來比喻生命短暫或世事變化無常。漚ㄡ。

【荏苒】 ㄖㄣˇ ㄖㄢˇ，形容時間漸漸過去。也作「苒荏」。

【流光】 如流水般逝去的時光。另也可以形容如水般流瀉的月光。

【流年】 如水般流逝的歲月。另有相命者稱人一年的運勢。

【流易】 流逝、變遷。

【流逝】 形容時間像流水一樣消逝。

【流轉】 轉換、消逝。

【移易】 更改。

【推移】 變遷、轉換。

【湮逝】 埋沒消逝。形容時間去而不返。

【逾邁】 時間消逝。

【跳丸】 比喻日月運行，時間快速流逝。

【蛻變】 比喻事物發生形或質的改變、轉化。

【過隙】 光陰消逝快速。

【遞變】 交替變化。

【遷流】 時間遷移、流動。也作變化、演變。

【潛移】 無形中變化。

【輪轉】 交替；輪流。佛家作輪迴之意。

【嬗遞】 更替、轉換。也作「遞嬗」。嬗ㄕㄢˋ。

【駸駸】 ㄑㄧㄣ，本指馬奔馳快速。現多用來比喻時間過得很快。

【日月如梭】 日和月如梭般快速交替運行。形容時光消逝迅速。

【日居月諸】本指太陽和月亮；後多借指歲月流逝。

【日銷月鑠】一天天、一月月地銷熔、減損。比喻時間流逝。

【水逝雲卷】消失迅速。

【白雲蒼狗】浮雲像白衣裳，瞬間又變得像蒼狗。比喻世事變化快。

【白駒過隙】像白馬從縫隙前飛快地越過。比喻時間過得很快。也作「隙駒」。

【物換星移】比喻時序景物的變遷，世事的更替。

【涓滴流逝】比喻時間像水滴般一滴一滴流失。

【時不我與】時間不等待我們。比喻錯失時機，後悔莫及。也作「歲不我與」。

【時移事往】時光移異，事情也隨之成為過往。

【時移事遷】時代更替，世事也跟著改變。

【時移勢遷】時代推移，情況也發生變化。

【時過境遷】時間過去，境況也隨之改變。

【淪胥而逝】形容時光一去便消逝不回。淪胥，完全淪喪。

【逝者如斯】形容光陰如流水般一去不返。

【歲月如流】時光如流水般迅速流逝。另有「歲月不居」。

【滄海桑田】大海變為陸地，陸地變為大海。比喻世事變化迅速。也作「滄桑」。

【過眼風燈】比喻萬事萬物皆由眼中經過，就像是風中燈火般，一轉眼便消逝。

【韶華如駛】形容美好的時光像馬在奔馳般，很快地便消逝不再。

【駒影電流】形容時間如日影、光電般過得很快。

【已蛇般滑溜而走】像是體型圓長的蛇般可以靈活敏捷地迂迴爬行。此用來比喻時光快速流逝。

【過了青春無少年】比喻光陰不回頭。

【樹猶如此，人何以堪】樹木尚有如此大的變化，更何況是人呢？暗喻人事的變化實比樹木更為劇烈。多用來感傷時光的流逝。

據說，那段海軍白色恐怖年代，這棟房曾是偵訊嫌疑者之處，只是那詭異的氣氛，都隨著時光代謝了。（黃信恩〈空白海岸〉）

如果我們注視時間，應會意識到時間或者時代更迭的速度如此快，（然而她終究站在我們這邊了

嗎？）奇特的是，等待當時你又遲鈍到以為人事滄桑翻轉非常緩慢。（蘇偉貞〈在我們的時代〉）

數去更無君傲世，看來惟有我知音。秋光荏苒休辜負，相對原宜惜寸陰。（清・曹雪芹《紅樓夢・第三十八回》）

死黨生日的時候，我們就去買些小玩意，燭台啦、油燈啦、布偶啦，細緻精巧而不實用，拆棄包裝紙後就束高閣，積疊厚塵，不過用來收集流光倒也合適，婚前年年拿下來擦拭，抹布成了倒帶器，流去的年月點滴流轉回來，一幀幀寫真都有笑。（楊翠〈借暮色溫一壺老人茶〉）

很多生命的場景會隨著時間的推移而消失，但埋在心裡底層的錯誤也好、正確也好、悲傷也好、歡樂也好，其實不曾真正消失。（楊錦郁〈我們〉）

但是打從我懂事起，也僅能自大人的回憶裡，去冥想族人們的舊日的創傷，就如同沉默不語的橫崗背，把那段湮逝的歲月，埋進斑駁的苔痕裡，一條迤邐向乳姑山的小路，一排防風林，高聳的廳堂和參差的古厝。（馮輝岳〈橫崗背之夢〉）

伴隨著人生閱歷的增加，人們心目中的宇宙會不斷地向外擴張開去，而就個體生命來說，人生的風景卻在這種擴張中相對地斂縮，曾經喧囂靈海的汐潮，在時序的遷流中，已如淺水浮花，波瀾不興了。（王充閭〈淡寫流年〉）

詩人應許的國度／以樹葉和花繪成旗幟／號角吹出的奏鳴曲代替征戰之歌／因季節的嬗遞憂傷／因歡喜而落淚／愛惜每一個字／為言語剪裁合適的衣裳（李敏勇〈備忘錄〉）

時間是駸駸地馳了過去了。醉的次數也漸漸地多起來。每一次的沉醉都在我的心上留下一點痕跡。（巴金〈醉〉）

白雲蒼狗，川久保玲也與她打下一片江山的中性化俐落都會風絕裂，倒戈投入女性化陣營。（朱天文〈世紀末的華麗〉）

如果你因為自覺在某方面不如人，而且相信「勤能補拙」，願意比別人花更多的心血去練習，使它成為一種良好的習慣，那麼有一天物換星移，情況變得對自己有利時，這種良好的習慣就更能使你脫穎而出。（王溢嘉〈音樂家與職籃巨星〉）

鎖不緊的水龍頭一般的時間涓滴流逝，少年時代嚮往花火一般三島由紀夫一般死亡方式的我，終究發現那只是浪漫而青澀的臆想。（王盛弘〈走過三島由紀夫〉）

尤其政治的陰險狡詐，沒有反駁能力的石碑銅像，正好成為政客翻雲覆雨的好對象，韓愈作〈平淮西碑〉詠歌宰相裴度功勞，卻為大將軍李愬所不滿，奸諂於上，終於將石碑拽倒磨平，重新撰文論功。時移事往，今日除了李商隱、蘇東坡的詩篇裡保存這段史事的風流，誰又在乎將相間的恩恩怨怨呢？（徐國能〈哭・牆〉）

因為「當下都是真」，所以眼前的每個夢境，我們都要認真地去夢。因為「緣去即成幻」，所以當時過境遷，也就該清醒地知道那只是夢，就讓它去吧！（顏崑陽〈蝶夢〉）

因此，在進入林中，尋訪蛇目蝶的過程中，如走入黑甜鄉，往往等我回神過來，時間已蛇般滑溜而走。（吳明益〈忘川〉）（黑甜鄉，夢鄉。也比喻使人迷醉的境界。）

打發

【泡】可作消磨。
【度日】過日子。
【消耗】消散、損耗。
【消磨】排遣；耗度。
【排遣】排除、遣去。可指消除寂寞和煩悶。
【虛度】歲月空過；白白浪費時間。
【虛擲】浪費；虛度。
【過日】度日消磨時間。
【過活】度日。
【嗑牙】談笑鬥嘴，打發時間。也作「磕牙」。
【遣時】消磨時間。
【銷蝕】消耗、減損。
【銷磨】磨盡；消耗。也有閑度之意。
【磨跎】消磨、蹉跎時光。
【蹉跎】虛度光陰。
【消閑遣日】消磨、排遣空閑時間。

不知道從甚麼時候開始，歲月突然顯得很經不起**消耗**，它流逝得如此迅速，使我有一種抓不住的、慌亂而惶恐的感覺，一轉眼間，竟已是前塵如夢。（趙雲〈永不會有第二次〉）

假如不是我們的邂逅，假若沒有這次的重聚，我會很知足地在山林**消磨**我的青春，將不能意會到如今在我面前展現的海的偉大。（向陽〈海洋的翅膀〉）

這以後我就以觀察小蜘蛛來**排遣**我的歲月。開初天氣雖然開始回暖，但還是乍暖還寒的時節。小蜘蛛極少出來活動，有時偶然出來偵察一下外界環境，也限於在裂縫旁邊，只要有一點使它感到異樣時，它就立即縮回到裂縫中。（杜宣〈獄中生態〉）

貳・物態

一 植物

1 花

花朵

【秀美】秀麗、美好。
【明麗】明淨、美麗。
【幽峭】幽雅、峭秀。
【娉婷】姿態美好貌。
【清純】清新、純潔。
【清健】清新、剛勁。
【清華】清雅、美麗。
【清綺】清麗。
【清韻】清雅的韻味。
【瑰麗】奇特、絢麗。
【玉琢似的】像是用玉雕刻成的。形容秀美的樣子。

【冰肌玉骨】形容花朵秀雅、耐寒。也可形容女子儀容秀美或體膚潔白。
【孤芳自賞】獨秀的香花，彷彿有一股自我驕矜的情態。也可用來比喻自命清高或自我欣賞。
【妍婉】豔麗美好。
【妍豔】豔麗。
【秀豔】豔麗。
【溫馥】溫暖濃郁。
【嬌豔】豔麗。

【錦繡】色彩美麗鮮豔。也可用來比喻美好的事物。另有質地精美的絲織品之意。
【燦然】鮮麗貌。或作明亮貌。
【鮮俏】鮮嫩、俏麗。
【穠華】花開繁盛而豔麗。
【豐潤】豐美、潤澤。
【爛漫】色彩絢麗。
【俗豔】俗氣的豔麗色彩。
【柔美】柔和美好。
【妖嬈】嫵媚多姿。

【荏弱】柔弱貌。另作恇弱。
【軟薄】柔軟而薄弱。
【單薄】薄弱；瘦弱。
【婉媚】柔美貌。
【嫣潤】美好、柔和。
【旖旎】ㄧˇ ㄋㄧˇ，柔美的樣子。
【魅異】迷人而又奇特的。
【嬌俏】美麗俊俏。
【嬌柔】嬌媚柔弱。
【嬌弱】柔嫩纖弱。

【嬌嬈】嫵媚柔美。
【嫵媚】柔媚。
【靈巧】精致小巧。
【絹繒也似的】形容像絲一樣的纖細。
【打旋】旋轉。
【旋捲】隨風旋繞、翻捲。
【旋舞】隨風旋轉、舞動。
【蹁躚】ㄆㄧㄢˊ ㄒㄧㄢ，形容旋轉舞動的樣子。
【翩躚】形容輕快地旋轉舞動的樣子。
【肥厚】肥壯厚實。
【臃腫】粗大笨重。

還有白的雛菊，黃的紅的大麗花，繁星似的金錢菊，丹砂似的雞冠，也在這荒園中雜亂的開著，秋花不似春花；桃李之穠華，牡丹芍藥的妍豔，不過給人以溫馥之感，你想於溫馨之外，更領略一種清健的韻致和幽峭的情緒麼？你應當認識秋花。（蘇雪林〈綠天〉）

萬花爭寵／嬌柔都似淑女名媛／唯有妳／從汙泥濁水中／挺拔而出，以清純／驚豔（向明〈蓮座〉）

生前我帶劍來此／樹葉嫩綠，花落嫣紅／正鋪滿一地清綺／身後我帶酒來此／蓑草連天，荒墳亂土／立盡黃昏雨或未語（溫瑞安〈華年〉）（蓑ㄙㄨㄛ草，龍鬚草的別名。）

紫色向晚　向夕陽的天窗／儘管荷蓋上承滿水珠　但你從不哭泣／仍舊有蓊郁的青翠　仍舊有妍婉的紅焰／從澹澹的寒波擎起。（蓉子〈一朵青蓮〉）

在宋代的詩人中，就連曾子固素來被認為不會寫詩的人，也都寫過幾首詩，盡情歌唱山茶花的秀豔和高尚的性格。曾子固的詩中有些句子也很動人。比如，他說：「為憐勁意似松柏，欲攀更惜長依依。」他把山茶花和松柏相比，可算得估價極高了。（鄧拓〈可貴的山茶花〉）

依然空翠迎人！／小隱潭懸瀑飛雪／問去年今日，還記否？／花光爛漫，石亭下／人面與千樹爭色（周夢蝶〈落櫻後．遊陽明山〉）

刺桐花一直都是較少得到詠歎的花。它的花期長，不易凋謝，是一種健康的花，因為健康，於是沒有了桃花、櫻花的嬌柔婉媚，〔……〕（沈花末〈刺桐花與黃槿花〉）

試想在圓月朦朧之夜，海棠是這樣的嫵媚而嫣潤，枝頭的好鳥為什麼卻雙棲而各夢呢？（朱自清〈月朦朧，鳥朦朧，簾捲海棠紅〉）

我最偏愛的色調就是紫和綠，因此只要看到桔梗，就完全被制約似的馬上掏錢。我覺得桔梗百看不厭，它是長枝條，買一大把回來，往花器裡一放，就自然會有傾斜旖旎之姿。（袁瓊瓊〈生活裡看見的〉）

順著沙漠中的細徑走，芒花高過人頭，在朝陽中，絹綢也似的閃著白釉的彩光，襯著淺藍的天色，說不出的一種輕柔感。（陳冠學〈九月十日〉）

他默立在窗畔，茫然望向庭院盛開的春花，暖風輕輕拂過花瓣，猶似有縷縷花魂，蹁躚舞在那素白迂曲的迴廊、幽藍的潭池、小拱弧橋、青石花徑，和向晚的橙霞天空裡。（陳燁《烈愛真華》）

花開

【野生】未經人工培植、馴養而自然成長。

【賤生粗長】可形容植物不必經過人工悉心照顧，便能自行生長。

【含苞】花朵含著花苞，尚未綻放。

【含葩】含苞待放。葩ㄆㄚ。

【蓓蕾】含苞未放的花。

【含苞待放】含著花苞而將要綻放的花朵。也有「含苞欲放」。

【微啟】花苞微微開啟，準備綻放。

【放蕊】開花。

【卷舒】卷縮和舒展。也有「舒卷」。

【花事】有關花的種種情狀和事由。多指春日百花盛開之事。
【花信】花開的消息。
【怒放】花朵盛開的樣子。
【迸放】噴射發出。可形容花朵綻開。
【盛開】花朵茂盛的開放。
【開放】花蕾張開。
【舒展】伸展；不捲縮。
【綻放】花蕾展開、吐放。

也有「綻開」。
【漫燒】整個都燃燒起來。可形容遍滿盛開的花。
【潑撒】此指各色花朵爭相綻放。另有將液體或細小東西向外倒灑，使其散開。
【鬧意】熱鬧的意趣。可形容花朵盛開。
【噴薄】形容事物出現時的氣勢狀盛。
【髹染】像塗漆一樣沾染附著。此形容花朵盛開貌。
【燃燒】可形容花盛開貌。另有比喻事物處於熱烈狀態。
【燦發】光彩絢麗地綻放。
【趕趟兒】本指在市集或賽會時，大家爭先恐後趕去參加。也有湊熱鬧的意思。此形容各種花朵爭相綻放。
【雜樣兒】在此形容不同的花混合在一起。
【火燎原般】像烈火燃燒草原一樣。在此形容群花盛開。

是凡跟著太陽一起來的，現在都回去了。人睡了，豬、馬、牛、羊也都睡了，燕子和蝴蝶也都不飛了。就連房根底下的牽牛花，也一朵沒有開的。含苞的含苞，卷縮的卷縮。含苞的準備著歡迎那早晨又要來的太陽，那卷縮的，因為它已經在昨天歡迎過了，它要落去了。（蕭紅《呼蘭河傳》）

就花而言，那等待在季節中的容顏，只要時間一到，不由分說，一波波的顏彩潑撒開來，向來是顧不得愛花人得見，或非愛花人視而不見的。它的恣肆任縱，有時大片，有時小點。大片時，可以改變整個城市，可以髹染整座山頭，落花如雨，踏花歸去，那顏彩、態勢只是說是天惠。（凌拂〈錦簇依風〉）

櫻花絕對不是孤芳自賞的花，一開便是成片成山地開，而且是一口氣地開、同時地開，所以也令人能感染到櫻花的鬧意與生命力，會發出同為生物的哀怨的共鳴。（劉黎兒〈櫻花絕景〉）

桃樹、杏樹、梨樹，你不讓我，我不讓你，都開滿了花趕趟兒。紅的像火，粉的像霞，白的像雪。花裡帶著甜味；閉了眼，樹上彷彿已經滿是桃兒、杏兒、梨兒！花下成千成百的蜜蜂嗡嗡地鬧著，大小的蝴蝶飛來飛去，野花遍地是：雜樣兒，有名字的、沒名字的；散在草叢裡，像眼睛、像星星，還眨呀眨的。（朱自清〈春〉）

我喜歡的，也無非是那一種火燎原般奉獻式的花朵盛放；以及在拚盡生命之力後，花朵兒飄然萎地的心甘情願，無聲無息。（愛亞〈春日且去看花〉）

花落

【皴】ㄘㄨㄣ，可指花的枝幹皺縮、枯瘦。

【卷縮】拳曲而收縮。可形容花開過後的凋萎貌。

【枯槁】枯萎。

【枯瘠】枯萎、瘠弱。

【衰萎】衰敗、萎縮。

【凋萎】凋謝、枯萎。

【凋落】衰敗、零落。

【凋謝】花葉或草木枯萎、脫落。另有比喻老人死亡。

【乾枯】枯萎。

【殘花】凋零的花。也作未落盡或將謝的花。

【殘凋】殘落、凋零。亦有「凋殘」。

【殘落】殘缺、零落。

【萎落】枯落；衰落。

【萎謝】枯萎、凋謝。

【搖落】凋殘。

【腐朽】腐爛、朽敗。

【褫落】脫落；掉下。褫ㄔˇ。

【隳敗】毀壞；敗壞。隳ㄏㄨㄟ。

【飛花】比喻落花飄飛。

【紅雨】比喻落花。或指落在紅花上的雨。

【殘紅】落花。

【殘英】落花。或指殘存未落的花。

【落花】掉落的花朵。

【落紅】落花。

【餞花】送別殘花。

【翻飛】忽上忽下地飄動。此指落花隨風飄散貌。

【飄零】指花、葉凋謝飄落。

【花吹雪】形容花瓣如雪花般飄揚飛舞。

【花雨遍落】形容落花如雨般遍布地面。

【花墜落盡】形容花季已過，花朵全都墜落一地。

【殘花落瓣】凋零落下的花。

【落英繽紛】落花多而亂貌。

【落花如雨】掉落的花朵如同下雨般的密集。

【翩飛如雨】落花翻飛的情景如似天空下雨一般。

【飄然萎地】形容花朵飄落，凋謝於地面上。

【開謝】盛開與凋謝。

【荼蘼】落葉小灌木，春末夏初開花，其凋謝後表示花季結束，含有完結的意思。也作「酴醾」。蘼ㄇㄧˊ。

【葬花】埋葬落花。

【消亡】消失、滅亡。

「客散酒醒深夜後，更持紅燭賞殘花」；詩人那麼清醒地必須去面對熱鬧之後的冷寂。夜，已經是很夜了。他獨自拿著紅燭，似乎努力想尋回一些逝去的美。然而，花已是不可挽留地殘落了。（顏崑陽〈花下醉〉）

話說林黛玉只因昨夜晴雯不開門一事，錯疑在寶玉身上。次日又可巧遇見餞花之期，正在一腔無明，正未發泄，又勾起傷春愁思，因把些殘花落瓣去掩埋。由不得感花傷己，哭了幾聲，便隨口念了幾句。不想寶玉在山坡上聽見，先不過點頭感嘆；次後聽到「儂今葬花人笑痴，他年葬儂知是誰」，「一朝春盡紅顏老，花落人亡兩不知」等句，不覺慟倒山坡之上，懷裡兜的落花撒了一地。（清・曹雪芹《紅樓夢・第二十八回》）

風中翩飛的油桐花，宛如林間追逐嬉戲的白色精靈；一會兒跳到滑溜溜的巨石上，一會兒躺在姑婆芋的大葉片上；甚至爬到車前的擋風玻璃，稍作休息又乘著山風不知飛往何處？（霍斯陸曼・伐伐〈戀戀舊排灣〉）

正值三月末，上野櫻怒放，我蹓進公園，紅男綠女在花間享受春的沐禮，陣風吹來，我領受到「花吹雪」，我捨不得拂去一身花絮，珍惜得像粉紅的珍珠箔，初めて嘛！（汪恆祥〈沒了刀的武士〉）

其時芒花的開謝是非常短暫的，它像一陣風來，吹白山頭，隨即隱沒於無聲的冬季。（林清玄〈芒花季節〉）

湘雲便抓起骰子來，一擲個九點，數去該麝月。麝月便掣了一根出來。大家看時，上面是一枝荼蘼花，題著「韶華勝極」四字，那邊寫著一句舊詩，道是：「開到荼蘼花事了。」（清．曹雪芹《紅樓夢．第六十三回》）

花況

【百卉千葩】各式各樣盛開的花朵。

【如火如荼】像火那樣火，像荼那樣白。多用來形容氣勢興盛、熾烈。荼，茅草的白花。也作「如荼如火」。

【抖抖擻擻】形容奮發、旺盛，充滿生氣的樣子。也作顫抖貌。

【壯盛雲集】氣勢壯大，如雲般密集群聚。

【花團錦簇】花朵錦繡般聚集在一起。

【花繁似錦】形容花朵繁盛而美麗的樣子。

【英英雪雪】形容白芒花盛開似雪。

【星星點點】形容量多而分散。

【紛紅駭綠】形容花葉繁盛，隨風擺動。

【開得瘋狂】盛開到狂亂、毫無節制的樣子。此用來形容花朵盛開貌。

【漪歟盛哉】指美麗繁盛到了極點。

【萬花如繡】形容繁花盛開，如同錦繡一般。

【滿山遍野】遍滿山嶺田野。形容數量多或範圍廣。也有「漫山遍野」、「漫山塞野」。

【層疊繁複】可形容花瓣層層重疊，繁多而複雜。

【繁星似的】形容繁密如星的樣子。

【花枝招展】形容花木枝葉隨風搖擺，景致美好。

【花容燦爛】形容花色美麗絢爛。

【嫣紅奼紫】形容花開得鮮豔嬌美。也作「奼紫嫣紅」、「萬紫千紅」。

【大如茶碗】形容花朵體積大如盛茶水的碗。

【冉冉】柔弱下垂的樣子。

【垂垂蕤蕤】花下垂貌。蕤ㄖㄨㄟˊ，草木所垂結的花。

【倒懸垂掛】此指花朵垂下，像是倒置懸掛的樣子。

【垂攏收合】此指垂下的花瓣聚收一起。

昭和草的綿球花只要被風一吹，大量的綿絮種子便乘著風出發，如同空降部隊集結跳傘，在天空中開出壯盛雲集的傘花。（王家祥〈夏樹群茂〉）

粉紫的野牡丹，是在五月底陸陸續續開的，在這六月中，花容燦爛了十八尖山的山林小徑。山道上總有看不完的花，野牡丹之前，是火般燃燒的鳳凰木，而豔紅的鳳凰木之前，是滿山遍野開得瘋狂的相思樹。（馮菊枝〈十八尖山山道〉）

彼岸花之所以如此命名，是因它盛開於秋彼岸時期（春、秋彼岸，各在春分、秋分前後三天，共一周），我是誤打誤撞闖進了它的花季。除了紅色彼岸花，我在哲學之道還看見白色彼岸花，漪歟盛哉！紅色彼岸花又稱「曼珠沙華」，白色彼岸花則為「曼陀羅華」。（王盛弘〈最好的季節〉）

我的確注意到這一路上的白芒花，都垂垂蕤蕤，是因為小雨淋過的關係嗎？（楊牧〈十一月的白芒花〉）

而曇花，不再昂然迎接朝陽，只倒懸垂掛葉下，不曾凋落，但所有的萼瓣都垂攏收合，鬆弛而疲軟，我拿在手裡聞了一聞，不再芳香。昨夜，曇花的一現燦然，真是像盡擲生命，力竭而亡。（程明琤〈曇花之夜〉）

花色

【大紅】正紅色。

【朱紅】正紅色。

【嫣紅】鮮艷的紅色。

【豔紅】鮮紅色。

【紅的像火】像火一樣的紅色。

【緋紅】深紅色。

【丹砂似的】像朱砂一樣的深紅色。

【胭紅】像胭脂一樣的紅色。

【桃紅】像桃花一樣的粉紅色。

【淡紅】淺紅色。

【淺粉】淡粉紅色。

【霞紅】像霞一樣的粉紅或紅色。

【粉的像霞】像霞一樣的粉紅色。

【烈橙】形容鮮豔的橘黃色。

【鮮黃】鮮明的黃色。

【輕黃】淡黃色。

【鵝黃】淡黃色。像小鵝絨毛的顏色。

【金黃】像金子般的顏色。

【紫紅】紅中帶紫的顏色。

【紫褐】褐中帶紫的顏色。

【藍紫】紫中帶藍的顏色。

【鮮紫】鮮豔的紫色。

【粉紫】淺紫色。

【素淨】顏色不鮮豔。也作淡雅樸素。

【素白】純白；素淡潔白。

【純白】無雜色的白色。

【粉白】潔白。

【雪白】像雪一樣的白色。

【嫩白】柔嫩雪白。嫩，顏色輕淡。

【瑩白】晶瑩潔白。

【白的像雪】像雪一樣的白色。

【皎白如鴿羽】潔白如白鴿的羽毛。

【陰黑】暗黑色。

【透明】透亮；光線能透過的。

【透亮】透光、明亮。

【晶瑩】光亮而透明。

【油晃晃】油光閃亮貌。

【亮堂堂】光亮的樣子。

【油光水亮】形容光滑明亮的樣子。

【瑩光四射】此形容花瓣晶瑩光亮。

花開起來的時候，像是一片錦繡的帷幕，鮮紫、大紅、淺粉、瑩白；在藍得透明的天空下燃燒著，把所有經過的人都看呆了。（席慕蓉〈花事〉）

再麼，美人蕉，幼小的蕉葉般捲曲的綠葉心，撐出豬耳朵般肥厚臃腫的花瓣，十分賤生粗長，廢水泥汙中，它開得多自在！鮮黃、朱紅，原始色彩中最烈性的顏色，像剛健亮眼的村婦，淋它一頭西北雨，颱風怒搖它兩日夜，烈日毒辣辣燒它，它仍欣欣長著，油光水亮地美給它自己看。（洪素麗〈一花一葉耐溫存〉）

桃花，／那一樹的嫣紅，像是春說的一句話：／朵朵露凝的嬌豔，是一些／玲瓏的字眼，／一瓣瓣的光致，／又是些／柔的匀的吐息；／含著笑，／在有意無意間／生姿的顧盼。（林徽音〈一首桃花〉）

曾經，青色的天目盌上，蓄養過一枝鵝黃的蓮花。她顯然因了時空的變造忘了時差。於是，晝夜無眠，傾力伸著纖長的瓣頁，不息不止地開著，開著。直至竟月，花莖、花托皆已腐朽隳敗，泛出陰黑。（梁寒衣〈花魄〉）（盌ㄨㄢˇ，通「碗」字。）

水好，它的葉子就會很挺拔，葉邊不會泛黃，它的花就會依序開放，他的花有點像純白的蘭花，所以野薑花也叫薑蘭，但比一般蘭花更為嬌弱而透明，原來支持它生命的，就是純粹的水呀！（周志文〈野薑花〉）

整個下午你們把陽光團團圍在頸項／傾聽海荒煙蔓草的笑聲／你們被季風五節芒的披針刺透／油晃晃的油菊花錯落山坡／你們以為是十五的月錯落一地（陳育虹〈超現實石室〉）

如何那枯瘠的皺枝中竟鎖有那樣多瑩光四射的花瓣？以及那麼多日後綠得透明的小葉子，它們此刻在那裡？為什麼獨有懷孕的花樹如此清癯蒼古？那萬千花胎怎會藏得如此祕密？（張曉風〈常常，我想起那座山〉）

花香

【清香】清淡的香味。
【清芬】清香。
【清冽】氣味清淡、清醇。
【清雅】清新、淡雅。
【幽香】淡雅的香氣。
【淡雅】清淡高雅。
【寒香】清冽的香氣。
【澹香】淡淡的香氣。
【清淡芳甜】淡雅美好的香味。
【沁香】透出香氣。
【浮香】浮動、飄溢的香氣。
【暗香浮動】飄著清幽的花香。
【芬芳】香氣。

【芬馨】芳香。
【芳香】花、草等的香氣。
【芳菲】芳香。
【芳蘭】香氣。
【放肆】本指放縱、不受約束。也可形容香氣任意飄散。
【香澤】香氣。
【裛裛】ㄧˋ，香氣襲人。
【噴鼻】香氣撲鼻。
【薌澤】香氣。
【馡馡】ㄈㄟ，香氣四處散逸。也作「菲菲」。
【馨香】芳香。也作散播很遠的香氣。
【馨逸】香氣噴溢。

【沁人心脾】指吸入芳香、新鮮空氣或喝了清涼飲料時，感到舒適、愉快。也常用來形容優美的作品、樂曲等予人的深刻感受。
【撲鼻之香】香氣衝鼻而來。
【芬馥】香氣濃厚。
【芬鬱】香氣盛烈。
【郁香】濃烈的香氣。
【郁郁】香氣濃盛。也作生長茂盛。
【郁烈】香氣濃烈。
【苾苾】ㄅㄧˋ，香氣濃郁。
【淑郁】香氣濃郁。
【異香】濃烈奇特的香味。

【漚鬱】濃郁的香氣。
【馝馞】ㄅㄧˋ ㄅㄛˊ，香氣濃盛。
【誾誾】ㄧㄣˊ，形容香氣濃盛。
【濃郁】香氣濃厚。
【濃馥】濃郁香味。
【膩香】濃郁的香氣。
【馥郁】香氣濃厚。
【馥馥】香氣濃厚。
【味濃猶清】濃郁的香味中還帶有一股清新的芳香。
【餘香】殘留的香氣。
【野氣】山野氣息。

中秋節前後，就是故鄉的桂花季節。一提到桂花，我就彷彿聞到那股**清香**了。（琦君〈桂花雨〉）

於是走至山坡之下，順著山腳，剛轉過去，已聞得一股寒香撲鼻。回頭一看，卻是妙玉那邊櫳翠庵中有十數枝紅梅，如胭脂一般，映著雪色，分外顯得精神，好不有趣。（清．曹雪芹《紅樓夢．第四十九回》）

陽光正好暖和，絕不過暖；風息是溫馴的，而且往往因為它是從繁花的山林裡吹度過來，它帶來一股幽遠的澹香，連著一息滋潤的水氣，摩挲著你的顏面，輕繞著你的肩腰，就這單純的呼吸已是無窮的愉快；〔……〕（徐志摩〈翡冷翠山居閒話〉）

有天，龔太太在廚房放了一捧鮮白的花，還未推開紗門，我就聞到那股清淡芳甜而熟悉的香氣。（林彧〈蝶花〉）

這裡的蓮花是矮小而沒有光彩的，聞不到蓮花的沁香，也吃不到脆涼的嫩藕，更聽不到採蓮姑娘們的歌聲，我不禁想念起玄武湖，更想起了玄武湖那美麗的蓮花……（王尚義〈蓮花〉）

月光下，一整排的野薑花暗香浮動，某種騷動整個家族的味道，此刻隨清風款擺。搖落的芬芳，使少年堅信阿公如何愉悅地將深山野花插滿身，獻給火車及火車上的家人，代替自己沉默的語言，成就了一種深刻的家族記憶。（甘耀明〈神祕列車〉）

百合，雖然我本就喜歡，但多是三、五朵零星看的，不曾覺得有何特殊的香味。沒想到，數十朵聚合來，竟滿室芬芳，味濃猶清，令我浸潤再三，不覺其膩，〔……〕（粟耘〈奇美的花〉）

每天，只要一到落日時分，小朵小朵的蓓蕾就會慢慢綻放，圓圓柔柔的，伴隨著那種沁人心脾的芳香。（席慕蓉〈花事〉）

找到桂樹並不重要，能站在桂花濃馥古典的香味裡，聽那氣息在噫吐什麼，才是重要的。（張曉風

〈常常，我想起那座山〉）

她那翩飛如雨的花瓣曾經馥郁過多少個金黃的清秋？當西風穿梭廊簷，是否也有書頁裡閣上了她的餘香？（衣若芬〈甲子桂花〉）

進了牌樓，一條五色碎石砌成的長堤，夾堤垂楊漾綠，芙蓉綻紅；還夾雜無數蜀葵海棠，秋色繽紛。兩邊碧渠如鏡，掩映生姿；破芡殘荷，餘香猶在，正是波澄風定的時候。（曾樸《孽海花．第二十回》）

2 草木

萌生

【發芽】植物種子開始萌發的現象。

【出苗】幼苗露出地表。也作「露苗」。

【抽芽】植物發出芽來。

【抽發】萌發、生長。

【扎根】指植物根部向土壤裡生長。

【生根】植物長了根。也可比喻事情建立穩固的基礎。

【茁長】茁壯、成長。茁，草木初生的樣子。

【茁茁】草木初生的樣子。

【孳甲】萌芽。

【萌動】草木發芽。

【萌發】發芽。比喻事情的開端。

【萌櫱】新芽。櫱ㄋㄧㄝˋ，樹木砍伐後長出的新芽；泛指枝幹新長的枝芽。

【奮軋】草木萌生。

【滋蔓】草木滋長蔓延。

【蔓生】蔓延生長。

【萌茁】發芽漸至茁壯。

【擢秀】植物滋長、壯大。也用來比喻人才出眾。

【生機蓬勃】形容生命力旺盛，充滿活力的樣子。也作「生機勃勃」、「生氣蓬勃」、「生氣盎然」。

也發了芽，也長了葉，終究是幾片營養不良瘦伶伶比拳頭大不了多少的小葉，軟軟的浮在水面，連撐起來的力量都沒有，更不用提什麼亭亭如蓋。（杏林子〈甚好〉）

世界上的花樹之中，若論陽剛之美，我的一票要投給木棉。因為此樹的主幹堅挺而正直，打樁一樣地向大地扎根。發枝的形態水平而對稱，每層三尺，一層層抽發上去，乃使全樹的輪廓像一座火塔。（余光中〈木棉之旅〉）

我常常想，生命是什麼呢？牆角的磚縫中，掉進了一粒香瓜子，隔了幾天，竟然冒出了一截小瓜苗，那小小的種子裡，包含了怎樣的一種力量，竟使它可以衝破堅硬的外殼，在沒有陽光，沒有泥土的水泥地上，不屈地向上茁長，昂然挺立。（杏林子〈生命　生命〉）

我回頭去看那片生機蓬勃的鷺鷥林，心中湧起了一股憤怒與悲傷：被人類逼至高山海角的野生動物，最後還是不能苟安。（徐仁修〈鷺鷥與我〉）

茂盛

【田田】蓮葉盛密貌。

【扶疏】枝葉繁茂。

【芊芊】草木茂盛的樣子。

【芊綿】草木茂密幽深貌。也作「綿芊」、「眠芊」、「芊眠」。

【芊萰】青綠而茂盛貌。萰ㄌㄧㄢˋ。

【芃芃】ㄆㄥˊ，繁茂的樣子。

【欣欣】草木茂盛的樣子。

【莘莘】叢草聚生。

【苒苒】草茂盛的樣子。

【茀茀】草盛貌。

【幽鬱】茂盛貌。

【旆旆】ㄆㄟˋ，形容植物生長茂盛的樣子。也作「肺肺」、「芾芾」。

【桀桀】茂盛貌。

【牂牂】ㄗㄤ，枝葉茂盛的樣子。

【草草】草木茂盛的樣子。

【紛披】盛多貌。也作雜亂而散落的樣子。

【彧彧】ㄩˋ，茂盛的樣子。
【莽莽】草木茂盛幽深貌。
【婆娑】茂盛貌。也作盤旋舞動的樣子。
【陰鬱】因樹木茂密而顯出陰森幽暗。
【淠淠】ㄆㄧˋ，繁盛貌。
【掩映】遮蔽；掩蔽。也作遮映襯托。
【密茂】茂密。
【森森】樹木茂盛的樣子。
【菁菁】草木繁茂的樣子。
【萋萋】草茂盛的樣子。
【葳蕤】枝葉繁密、草木茂盛貌。
【楙茂】林木茂盛的樣子。楙ㄇㄠˋ。
【蓊茸】茂盛貌。

【蓊藹】形容草木鬱茂。
【蓊蘙】草木茂密貌。蘙ㄧˋ。
【蓊鬱】草木茂盛貌。也有「蓊郁」、「鬱蓊」。
【綠蕪】叢生的綠草。
【榛莽】形容草木雜亂叢生。也作「蓁莽」。榛ㄓㄣ。
【榛蕪】雜草叢生貌。
【蓁蓁】草木茂盛貌。
【蒼蒼】茂盛貌。也有深青色之意。
【蒼鬱】形容草木青翠茂盛。
【暢茂】旺盛繁茂。
【厭厭】茂盛貌。
【蔥芊】青翠茂盛貌。
【蔥翠】草木茂盛青翠。

【蔥蔚】草木青翠而茂盛。
【蔚然】茂盛的樣子。
【蓬蓬】茂盛、蓬勃的樣子。
【蔭翳】繁盛的樣子。翳ㄧˋ。
【濃茂】濃密茂盛。
【濃蔭】枝葉濃密的樹蔭。
【蕃廡】茂盛。也作「蕃蕪」。廡ㄨˇ。
【橚爽】草木茂盛的樣子。橚ㄙㄨˋ。
【翳薈】草木繁盛的樣子。
【翳翳】草木茂密成蔭貌。也作昏暗不明的樣子。
【繁茂】繁密茂盛。
【繁華】花草眾多美麗。
【繁榮】草木茂盛。也可指事物蓬勃發展。

【薈蔚】草木繁盛的樣子。
【薆然】遮蔽的樣子。薆ㄞˋ。
【薆薱】草木茂盛貌。薱ㄉㄨㄟˋ。
【藹藹】茂盛的樣子。
【灌叢】草木叢聚茂盛貌。也指矮樹或叢林。
【靉靉】樹木茂密的樣子。
【鬱茀】茂盛貌。
【碧茸茸】碧綠而茂密。
【林蔭蔽天】林木繁密到遮蔽天空。也有「濃蔭蔽空」。
【亭亭如蓋】高聳挺立，像傘一樣。形容枝葉茂盛的樣子。
【密密匝匝】非常緊密的樣子。
【密密層層】多而密的樣

子。滿布到沒有空隙。

【密密叢叢】 形容草木茂密。

【莽榛蔓草】 草木叢生蔓延，非常茂盛。

【綠草如茵】 形容綠草濃密柔軟，好像鋪了席墊一樣舒服。也有「碧草如茵」。

【綠葉成陰】 比喻綠葉繁茂覆蓋成蔭。也作「綠葉成蔭」。

【綠意盎然】 草木繁茂生長，充溢一片綠色的景象。綠意，綠色的景象。

【綠賊賊地】 此用來形容草本植物生長茂盛，摘取不完。

【蓊蔚蔥蘢】 草木青翠茂盛貌。

【離離蔚蔚】 草木茂盛的樣子。離離，濃密貌。

【鬱鬱蔥蔥】 茂盛的樣子。

我緩緩走到校前，白馬湖的水也跟我緩緩的流著。我碰著丏尊先生。他引我過了一座水門汀的橋，便到了校裡。校裡最多的是湖，三面潺潺的流著；其次是草地，看過去芊芊的一片。（朱自清〈春暉的一月〉）

淵水青碧，坡岸傾斜而上，春草芊綿，近欄干處，一片明黃草花，形似水仙，亭亭裊裊，隨風搖漾，對岸遠坡，碧草叢間，紫花點點如星，不知是不是石南？（方瑜〈春城無處不飛花〉）

在一泓清澈如鏡的泉水上面，環繞著一株枝葉婆娑的大樹，一群彩色繽紛的蝴蝶正在翩翩飛舞，映著水潭中映出的倒影，確實是使人感到一種超乎常態的美麗。（馮牧〈瀾滄江邊的蝴蝶會〉）

列車在雨中的山坳裡搖晃；山背長滿灌木叢，陰鬱的像畫在窗外連綿開卷。山腳下的河水流得十分沉穩，偶爾才在幾處淺薄的礁棚上弄起跳躍的水花和喧嘩。（東年〈初旅〉）

因為我們過富春江時，正在十一月中旬的深秋時節，兩岸山野中的烏桕樹，都已紅酣如醉，掩映著綠水青山，分外嬌豔。（周瘦鵑〈綠水青山兩相映帶的富春江〉）

附近還有個實際是湖而名稱為海的青海，相傳唐僧取經回來，不幸又掉下這個「海」裡受完了九九八十一難的最後一難，被孫行者救起來，經書已被打溼，只好攤在「海」邊的坡下曝乾，這塊坡就名之曰「晒經坡」，石頭倒很白淨光滑。坡後還有個晒經鄉，從坡上俯視，芳草萋萋，垂柳繞堤，竹籬茅舍，環「海」而築，野鴨陣陣，魚網斜矗，落日交輝與雲水掩映時，風物之美真是畫圖難足。（鍾梅音〈滇西憶舊〉）

而據客家族群的解釋，他們是因為早早就為躲避政治的迫害，而逃奔至深山榛莽之中，更不斷以政治的黑暗難測訓誡他們的子弟，要他們遠離政權，也因此而間接地樹立了「晴耕雨讀」的典範家訓。（向鴻全〈焚燬的力量　記聖蹟亭〉）

房後邊有一棵老榕樹，綠樹濃蔭，有些枝葉延伸過來，在屋頂形成一小部分的天然棚架，棚架下的瓦片便時時積上一點鳥糞蟲屎樹籽落葉，夏天裡特別涼爽。（洪醒夫〈吾土〉）

仰頭望望，那是棵類似鳳凰，但不叫鳳凰的樹木，葉片兒老得沒有一絲新意，卻還綴著一樹橙黃的繁華，這季節，該是枝頭蕭索的時候，那繁榮的勁兒，反讓人有幾分畸形的感覺。（白辛〈落花〉）（畸形，此指不合常理。）

河的聲音喧嘩，河岸的野薑花大把大把地香開來，影響了野蕨的繁殖慾望，蕨的嫩嬰很茂盛，一莖一莖綠賊賊地，採不完的。（簡媜〈漁父〉）

蓊蔚蔥蘢的山景裡／簇擁著幾座並列的挺直紅磚橋墩／灰白山嵐不時飄浮，添加蒼涼／翠綠枝椏／究竟是侵占抑同情地進駐／延續生機／告知與自然契合的宿命（莫渝〈斷橋〉）

船將近島，郭靖已聞到海風中夾著撲鼻花香，遠遠望去，島上鬱鬱蔥蔥，一團綠、一團紅、一團黃、一團紫，端的是繁花似錦。（金庸《大漢英雄傳・第十六回》）

凋零

【枯朽】乾枯腐朽。
【枯萎】乾枯凋萎。
【衰草】枯萎的草。
【疲老】衰老；衰敗。
【敗落】植物凋落。
【殘枯】殘落枯萎。
【焦枯】乾燥枯萎。
【萎黃】枯黃。
【零落】草木凋落。

【殢綠】此形容綠葉老化。殢ㄊ一ˋ，沉溺；滯留。
【乾巴巴】乾枯的樣子。
【奄奄一息】形容衰微不振，接近死亡。
【稀薄】稀少、淡薄；密度小。
【零星】分散、稀稀落落。零碎；少量。

【蕭索】稀疏、稀少。
【疏疏朗朗】稀疏貌。
【稀稀疏疏】稀少、疏落。
【禿兀】光禿。
【禿落】脫落。
【禿裸】形容光禿、無物覆蓋貌。也作「裸禿」。
【赤裸】裸露；毫無掩飾貌。也作「赤裸裸」。

【光禿禿】形容無草木、樹葉或毛髮等物覆蓋的樣子。
【傾倒】倒下。
【傾頹】傾覆；倒塌。
【頹然倒下】乏力而倒塌。
【攔腰截斷】從半中央橫截而斷。

秋涼的季節，我下決心把家裡的「翠玲瓏」重插一次。經過長夏的炙烤，葉子早已疲老殢綠，讓人懷疑活著是一項巨大艱困而不快樂的義務，現在對付它唯一的方法就是拔掉重插了。（張曉風〈眼神四則〉）

臨河的土場上，太陽漸漸的收了他通黃的光線了。場邊靠河的烏桕樹葉，乾巴巴的才喘過氣來，幾個花腳蚊子在下面哼著飛舞。（魯迅〈風波〉）

那房子有一個L型的大陽台，公公說該種些花，我那時不諳花事，種過一盆據說最好養的黃金葛，居

然被我種得奄奄一息，便以為自己的手指最好不要碰植物。（宇文正〈那房子，那時光〉）

金黃色的菜花氾濫大地，遠處稀薄的竹林像一道藩籬屏繞著河道，從搖曳的隙縫裡可以窺見波光的鱗影，地平線上隆起的山巒，在層疊的雲紗裡沉睡、伸延。（王尚義〈野鴿子的黃昏〉）

山頂有一片疏疏朗朗的相思林，本來應是遊客休息的好處所，但林地佈滿了石凳石桌，大夥兒攜家帶眷，從早便在這裡埋鍋造飯，烹茶煮酒，炒肉燉雞，一堆堆的人在高聲談笑，猜拳行令，（……）（洛夫〈山靈呼喚〉）

隱約間，我彷彿發現一個小生命——一棵禿兀的樹，突破雪的覆埋，昂然站了出來。冬將盡了，那是春的訊息。（張瀛太〈豎琴海域〉）

這山岡燒得乾乾淨淨，幾乎不留一物，就像被狗舐過的碗底一樣。屋後的桂竹林和一片經過細心選擇與照顧的果樹園——龍眼、荔枝、枇杷、椪柑等，也剩無幾了。沒了枝葉，已失去本來面目的相思、柚木、大竹、鐵刀木，和別的樹木，光禿禿地向天作無言的申訴。（鍾理和〈山火〉）

草木形貌

【柔軟】軟和；不堅硬。

【吹彈得破似的】口吹指彈可使之破。多用來形容皮膚嬌嫩。此形容植物的嫩芽細嫩貌。

【柔韌】柔軟而堅韌。

【韌性】指物體柔軟、堅實，不易折斷或破裂的性質。

【嫋娜】形容草或枝條細長、柔軟。另有姿態柔美或搖曳之意。也作「裊娜」、「嬝娜」。

【纖秀】纖細秀美。

【珠簾絲垂】此形容柳樹的枝條像是串綴了珍珠的簾子，纖細如絲般柔軟下垂。

【孱弱】柔弱；瘦弱。孱ㄔㄢˊ。

【羸弱】瘦弱。羸ㄌㄟˊ。

【剛韌】堅硬又有韌性。

【堅韌】堅固又有韌性。

【瘦硬】細瘦而堅硬。

【嶙峋】形容枝幹外形瘦而直。

【鐵骨】本指鐵鑄的骨架。可用來比喻堅挺的枝幹。也可比喻堅毅不屈的骨氣。

【直挺細拔】形容植物的枝條挺直細長。

【均勻】平均；勻稱。

【勻勻】均勻貌。

【勻停】均勻；適中。

【勻實】均勻。或作勻稱、結實。

【停勻】均勻；勻稱。

【扁平】寬薄平坦。

【扇形】以圓的兩半徑及其所截的弧圍成的部分。

【肥闊】肥大、寬闊。

【寬闊如裙】形容葉子的面積寬大就像是裙子般。

【橢圓】長圓形。

【狹長】窄長。

【修長】細長。

【長劍般的】形容葉子細長的形狀就像一把長劍般。

【飄然的衣帶似的】形容葉子的外形細長，有如一條飄動的衣帶。

【招展】飄動、搖曳。

【招搖】搖動貌。

【珊珊】輕盈的樣子。

【搖曳】飄蕩、搖晃。

【搖漾】隨風搖動、蕩漾。

【搖撼】搖動；震動。

【裊裊】搖曳不定。也有輕盈、柔弱之意。亦作「嫋嫋」。

【撩撥】挑動；招惹。

【擺動】搖動。

【顫動】抖動；振動。

【正直】不偏斜、不彎曲。

【秀拔】秀麗、挺拔。

【亭亭】直立貌。也指高聳貌。

【挺秀】挺拔、秀麗。

【挺拔】直立高聳。

【挺直】挺拔、直立。

【修直】修長、直立。

【軒邈】往高處或向遠處伸展。

【參天】高聳入空中。

【野素】質樸。

【堅挺】堅固、挺直。

【蒼古】蒼勁、古樸。

【蒼勁】蒼老、挺拔。

【擎天】托住天。比喻高大而有力。

【聳立】高聳、直立。

【櫹櫹】樹高貌。

【櫹矗】竹、木長直貌。

【直挺挺】形容挺直的樣子。另有身體僵直之意。

【拔地參天】形容高大或氣勢的雄偉。

【矗然而直】高聳、直立貌。

【低矮】低平矮小。

【矮墩墩】形容矮胖的樣子。

【合抱】兩臂環抱。多形容樹身粗大。

【拱木】粗細約當兩手合抱的樹木。

【粗駁】形容樹幹外形粗

壯，顏色駁雜不純。

【熊腰】本指腰粗壯似熊。此形容樹幹粗壯有如熊的粗腰。

【交映】相互映照。

【映襯】映照、烘托。

【烘托】通過陪襯，使要表現的事物更加明顯突出。

【襯托】烘托，使事物的特色更突出。

【植被】植物覆蓋地表的情形。

【疏密】稀疏與稠密。也作鬆散與堅實。

尤其是春來時，一百多棵嫩綠相繼發芽，嫩芽吹彈得破似的，相繼歡呼向天。隨後整個夏季，林相是濃綠淺綠相互交映，層層疊疊。而枝條纖秀，隨風擺動的韻味更是耐看。（馮菊枝〈十八尖山山道〉）

走上大壩，便被綠色的濃蔭包裹了。這大壩兩旁的柳樹，有的像是白髮婆娑的老人，有的像是秀髮披肩的少女。這老老少少，為長長的淮河大壩攔成一個珠簾絲垂的走廊；這秀髮白鬚，在暖風的吹拂下，悄聲慢語地說著什麼私房話？（王安憶〈從疾駛的車窗前掠過的〉）

孱弱的小苗曾在寒冷霜凍中死去，但總有強者活下來了，長起來了，從沒有陽光的深坑裡長起來。（張抗抗〈地下森林斷想〉）

水仙花在凜寒中發生的淡香，預言著春日的來臨。它那皎白如鴿羽的花片，中間是一圈金冠似的黃蕊，那飄然的衣帶似的長長碧葉，使人想到顧愷之的名畫女箴圖。（張秀亞〈水仙花的愛者〉）

軟泥上的青荇，油油在水底招搖；在康橋的柔波裡，我甘心做一條水草！（徐志摩〈再別康橋〉）

每條街道，路旁都聳立著高大的鳳凰樹，總有合抱那麼粗，枝葉搖曳，濃蔭蔽天，整齊地夾道搭起綠色的長廊，全城都浸漫在綠的樹海中。（郭楓〈台南思想起〉）

風最喜歡撩撥睡去的蓮葉，把葉片從手上拉起來像要帶走，而後又放下像是放棄了。一次又一次，蓮葉並不理會，因為知道風的性情。（張曼娟〈嬉戲〉）

台北中山北路、愛國西路、仁愛路、和平東西路、重慶南北路，行道樹之所以高大壯觀，是用時間換來的，樹們暴露全身迎抵幾十次颱風，活到如今，確實不簡單。那些槭樹、白千層、欒樹、榕樹，概皆熊腰挺直，想來再守土一百年也沒問題。（阿盛〈翠蓋留著看〉）

粗駁的百年枝幹上，片片柔美的綠葉迎風微颺，被陽光析濾出純淨的綠晶，綠羽似的花串輕輕揮動。這是茄冬們一年中最美好的時光。（蔡珠兒〈樹殤〉）

枝椏藤蔓

【橫柯】橫出的樹枝。

【橫欹】形容旁出歪斜不正的樹幹。

【橫披伸展】此指樹的枝根往橫向延伸、擴展。橫披，指條形的橫幅字畫。

【盤錯】盤繞、交錯。也可比喻事情錯綜複雜。

【夭矯】木枝屈曲貌。也可形容姿態的伸展、屈曲而有氣勢的樣子。

【交柯】交錯的樹枝。

【交錯】交叉、錯雜。

【扭曲】本指物體因外力而變形。此作藤類植物纏繞、彎曲貌。

【虬勁】盤曲而有力。虬ㄑㄧㄡˊ，通「虯」字。

【虯枝】蜷曲盤繞的樹枝。虯ㄑㄧㄡˊ。

【糾結】互相纏繞。

【糾葛】葛蔓糾結。也可比喻糾纏不清的事。

【糾繞】糾纏、環繞。

【垂掛】懸掛。

【捲曲】彎曲。

【牽纏】糾纏在一起。

【參錯】參差、交錯。

【絞結】互相交織、糾結在一起。

【戟張】可形容樹的分枝向四周張開生長，狀貌如戟。戟ㄐㄧˇ，一種分枝狀兵器，由矛和戈組合而成。

【綿亙】連續不斷。

【盤纏】盤轉、纏繞。

【蔓延】像蔓草滋生，綿延不斷。

【蔓衍】向四周擴展、延伸。

【錯落】交錯排列；參差相雜。

【錯綜】縱橫交叉；交錯。

【錯雜】交錯、摻雜。

【蟠曲】盤曲。

【藤纏】藤蔓纏繞。也可比喻糾纏。

【攀爬】抓著東西向前或往

上爬。

【攀緣】攀引他物而移動或上升。

【纏繞】環繞、束縛。

【佝僂其背】可形容樹背向前彎曲。佝僂ㄎㄡˋ ㄌㄡˊ，背脊向前彎曲。

【張牙舞爪】本形容猛獸張嘴露牙，揮舞爪子時的凶猛模樣。可用來形容樹的分枝向四周張開伸展，有如獸類發威的樣子。

【越獄而出】本指犯人自獄中逃走。此形容枝椏翻出牆面，伸展在外。

【像虬龍般】此形容藤本植物蔓延生長，像虬龍盤結環繞一樣。虬龍，一種神話傳說中的龍。

【盤虬曲張】形容植物以盤繞彎曲狀擴張、伸展。

【盤根錯節】樹根盤繞，枝節交錯。也可比喻事情繁難複雜，不易解決。

【層層疊疊】層次繁多，錯綜複雜。

【蔓伸纏繞】蔓延伸展，糾纏盤繞。

【駢體相連】形容物體並列連接。

【如蜘蛛網般糾纏】形容草葉糾結交錯，如蜘蛛結網般。

在雷泉旁畫了一整天，藉險坡邊一棵橫欹的樹幹作畫，沒有勇氣繼續登高，〔……〕（梁丹丰〈天下第一的雷泉瀑布〉）

沿澗夾道坡岸全是盛放櫻花，而且多為百年老樹，虬枝墨色，橫披伸展，花色卻淺得近白，只略帶似有若無的粉，與陽明山慣見紅色的緋寒櫻不同，〔……〕（方瑜〈春城無處不飛花〉）

亭子的周圍都是古木參天，有大可合抱的槐樹，有枝幹夭矯的五穀樹，有雙幹的梧桐，還有父親親手種的柏，石楠，柿，和杉等樹。（方令孺〈憶江南〉）

兩棵距離很遠的千年紅檜／沒有人知道／它們蒼勁的枝枒／是否／在很高很高的半空中／交錯（黃智溶〈巨木與長河——太平山文學行腳〉）

獅頭山的藤坪步道，果然名不虛傳，樹林裡長滿了不計其數的各種藤類，攀爬、垂掛、扭曲成各種不

可思議的形狀，好像張旭或懷素的行草，在森林中揮灑著豪放不羈的筆觸，〔……〕（苦苓〈你是樹，我是藤〉）

無盡的荒原，除了偶有幾簇短草，或是一兩棵戟張的刺針樹，沒有任何可供辨識的地標。（朱少麟《傷心咖啡店之歌》）

也就是說，在玉山圓柏的基因池中，原本具有可以長成數丈高巨木的潛力，卻因位居山巔絕嶺的艱困惡地，復因風暴、霜急、雪重，夥同乾旱、低溫、土壤化育不良等環境壓力，無時無刻地折磨與鞭笞圓柏的身軀，終而雕鑿出盤虬曲張的枝幹，駢體相連且緊鄰地表而匍匐綿亙，形成生態術語裡所謂的「矮盤灌叢」。（陳玉峰〈玉山圓柏的故事〉）

為了四面八方蔓衍，擴大生機，身體組織也隨之產生變化，紫藤的新生枝條非常柔軟，有利於攀爬纏繞，但韌性極強，避免了斷裂的機會，這種性格，頗似老年人的智慧結晶，〔……〕（劉大任〈紫藤〉）

巷弄中，從平等院牆畔越獄而出的枝椏，花苞微啟，像一句含在口中的說話。（孫梓評〈花與人間事〉）

河裡大石縱橫錯亂，彷彿一群出了欄門的牛，摩肩擦背，秩序紊然。兩岸的喬木環拱如蓋，下面清風低迴。藤長而大，像虬龍般一直垂到河面。（鍾理和《笠山農場》）

棕櫚科的巨大山棕透露著更多的熱帶氣息，四處與蔓伸纏繞的爬藤植物合作，將森林底層包覆得密不透光。（王家祥〈夏樹群茂〉）

我躡足跟在他們身後，悄巧進入草叢，穿過如蜘蛛網般糾纏的雜草草葉，眼下豁然開朗，她和他走在一片綠草如茵的空曠草坪上，〔……〕（吳錦發〈秋菊〉）

草木顏色

【柔綠】嫩綠。也指嫩綠的新葉。
【嫩綠】淺綠色。亦指新生綠葉。
【新綠】指初春剛萌發的草木呈現的嫩綠色。
【淺綠】淡綠色。
【蔥心兒綠】淺綠而微黃。

【沁綠】透出綠色。
【青青】形容草木翠綠。
【青翠】鮮綠色。
【青碧】青綠色。常用來借指山、水、天、樹等。
【青蔥】青翠的綠色。
【翠綠】青綠色。
【晶碧】晶瑩碧綠。
【碧綠】翠綠色。

【滴翠】形容翠綠的程度，就像是要滴下水來的樣子。
【鮮綠】鮮明的綠色。
【碧沉沉】純淨碧綠的顏色。也作「碧澄澄」。
【碧油油】碧綠而油光發亮。
【絕綠】極綠的顏色。
【青蒼】深青色。

【重碧】深綠色。
【蒼翠】深綠色。
【墨綠】深綠色。
【濃綠】深綠色。
【凝碧】濃綠。
【黛青】墨綠色。
【墨黝黝】青黑色。
【墨色】指黑色或近於黑的顏色。

這些風，靜靜的柔風，爬過了一些花園，飄拂著新綠的樹叢，飄拂著五月的花朵，又爬過了涼臺，躥到一些淫猥的閨房裡。（丁玲〈五月〉）

這個墓地由左右兩片自然的小丘拱繞，四周都是蒼翠的柏樹，山腳下就是A市的環山溪流，地勢高聳，在明亮的陽光下，可以坐望整個A市景觀。（宋澤萊《血色蝙蝠降臨的城市》）

沿途，路隨山勢而轉，車隨三級柏油路而顛簸，堅韌的樹葉從來不抵抗灰塵，依然墨綠迎人。（蕭蕭

〈清水岩〉）

你乃驚見：／雪還是雪，你還是你／雖然結趺者底跫音已遠逝／唯草色凝碧。（周夢蝶〈菩提樹下〉）

3 農作物

穀物

【田田】此作稻田、蔗田鮮碧貌。也可作荷葉盛密貌。

【油油】有光澤的樣子。

【油綠】有光澤的綠色。

【釉綠】油亮的綠色。

【綠瑩瑩】碧綠而有光澤。也有「碧瑩瑩」。

【碧綠如茵】顏色翠綠得像地毯一樣舒服。

【綠油油】濃綠而潤澤。

【抽穗】禾穀類作物由葉鞘中長出穗子。也作「吐穗」。穗ㄙㄨㄟˋ，禾本植物聚生在莖端的花或果實。

【成熟】穀物或果實成長到可以收穫的程度。

【菁菁】茂盛貌。

【飽飽】圓滿充暢。

【飽滿】豐滿充實。

【豐腴】豐盛飽滿。

【沉重】形容物體分量重。

【紮實】牢固；結實。

【結實】紮實。

【緊緊】密合緊束；牢固不易分開。

【壘壘】ㄌㄟˇ，重疊、堆積貌。

【纍纍】ㄌㄟˊ，繁多、重積貌。也作「累累」。

【滿登登】盈滿的樣子。

【駝垂】彎曲下墜貌。

【彎彎垂垂】形容結實累累，呈彎曲下垂貌。

【彎曲得快掉到地上】形容結實厚重到快要垂至地面的樣子。

【青黃】青色和黃色。也可形容農作物有的新綠，有的黃熟。

【半青半黃】農作物尚未完全熟成，青、黃兩色相接。青，指還沒成熟的綠色農作物；黃，指成熟的黃色穀物。也可比喻時機還沒有成熟。

【青黃不接】指農作物還沒有成熟，但存糧已經吃完。也可比喻人才或物力有所匱乏，前後接連不上。

【平整】平坦、整齊。

【齊整】整齊；井井有條。

【平漫漫】平坦、廣大貌。

【壙漠漠】廣大、空曠貌。

【一望無垠】一眼望去看不到邊際。也可形容遼遠、寬闊的樣子。

【密密麻麻】多而密的樣子。

【畦】ㄒㄧ，田塊。也可指菜園。

【一畦畦】形容一塊塊分區的田地或菜園。

【似棋盤般】形容一塊塊的田地，就好像畫在棋盤上整齊排列的方格子一樣。

一濁就百年／百年未見清水覆來／覆來清唱稻蔗田田（張雪映〈濁水溪〉）

一望無垠的稻田中間，夾藏著一條運送甘蔗的台糖小鐵路。小小的火車踽踽獨行在碧綠如茵的稻田中，另有一種動人的風姿。（廖玉蕙〈當火車走過〉）

當時的國小作文裡流行過「綠油油的地毯」這麼一句話，對照於山底下平疇綠野，那菁菁稻禾與墨綠樹林交織成的遠景，活脫就是一大張綠毯，見到了就像摸到了踏到了躺臥其上一般的舒暢！（羅葉〈像個老朋友〉）

鎮西那二十來戶莊稼漢更是成天價長吁短嘆，都說年頭怪得很，高粱稭長到一丈五才抽穗，卻結了一莖一莖灰不溜秋的砂粉，一起風，全吹得沒了影兒。（張大春〈姜婆鬥鬼〉）（稭ㄐㄧㄝ，禾桿。）

壙漠漠的園圃，／一疊疊綠浪翻飛，／啊！這是飽漿的甘蔗。／平漫漫的田疇，／一層層的金波湧起，／啊，那是成熟的稻仔。／種田的兄弟們喲！／想你們鐮刀早已準備？（賴和〈低氣壓的山頂〉）

雞鴨成群地也來湊熱鬧，組隊前來開品嘗大會，試試穀子的軟硬度。小孩子們可不許牠們在金子堆裡恣意撥弄，像個不識貨的傢伙。一聲吆喝，外帶長竹竿一支，把雞鴨趕得受驚而逃。這飽滿紮實的穀子還需要試嗎？腳底一踏，就曉得今年的新米該有多豐腴啊！（簡媜〈醉臥稻浪〉）

沉重結實的小米粒彎曲得快掉到地上，有時風一陣吹來，好像它們聽得懂我說的話，輕輕地搖擺了幾下，（……）（亞榮隆・撒可努〈小米園的故事〉）

壘壘的包穀、高粱、花生溢香／緊緊堆積著曬穀場，這是收穫季節／趁著乾燥而冷颼的冬季來臨前／我們總能曬好地瓜籤，高粱兌換（張國治〈歸來〉）

山脈青青，我貪婪地讀著窗外的風景，野薑花和月桃花，駝垂的稻穗和田梗上的白鷺鷥，一條一條溪流在山谷間蜿蜒，童年的場景歷歷浮現眼前，離家多年，想念的，惦記的原也是這些呵！（吳鳴〈帶我回花蓮〉）

這附近的阿眉族早已進入水稻種植的時代，他們在阡陌中戴著斗笠工作，水田平整就如亙古東亞大陸不變的景象，而彷彿這一切也是他們與生俱來的，無須選擇的精神面貌，豐盈的水渠裡快速流動著生命的秩序，一種已經完全肯定了的生活方式。（楊牧〈他們的世界〉）

鐵支路沿線，大多是密密麻麻的蔗田，那種白甘蔗長得像竹竿，又瘦又高，皮很硬，不好啃，只能榨汁做糖。（季季〈火龍向黃昏——憶寫西螺大橋五十年〉）

蔬果形貌

【滋潤】溼潤；潤澤。

【潤滑】潤澤、光滑。

【凝脂】凝固的油脂。形容光潔白潤的樣子。

【鮮潤】新鮮而潤澤。

【水靈】形容蔬菜水果鮮嫩、多汁。

【溢漿】此形容水果的汁液

多到滿溢出來。

【水漉漉】溼潤；水分含量很多的樣子。

【汁水淋漓】汁液飽滿的樣子。

【肥亮】飽滿而油亮的樣子。

【肥碩】又大又飽滿。

【肥澤】肥碩、豐潤。

【沉甸甸】物體因分量重而呈現下墜的樣子。

【肥滋滋】肥大而潤澤的樣子。

【朱紅】比較鮮艷的紅色。

【紅豔豔】形容鮮艷明亮的紅色。

【殷紅】深紅色。

【金黃】有黃金般色澤的顏色。

【金燦燦】金光耀眼貌。

【黃澄澄】形容金黃色或橙黃色。

【青黃】黃中帶青。或指青色和黃色。

【青豔】帶有綠色鮮艷光澤的。

【碧沉】形容顏色碧綠深沉。

【淡紫】淺紫色。

【紫黑】深紫色。

【潔白】純淨的白色。

【玉色】像玉一樣的瑩白色。

【鵝白】形容像白鵝一樣雪白的顏色。

【一清二白】本意為清楚或清白。此指除了西瓜之外的瓜類顏色較西瓜為單調。

【蜷曲】彎曲貌。

【捲鬚】由植物的葉或莖變形而成的細長絲，用來纏繞或附著其他物體。也作「卷鬚」。

【巍顫顫】抖動貌。

【瓜瓞綿綿】形容瓜類繁衍眾多。也作「綿綿瓜瓞」。瓞ㄉㄧㄝˊ，小瓜。

【瓜熟蒂落】瓜成熟後，瓜蒂自然脫落。也可比喻時機成熟，事情自然容易成功。

【果熟蒂落】果實成熟，果蒂自然脫落。也可比喻時機成熟，結果即會自然出現。

【腐爛】朽壞、爛掉。指物質經過風雨或細菌的侵害而敗壞。

【霉爛】發霉而腐爛。

【霉臭】霉臭的臭味。

【泡水】浸泡在水中。

【病害】植物因氣候環境、土壤不適宜，或經由細菌、病毒感染，導致其發育不良、枯萎或死亡。

【黑枯】發黑、乾枯。

【褐變】指新鮮蔬果或食品在貯藏或加工過程中被切開或碰傷，使其原來的色澤變暗，呈現褐色化的現象。

走在路邊植有相思樹的路上，看到散落於田野間的富裕的白壁農家或低矮傾斜的貧農的土角厝，只有木瓜樹是一樣的，直立高聳，張著大八手狀的葉子，淡黃而滋潤的果實，累累地聚掛於幹上。（龍瑛宗〈植有木瓜樹的小鎮〉）

西園綠掛是荔枝中最名貴的珍品，有四百多年歷史，清乾隆間即為皇帝貢品，每年最多結實數十顆，一斤約二十三顆，果肉細嫩、爽脆、清甜、幽香，最特別的是凝脂而不溢漿，用薄紗紙包裹，隔夜紙仍乾爽如故。（沈謙〈荔枝嘆〉）

其實，西瓜給人的感覺，說穿了，只是「痛快」兩字——汁水淋漓的痛快；當然，除此而外，在所有瓜瓞綿綿的同類中，它也是最美麗的一族，那種剖開來時，碧沉與朱紅，或是碧沉與金黃的鮮活對比，都是其他一清二白的遠親所不能望其項背的。（陳幸蕙〈碧沉西瓜〉）

當年鎮上的大地主莊園，是啟發我島國自身搬演的紅樓夢一隅。園內的龍眼長得高，夏天裡肥滋滋的滲來高度的甜氣。（鍾文音〈漫漫洪荒〉）

柿樹原來是秋天最美的樹。因為柿子殷紅的時候，柿葉就開始被西風吹落了。柿葉落盡以後，掛滿樹枝的柿子就顯露出它們的美麗來了。而且，這裡的柿樹的生殖力又那麼強，在每一株樹上，我們至少可以數到三百個柿子，〔……〕（施蟄存〈栗和柿〉）

北坑路是一條產業道路，在陡坡上蜿蜒，繞過山腰，繞從人家果農的前院經過，前院裡三五隻狗蹲在一簍簍金燦燦新採收的柑橘之間。（戴玉珍〈北坑來的水〉）

黃澄澄的金針花田、四處打旋的詭異焚風、瘖啞斷裂的窸窣聲響、移位迅速的細碎光影，彷若正要甦醒過來的蠻荒沼澤。（許榮哲〈迷藏〉）

就像鄉間的皇帝豆莢也是，外表不是咖啡色就是深綠，但是剝開後卻是青黃或是鵝白的豆莢，形狀也很美麗的弧度，就像菱角也是紫黑色，果肉卻是灰光澤，我簡直為植物果實的外皮跟果肉顏色深深著迷，〔……〕（黃小黛〈觸景傷情的時代〉）

他們各挑著一副擔子，盛著鮮嫩的玉色的長節的藕。在產藕的池塘裡，在城外曲曲彎彎的小河邊，他們把這些藕一再洗濯，所以這樣潔白。（葉聖陶〈藕與蓴菜〉）

走著拉著，他們就望見自己那片田，濛在一層清晨的煙靄裡，捲鬚的瓜藤都伸到空中來迎迓旭日，上工的人都佝僂在那裡。（宋澤萊〈打牛湳村〉）（佝僂，脊背向前彎曲。）

菜色四季不同，A菜、地瓜葉、空心菜易栽易長，是鍾家最愛。夏天的瓜棚最寫意，迎風搖曳的胖絲瓜巍顫顫，不吃光看也很養眼。（鍾怡雯〈中壢之味〉）

蔬果滋味

【甘鮮】新鮮美味。

【美味】味道鮮美。

【細嫩】柔嫩。

【細緻】細密精緻。此形容口感細密。

【鮮美】滋味美好。

【鮮甜】鮮美甘甜。

【鮮嫩】新鮮柔嫩。

【油嫩嫩】油亮、鮮嫩的樣子。

【甘美】滋味甜美。

【甘甜】甜美。

【甘芳】味道香甜。

【清甜】清潤、甘美。

【蜜甜】甜美。

【濃甜】極甜。

【甜森森】很甜。

【甜漬漬】形容甜甜的。

【像蜂蜜一樣】此形容水果流出的汁液如蜂蜜一樣的甜稠。

【甘脆】香甜、鬆脆。

【沙沙】形容瓜果肉質鬆散，像沙子一樣。或形容食物咀嚼的感覺含有沙子。

【沙瓤】一般是指西瓜熟透時，裡面的瓜肉鬆散而呈細粒狀的部分。也作「沙瓤兒」。瓤ㄖㄤˊ，瓜裡的肉。

【香脆】味道芬芳、鬆脆。

【清脆】口感清爽、鬆脆。

【清爽】清淡、爽口。

【爽口】清脆、可口。

【爽脆】脆而可口。

【硬脆】硬而清脆。

【皮薄肉脆】外果皮薄而內果皮肉爽脆。

【甘涼】甘甜、清涼。

【脆涼】爽脆、清涼。

【回甘】滋味由澀轉甜。

【酸溜溜】形容味酸。

【酸不溜丟】形容味道極酸。

【酸甜】味道酸中帶甜。

【酸苦】酸味和苦味雜陳。

【酸澀】又酸又澀。

【澀】味道微苦不滑潤。

【生澀】形容果實未成熟時，辛麻苦澀的味道。

【青澀】果實生澀，尚未成熟。

【苦澀】既苦又澀。

【澀刺刺】形容味道苦澀。

【辛】辣味。或含有刺激味道。

【辛烈】辣味強烈。或帶有濃烈辛辣刺激味道。

【辣實】辛辣。

【辣絲絲】形容味辣。

【味烈】味道強烈。

【芳冽】芳香清醇。

【濃烈】氣味厚重強烈。

【濃異】氣味厚重特異。

【氣息橫溢】味道充分散發出來。

【粗食】簡單粗糙的飲食。

【粗糲】粗劣的食物。糲ㄌㄧˋ，粗糙的。

【乾澀】缺乏水分而不滑潤。

【乾硬】缺乏水分又堅硬難咬。

【硬澀】堅硬、乾澀。

【過熟】已經超過充分發育或分化的階段。

【爛熟】果實熟透。

【陳腐】食物等因時間過久而腐敗。

聽說市場的蕨價頗看好，這幾日那些女人一盆衣服捧到江邊，不逮洗，就先去採蕨。油嫩嫩的野蕨最爽口，細緻得把人的魂都吃出竅。（簡媜〈採蕨日〉）

枝頭上青澀的果子，靜靜地等待成熟，那的確需要時間。有足夠的養分供給，讓它由酸苦慢慢轉化為甘美。哪能性急呢？揠苗助長有害於作物；強摘果子也是一種摧折、傷害。（琹涵〈酸橘子〉）

每一朵荷，都是一個自足的世界，為東方人所鍾愛。中國人注意到嬌媚的花色，較少香氣；花瓣層疊

繁複的，多不結果實，荷花卻能兼具色、形、香，還在蓮蓬中結成潔白的蓮子，清脆甘甜。（張曼娟〈荷花生日〉）

這種名叫「蜜罐」的西瓜，皮薄肉脆，全都是紅沙瓤，一刀子切下去，只聽見格格嚓嚓亂響，濃甜的汁水就順着刀子流出來。這種汁水像蜂蜜一樣稠得能扯起絲來。（李準《瓜棚風月》）

江進悄悄將身影藏入草細邊的楊桃樹下，百無聊賴的摘下一顆青豔的楊桃，輕輕嚐吮，其實是竊聽兄嫂的談話，結果成熟的楊桃十分酸澀，他的臉因而扭成一團。（履彊《少年軍人紀事》）

如果風裡是一陣一陣濃鹹香郁的醬味，我大概知道到了西螺。如果風裡是一陣一陣剛採收的辛烈的蒜味，我大概知道是在雲林莿桐。（蔣勳〈揹起背包，準備出發〉）

這讓我想起芫荽、茴香、九層塔之屬，氣味濃異，不能偽裝便只好特異獨行，一旦撞入別的味裡，氣息橫溢相互衝撞，濃味、淡味，顯隱之間也真不知道那個才是技窮。（凌拂〈野花三帖〉）

想不到風水輪流轉，昔日粗糲的地瓜今天不但變成臺菜館子上的佳餚，堂而皇之地列在菜單裡，而且價格並不便宜。（蔡昭明〈地瓜的聯想〉）

竹林旁邊，生著一些雜木，猶記得其中一棵還能在秋時先是開出一種四片的白花，其後便結出一種果肉硬澀的淡紫色的果子。（陳映真〈鈴璫花〉）

二 動物

1 飛禽

姿態

【靈活】敏捷；善於應變。

【小巧】嬌小而靈巧。

【伶便】靈便；敏捷。

【玲瓏】靈巧可愛。另可形容器物細緻精巧。

【輕快】行動不費力。

【輕巧】輕快、靈活。

【飛靈】靈巧敏捷。

【輕盈】輕快；輕巧。

【輕靈】輕盈、靈活。

【精靈】機靈。

【翩翩】飛行輕快之貌。

【靈巧】靈活、輕巧。

【靈便】靈活、輕快。

【靈敏】反應迅速。

【小精靈】本形容年紀輕又機靈淘氣的人。此形容麻雀靈活、輕巧。

【積伶積俐】形容機巧靈活。

【飄忽不定】輕快、迅疾。也有行蹤往來不定、難以捉摸之意。

【靈巧精怪】靈活輕巧，精靈古怪。

【高雅】高貴、風雅。

【悠哉】悠閑自在的樣子。也有「悠哉悠哉」。

【優閑】優雅、閑適的樣子。

【優雅】優美、高雅。

【聰明】視覺、聽覺敏捷。也有智力強、天資高之意。

【慧黠】機智、靈巧。

【機警】機智敏銳。對情況的變化反應很快。

【警戒】警惕、戒備。

【警覺】對危險或情況變化的敏銳感覺。

【俊俏】俊秀、俏麗。

【勁俊】強健而俊美。

【飽滿】豐滿；充實。

【細瘦而不乾癟】纖細而不枯瘦。癟ㄅㄧㄝˇ。

【豐腴而不臃腫】豐滿而不肥胖。

【穠纖合度】大小、胖瘦適中。

【不能增減一分】恰到好處，沒有超過與不及。

【減一分則太瘦，增一分則太肥】減少一點便過瘦，增加一點便過胖。形容恰到好處。

【燕剪】指燕尾。

【一雙剪刀似的】形容燕子的尾巴分叉如剪刀。

【銳利】此形容眼神尖銳、犀利。

【睥睨】ㄅㄧˋ ㄋㄧˋ，斜著眼睛看人，含有傲然輕視之意。也作「俾倪」。

【目光炯炯】兩眼明亮而有精神。另有「目光如炬」、「目光如電」、「炯炯有光」、「炯炯有神」。

【目如愁胡】本指胡人深目，狀似悲愁。後多用來形容鷹眼深邃。

【傲視八荒】以高傲自負的目光看天下。

【挺胸闊步】挺起胸膛大步走。可形容鳥的氣概不凡。

【瞵視昂藏】左顧右盼，氣宇軒昂的樣子。瞵ㄌㄧㄣˊ，注視。

【臨風顧盼】迎著風，向左右或周圍看來看去。可形容神采飛揚的樣子。

【倉皇】匆促而慌張的樣子。也作恐懼忙亂的樣子。

【疑懼】疑慮、恐懼。

【踖跼】ㄐㄧˊ ㄐㄩˊ，局促不安；受拘束的樣子。或作畏縮、恐懼的樣子。也作「跼踖」、「局踖」。

【直愣愣】形容呆滯、失神的樣子。此形容企鵝挺直立著，目光呆滯的樣子。

【忐忑不安】心神起伏、不安定。也有「忐忑不定」。

麻雀的軀體雖小／卻是五臟俱全的小精靈／我喜愛那小巧玲瓏的風采／和那一身灰白而有麻點的羽毛／我欣賞那悠哉悠哉的神色／和那小軀流露出的高雅格調（王昶雄〈小鳥〉）

幾乎沒有例外的，鳥的身軀都是玲瓏飽滿的，細瘦而不乾癟，豐腴而不臃腫，真是減一分則太瘦、增一分則太肥那樣地穠纖合度，跳盪得那樣輕靈，腳上像是有彈簧。看牠高踞枝頭，臨風顧盼——好銳利的喜悅刺上我的心頭。不知是什麼東西驚動牠了，牠倏地振翅飛去，牠不回顧，牠不徘徊，牠像虹似地一下就消逝了，牠留下的是無限的迷惘。（梁實秋〈鳥〉）

烏黑的一身羽毛，光滑漂亮，積伶積俐，加上一雙剪刀似的尾巴，一對勁俊輕快的翅膀，湊成了那樣可愛的活潑的一隻小燕子。（鄭振鐸〈海燕〉）

他一直在小鎮的天空中飛繞，出現在許多人眼中，毫無疑異處。那些腦中的語言思想慢慢在冷落中消失，有時候他會覺得有個重要的東西從身上掉下去，落在人群裡，這個損失使他變得一無所有，但卻也因此更感到輕盈。（黃國峻〈一隻貓頭鷹與他〉）

企鵝是一種十分有趣的動物，大部分都長著黑背白肚、短手（翅膀）短腳，頭部則因種類不同而造型各異。這種全身似乎找不出可以彎腰、彎腿的關節的直愣愣的水鳥，通長像參加宴會的盛裝賓客一樣，有禮貌地直立站著；一旦在雪地上走路時，就優雅不起來了。（羅智成〈南方以南——南極之旅〉）

我在臨水的堤岸上，發現大量的白色排泄，是鴨科的糞便，綿延幾百公尺。沿途滿滿皆是。我知道牠們終究得冒險上岸棲息，帶著忐忑不安，疑懼警戒的心情。我也深信牠們睡不安穩，只敢靠著水邊的堤防蹲伏，好隨時在遇有狀況時，立刻跳入水面逃離。（王家祥〈候鳥旅館〉）

現在它的的確確站在那裡，就在離我咫尺的玻璃門外，讓我這樣驚訝地看見它，並且也以它睥睨的風采隨意看我一眼，彷彿完全不在乎地，這鷹隨意看我一眼，目如愁胡，即轉頭長望閃光的海水，久久，又轉過頭來，但肯定並不是為了看我。（楊牧〈亭午之鷹〉）

起落與飛翔

【撲】翅膀在空氣中連續拍擊。也有向前猛衝之意。

【抖羽】振動羽毛。

【拍撲】翅膀在空氣中連續拍擊。

【扇動】拍動。

【鼓翮】鼓動翅膀。翮ㄏㄜˊ。

【撲擊】拍打。也可作向目的物猛撲、攻擊。

【拊翼】拍打翅膀。也可比喻將要奮起。拊ㄈㄨˇ。

【展翅】張開翅膀。

【振翅】振動翅膀。

【翔翼】展翼飛翔。也可指飛鳥。

【鼓羽】鼓動翅膀。也有「鼓翼」。

【張揚起伏】張開翅膀，上下拍動。

【並翅】翅膀挨著翅膀。

【比翼】飛翔時翅膀挨著翅膀。

【起飛】鳥離開地面或水面。也指飛機飛離地面。

【翂翂】ㄈㄣ，形容鳥飛得緩慢的樣子。

【款款】徐緩貌。

【茇茇】ㄅㄟˋ，鳥類飛翔貌。

【高飛】飛得很高。

【凌空】高升到天空。或聳立空中。

【凌厲】凌空高飛。

【斜飛】傾斜飛行。

【御風】乘風飛行。

【滑行】滑動前進。

【滑翔】不依靠動力，而是利用空氣的浮力和本身重力的相互作用在空中飄行。

【橫空】橫越天空。

【縱橫】多貌。交錯貌。可形容鳥群在空中飛翔。

【背負穹蒼】背靠著蒼天。形容飛得極高。

【掠】擦過；掃過；閃過。

【掃】掠過。

【飛掠】飛閃而過。

【飛撲】從空中向目的物猛衝。

【飛騰】往高處升騰。也有迅速飛起之意。

【疾飛】快速飛行。

【倏地】快速的樣子。倏ㄕㄨˋ。

【翕飛】疾飛的樣子。

【鴪然】鳥疾飛的樣子。鴪ㄩˋ，通「[illegible]」字。

【竄飛】急速飛行。

【驚飛】以驚人的速度上升。也作受驚嚇而飛。

【翬翬然】快速飛行的樣子。翬ㄏㄨㄟ，一種毛色光鮮、五彩皆備的山雞；也可形容疾飛的樣子。

【一蹬沖天】腳底踩物，用力疾飛上天。

【像虹似地】形容鳥快速地飛走。

【摶扶搖而直上】憑藉風力自下急遽向上高飛。摶ㄊㄨㄢˊ，憑藉。扶搖，自下向上的風。

【打旋】旋轉。

【迂迴】環繞。也有曲折回旋之意。也作「迂回」。

【飛繞】飛行迴繞。

【飛轉】飛行迴旋。也作飄蕩迴旋。

【迴旋】盤旋。也作「回旋」。

【迴繞】環繞；盤旋。也作「回繞」。

【盤空】繞空；凌空。

【盤飛】盤旋飛行。

【盤旋】旋轉飛行。

【盤繞】圍繞；回繞。

【翺翔】回旋飛翔。翺ㄠˊ，通「翱」字。

【飛舞】飛翔舞動。

【頡頏】ㄒㄧㄝˊ ㄏㄤˊ，鳥上下飛動的樣子。

【翩翻】上下飛動貌。

【蹁躚】旋舞。

【翻飛】飛舞。字義通「飜飛」。

【乘風舞起】順著風勢飛翔舞動。

【降落】從天而降；落下。

【俯衝】從空中迅速下降。

【倒栽蔥】蔥頭圓大，本植於地面下，後借倒栽蔥來比喻人栽跟斗時，頭先落地而雙腳朝上的姿態。也可用來比喻鳥類俯衝之姿。

【像自殺一樣直直墜落下來】此形容雲雀從高處呈直線狀迅速降落。

【抿】收攏。

【收攏】合攏。也作把分散的聚集起來。另有收買、拉攏之意。

【翕翼】合攏翅膀。另有比喻屈身辱志。

【戢翼】收攏翅膀，停止飛翔。另比喻退隱。戢ㄐㄧˊ。

【斂翅】收攏翅膀。

【折翼】折斷翅膀。另比喻遭受傷害或挫折。

【停落】停留。

【休憩】休息。

【栖止】停留。栖，通「棲」字。

【棲息】歇息；停留。

【棲候】棲息、等待。

【棲停】棲止；停留。

【落腳】停歇；停留。

【憩息】歇息。

是林鵰吧！如此大鵬展翅的氣派。牠目光炯炯，傲視八荒，我放下望遠鏡，仰現牠背負穹蒼的姿態……這樣的一隻大鷹，我們竟將之驅赴瀕臨滅絕的疆界！牠在空中盤旋十多分鐘後，斂翅向林間俯衝，到達稜線之前，一隻與牠相似的鷹沿整齊的樹林頂線向牠飛來，牠瞬間轉向，與來伴雙雙滑行百餘公尺之後，一同落入林中。（杜虹〈守候林鵰〉）

海東青順勢掠出，振翅高飛，鼓羽翬翬然。然後，從高空中用視野寬闊而銳利之鷹眼鳥瞰。（劉克襄〈海東青〉）

每當漲潮時，濱鷸群習慣於先停落薗草林的河床上，聚集在一處水筆仔密集的沙洲角落。這時牠們不

再覓食，只隨潮水逐漸升高，不停地重複起飛、盤旋與降落原地。一直到潮水淹沒沙洲才整群離去，朝隈內飛來。（劉克襄〈濱鷸〉）

髒鬼無力地向外緩緩挪了一步，我看見雨滴從牠的尖喙滴落，後來牠勉強起飛，完全不是往日那種一蹬沖天的起飛，而是歪斜的，幾乎撞上樹頂，勉強擦樹越過，然後消失在樹的那一邊，這是我最後一次看見牠，就此一去不回，我猜牠多半是死在野外了。（徐仁修〈鷺鷥與我〉）

我說明所以搬去那所樓層的緣故，是因那房後面有一片荒園，有橫倒的樹幹，有碧綠的池塘，看出去是枝葉扶疏，林鳥縱橫，我的書窗之前，又是夏天綠葉成蔭冬天子滿枝。（林語堂〈說避暑之益〉）

藍鵜是秋後的漂鳥，特色是在起落迴旋飛掠之美，而不在鳴聲。（陳冠學〈九月十八日〉）

族人的祖先原來以捕鯨為業，最盛的時期，死去的鯨魚拖到岸邊的工廠屋前，後到的捕鯨船還得在海裡等候。那時，據說港口總會浮著一層油脂，大批的海鳥迴繞漁村不散，有如午後突然掩至的黑雲。（呂政達〈海長夢多〉）

那隻雲雀果然越飛越高，我仰頭看著，牠飛到很高的地方，忽然停頓下來，然後完全像自殺一樣直直墜落下來，一直到要碰到地面，才急速轉彎飛起。（蔣勳〈望安即事〉）

然而這座山完全是土的，於是他們遠去西方，採來西山之石，又到南國，移來南山之木，把一座土山裝點得峰巒秀拔，嘉樹成林。年長日久，山中梁木柴薪，均不可勝用，珍禽異獸，亦時來棲止。（李廣田〈山水〉）

捕食

【打食】鳥獸出巢穴找尋食物。

【覓食】尋找食物。

【肉搏】近身搏鬥。也作雙方徒手或持短兵器相搏。

【遊獵】此指出外獵取食物。也作馳逐打獵或出遊打獵。

【啄】鳥用嘴取食。

【叼】用嘴銜物。

【銜】用嘴含物或叼物。通「啣」字。

【彫啄】鳥啄食的樣子。

【喋呷】水鳥或魚類聚食的樣子。

【反哺】烏鴉雛鳥長大後，會銜食哺養其母。後多用來比喻報答父母養育之恩。

【充飢】進食解飢。

【果腹】填飽肚子。

房子還沒建好，樟樹圍牆那頭已先傳來鳥訊。白腹秧雞那一襲純淨的禮服本來就稱絕美，再加上眉眼細緻，深黑的眉線幾乎可以入畫。牠們不太怕人，通常是挺胸闊步走著。鵪鶉則是攜家帶眷，由後方茶園跨越小徑，到樟樹林這邊嬉遊。烏頭翁成群出沒，綠繡眼則在鄰居的龍眼樹蔭裡飛舞蹁躚。還有小蜂鳥會偶而出現覓食。（林韻梅〈記錄一幢房子的從無到有〉）

白腹尾羽是陽光，栗色橫斑是林冠葉隙；正足以說明鳳頭蒼鷹是適合梭巡於林冠上層的小型鷹類，在錯綜複雜的密林間近身肉搏，遊獵有餘。（王家祥〈夏樹群茂〉）

有一次，一隻大老鷹飛撲下來，母親放下鍋鏟，奔出來趕老鷹，還是被銜走了一隻小雞。（琦君〈母親的書〉）

行為

【交頸】頸與頸相互依磨。動物間一種表示親暱的行為。

【嬉遊】嬉戲、遊樂。

【嬉逐】嬉戲、追逐。

【戲弄】玩耍、捉弄。

【拳曲】捲曲；彎曲。

【拳足】捲曲腳爪。

【拳拳】彎曲的樣子。

【蹲伏】低低地蹲著。

【高踞】坐在高處。或作高高在上。踞ㄐㄩˋ。

【鳥瞰】從高處俯視低處。

【徘徊】往返迴旋；來回走動。也作猶豫不決。

【梭巡】往來如穿梭般巡邏、察看。

【逡巡】有所顧慮而徘徊不前。也有窺探警覺的意思。逡ㄑㄩㄣ。

【窺伺】暗中觀察，等待時機。

【直立】挺直、站立。

【佇立】久立。

【佇足】停下腳步。

【挺立】直立。

【鵠立】在鵠一樣延頸而立；形容直立。也作依序並立。鵠ㄏㄨˊ。

【築巢】修建窩巢。

【歸巢】回窩。也可用來比喻人的歸宿。

【產卵】卵生動物從體內排出卵。

【伏卵】鳥伏於卵上使卵孵化。

【孵化】鳥類、蟲類或爬蟲動物等的卵，在一定的溫度和條件下變成幼體。

【孵育】孵化、養育。

【安家落戶】到一個新地方安置家庭，長期居住。

【離巢】離開巢穴。

【過境】此指鳥類在季節性的遷徙過程中，會在某處暫時停留，其後再往他處遷移。也作通過地區邊境或國境。

【遷移】離開原來的所在地而另換地點。

【遷徙】遷移。

【避寒】天氣寒冷時，移居至溫暖的地方。

在這夜深人靜的當兒，那高踞著一隻八哥兒，又為何儘撐著眼皮兒不肯睡去呢？（朱自清〈月朦朧，鳥朦朧，簾捲海棠紅〉）

我想起在太平山三疊瀑布步道上，雨中遇見的藍腹鷴，就那樣靜靜佇立著，灰暗的羽毛下一雙紅紅的

長腳特別醒目。（苦苓〈長黑斑的媽媽〉）

庭外路邊一棵龍眼樹，每年都有花欄兒來築巢，我的三個孩子早幾年還會爬上樹去看看巢中的蛋，觀察孵化的雛鳥，直到牠們長大離巢飛走，如今已視若無睹，只有在雛鳥翅膀尚未長硬，偶爾受驚跌落下來時，爬樹給送回巢去。（鍾鐵民〈清晨的起床號〉）（花欄兒，斑頸鳩的別稱。）

一隻蜻蜓立在高射機槍的槍筒上。老鼠在坦克的炮塔裡跑動。麻雀在加農炮粗大的炮筒裡安家落戶，生兒育女；〔……〕（莫言《豐乳肥臀》）

一年到頭，牠在極南與極北的「故鄉」大約各只停留六個星期，其餘的九個月中，牠都行色匆匆在過境旅途中。也許是如此罷？牠對牠的終點站比中途站畏懼、陌生、不安。在一萬兩千哩長的半年遷移行程中，牠對牠命定要越過的海洋，島嶼與陸塊，有一種隨遇而安的坦然心理。（洪素麗〈過境鳥〉）

聲音

【唳】鳥類高聲鳴叫。

【嘎】形容鳥鳴聲。

【噪】蟲、鳥爭鳴。

【嘯】鳥類、獸類長聲鳴叫。

【囀】鳥鳴。

【吱吱】形容鳥叫聲。也可形容尖細的聲音。

【咕嚕】形容鴿子的叫聲。另有形容肚子餓時腸子所發出的聲音。

【咬咬】鳥鳴聲。

【咿喔】形容禽鳥鳴聲。

【格磔】形容鳥鳴聲。通常作形容鷓鴣鳥的叫聲。磔ㄓㄜˊ。

【啁啾】ㄓㄡ ㄐㄧㄡ，鳥鳴聲。

【啞吒】形容鳥叫聲。

【啞啞】形容鳥鳴聲。

【啾啾】形容鳥鳴、蟲鳴聲。也作馬鳴聲。

【啾囀】形容鳥鳴、蟲鳴聲。

【啼鳴】鳥、獸的鳴叫聲。

【喳喳】形容鳥噪叫聲。

【喈喈】形容鳥鳴聲。

【間關】形容鳥叫聲。

【聒噪】聲音瑣碎、吵鬧。

【喧嘩】嘈雜。

【鼓譟】喧鬧的聲音。也作「鼓噪」。

【嘔啞】形容鳥鳴聲。

【嘰吱】形容鳥叫、蟲鳴聲。

【關關】鳥鳴聲。也作鳥類雌雄相和的鳴聲。

【嚶嚶】形容禽鳥和鳴的聲音。

【火併聲勢】此形容群鴉叫聲聒噪，好像都想在聲勢上贏過對方。火併，同夥決裂後互相拚鬥或吞併對方。

【吱吱喳喳】形容鳥叫聲。

【細細碎碎】形容細小而零碎的聲音。

【低啞】形容聲音低沉、喑啞。

【呱呱】形容聲音粗而沙啞。可形容烏鴉、渡鳥或是青蛙的叫聲。

【咽咽】形容聲音低啞。也可形容嗚咽、哀切的聲音。

【尖拔】聲音尖細拉高。

【拔尖】把聲音拉得又細又高。

【哨鳴】從口中吹出的尖銳聲。此指鳥鳴聲尖銳。

【拔著嗓尖叫】拉高嗓門，用尖細的聲音喊叫。

【高亢】聲音或情緒高昂、激動。

【激昂】聲音或情緒激越、昂揚。

【巧囀】美妙的鳥鳴聲。

【呢喃】形容聲音婉轉、柔美。也可作燕子的叫聲。

【婉轉】形容聲音悅耳、動人。也作「宛轉」。

【婉囀】此形容鳥婉轉的鳴叫。

【清脆】形容聲音清晰、悅耳。

【清越】聲音清脆悠揚。

【打鈴】形容聲音清脆如鈴鐺。

【圓潤】聲音圓滑、清潤。

【嚦嚦】形容鳥清脆、悅耳的聲音。

【嚶嚀】此形容鳥清脆、嬌細的聲音。

【淒切】形容聲音淒涼、悲切。

【淒寂】聲音淒涼、孤寂。

【淒咽】聲音淒涼、悲咽。

【淒唳】聲音淒切、悲哀。

【淒絕】聲音淒涼、哀絕。

【嘹唳】形容聲音響亮、淒清。

【拍拍】形容翅膀振動時所發出的聲音。

【拔剌】形容鳥飛振翼的聲音。剌ㄌㄚˋ。

【啪啪】猛烈拍動發出的響聲。

【撲鹿】鳥拍翅的聲音。也作「撲漉」。

【翽翽】ㄏㄨㄟˋ，形容振翅高飛的聲音。

【忽啦啦】形容翅膀拍動的聲音。

【撲剌剌】形容翅膀拍動的聲音。

【潑剌剌】形容翅膀拍動的聲音。也有形容馬匹奔馳的聲音。

【腷腷膊膊】形容禽類尾部擺動或鼓翅的聲音。腷ㄅㄧˋ。

我沒有想到在山裡竟有那麼多烏鴉。烏鴉的聲音平直低啞，絲毫不婉轉流利，牠只會簡單直接地叫一聲：「嘎——」但細細品味，倒也有一番直抒胸臆的悲痛，好像要說的太多，愴惶到極點反而只剩一聲長噫了！（張曉風〈常常，我想起那座山〉）

靜謐太空中，風吹竹葉如鼓風箱自極際彼端噴出霧，凝為沙，捲成浪，乾而細而涼，遠遠遠來到跟前拂蓋之後嘩刷褪盡。裸寒真空，突然噪起一天的鳥叫，乳香瀰漫，鳥聲如雨落下，覆滿全身。（朱天文〈世紀末的華麗〉）

步道經常是沿著斷崖上升的，手腳並用地走在上面，腳下鬆動的石片刷刷滑落，無聲地跌入我們不敢探望的谷底。若是忽然飛起一隻鳥，並發出尖拔的嘯叫，我們更是渾身一時都是冷汗。（陳列〈我的太魯閣〉）

又有幾隻麻雀飛過，這次聽見清脆的啁啾，轉眼不見了羽影，但鳴聲似乎是留下來了，留在兩岸之間，倏然墜落水面，也濺起片片水花。（楊牧〈程健雄和詩與我〉）

滿天老鴉，一把撒開了的黑點子似的，風聲雨聲中，聒噪著飛撲向西邊天際那一片肅殺的落紅。（李永平〈日頭雨〉）

我看過那些禿鷹在天葬台狼吞虎嚥、喧嘩鼓譟的場面，那裡俯衝直下，等得不耐煩的激烈和飢餓，根本無暇辨別什麼骨頭什麼皮肉，一口吞下去便是。（張瀛太〈西藏愛人〉）

入秋的大屯自然公園，更是蟲鳴嘰吱，婉轉鳥鳴不絕，靜坐園內石上聆賞，更能體會出「多情絡緯迎秋啼」的心境。（楊平世〈多種昆蟲展現風華——大屯自然公園〉）

向晚的烏鴉群叫，有火併聲勢，愈演愈烈，帶著疑難的大聲質問：從枯林上空，把問號劃到廢田上空

去。最後，和夕光一起消滅了。（洪素麗〈萬鴉飛過廢田〉）

棕面鶯打鈴似輕巧的叫聲，自檜林茂密枝條間，細細碎碎地撒下來。（洪素麗〈惟山永恆〉）

隨著太陽升高，森林裡逐漸暖和，也隨之熱鬧起來。大冠鷲此起彼落的哨鳴，從高空遍傳林裡。我從樹隙上望，偶爾可以瞥見四隻在藍天上盤來旋去。幾隻竹雞在樹蔭深處激昂地分邊對叫。小捲尾在樹梢上振著雙翅，發出高亢的歌聲，五色鳥、樹鵲、紅嘴黑鵯、繡眼畫眉都加入了，譜成了這首暮春初夏的山林交響樂。（徐仁修〈森林最優美的一天〉）

潯縣山上的鳥往年都是寒露一過就斷斷續續沿江水往南飛，開春再回來的。那年落了幾次霜都不見有鳥動的跡象。只見牠們一群群棲候在枯黃的竹林裡，天一黑就叫得奇怪。拔著嗓尖叫，叫得人心裡慌張。（李渝〈江行初雪〉）

也有一部分熟練的從大悲殿的窗戶裡飛進飛出的戲耍，於是在莊嚴的誦經聲中，有一兩句是輕嫩的燕子的呢喃，顯得格外的活潑起來。（林清玄〈佛鼓〉）

鷹的歌聲是嘹唳而清脆的，如同一個巨人的口在遠天吹出了口哨。而當這口哨一響著的時候，我就忘卻我的憂愁而感覺興奮了。（麗尼〈鷹之歌〉）

今早夢回時睜眼見滿帳的霞光。鳥雀們在讚美；我也加入一份。它們的是清越的歌唱，我的是潛深一度的沉默。（徐志摩〈天目山中筆記〉）

蝶衣不寒而慄，暫借頹垣棲身的燕子馬上受驚，潑剌剌忽啦啦地撲翼翻飛。預感巢穴將傾。（李碧華《霸王別姬》）

2 走獸

性情

【刁蠻】狡滑、蠻橫。

【刁饞】刁滑、貪食。

【撒刁】狡猾、耍賴。

【撒野】粗野、放肆。

【撒潑】粗蠻、無理取鬧。

【凶猛】凶惡、猛烈。

【凶饞】凶惡、貪食。

【饕戾】貪婪、凶戾。饕ㄊㄠ。

【饕餮】傳說中一種貪殘的猛獸。今多比喻凶惡、貪食。餮ㄊㄧㄝˋ。

【爭鬥】爭吵、鬥毆。

【爭權謀略】為爭取權勢而使用計謀。

【威武雄猛】雄壯勇猛。

【勇猛凶悍】勇武有力，凶暴強悍。

【張牙舞爪】張開牙齒，揮舞爪子。形容猛獸發威，凶惡猖狂的樣子。

【殺氣騰騰】形容氣勢凶猛。

【和解】平息爭執，歸於和好。

【息爭】平息紛執。

隔天，匆匆上山，想再一睹雷公鎗的風采，奇怪的是，雷公鎗不見了，而一整森林撒野的猴子不斷闖入你的視線中，多到惹人嫌。（張末〈因為詩的緣故——戀戀柴山〉）（雷公鎗，草本植物的一種，也叫密毛魔芋。）

近年，我才陸續讀到珍・古德自己的著作，大多耳熟能詳了；再讀到德瓦爾（Frans de Waal）對黑猩猩種種爭權謀略的紀錄，也已見怪不怪了。這是牠們的稟性，知道了，反而多了一分無可奈何的同情，牠們不能離群，可是生活在族群裡，那種壓力，卻不是常人可以承擔，每天都在爭鬥，然後和解，再爭鬥。而牠們不會為自己的行徑找藉口。（西西〈黑猩猩〉）

掠食

【咬嚙】咬食。嚙ㄋㄧㄝˋ，通「齧」字。

【齕】ㄏㄜˊ，用牙齒咬。

【嚙】ㄋㄧㄝˋ，啃、咬。

【捕食】追捕動物食用。

【戮捕】捕殺。

【磨牙】磨利牙齒，伺機攫食。

【攫取】抓取；掠取。

當百年森林一夕之間被山鼠嚙盡，成群野鳥在網罟懸翅；溪川服食過量之七彩毒液，大批游魚在河床曝屍。（簡媜〈天涯海角——給福爾摩沙〉）

由於獵人在日間獵捕過度，所有的野生哺乳動物都轉變成了夜行動物，為了夜是一種保護色。並且一種動物轉為夜行，捕食牠的剋星也必須擇取在夜間出沒，食物場與競爭場從日間移到夜間，所有野生動物都獲益了，因為牠們有志一同擺脫掉了最大的共同敵人——獵人。（洪素麗〈苕之華〉）

行動

【仰攀】向上攀援。

【攀援】抓住或依附他物而移動。也作「攀緣」。

【蹲】踞；曲腿如坐的姿勢。

【蹲踞】指獸類蹲坐或踞伏。

【人立】如人般直立。

【飛躍】飛騰、跳躍。

【迸跳】蹦跳；跳躍。

【跳踉】跳起。踉ㄌㄧㄤˊ。

【跳擲】上下跳躍。另有比喻光陰流逝迅速。

【跳躍】跳動、騰躍。

【縱身】用力使身體騰起。

【躥奔】奔跑。躥ㄘㄨㄢ，向上或向前跳。

【躥跳】蹦跳。

【跳跳躥躥】蹦蹦跳跳的樣子。

【兔脫】像兔子一樣迅速逃跑。形容跑得快。

【奔竄】奔走、逃竄。

【逃生】逃出險境，以保全

生命。
【逃逸】逃跑。
【逃竄】奔逃、流竄。也作「竄逃」。
【流竄】到處亂跑。另有把罪犯流放到偏遠地區之意。
【跳脫】逃脫。
【縱逃】縱身而起以便逃脫。

【竄伏】逃匿；隱藏。
【落荒而逃】離開大路，向荒野奔逃。比喻逃命。
【隱】藏匿。
【埋伏】暗中躲藏起來，等待敵人到來後再作攻擊。
【匿伏】隱藏；潛伏。

【潛伏】隱藏；埋伏。
【奇襲】趁對方沒有準備地襲擊。
【突襲】出其不意地快速攻擊。
【追逐】從後追趕。
【驅逐】驅趕；趕走。
【逆襲】侵擾；侵襲。

【襲擊】出其不意地侵襲。
【進犯】進攻、侵犯。
【肆虐】放肆侵擾或殘害。
【東衝西突】向四處突擊。

突然，就在他的頭上，他聽見幾聲猿啼。他睜開眼睛。在上面高高的樹枝間，他發現一隻猴兒。猴兒在樹叢間攀援著，有時靜靜地朝下邊窺一會兒，似乎是想知下邊的人對牠有無危險。（鍾理和《笠山農場》）

牠孤獨地蹲在高石上，頭朝著月亮，彷彿也沉醉在月色中，然後牠站起跳下高石，慢慢走過草地，突然以極其優美的姿態飛躍上孤樹，身體正好遮住了月亮，然後我看著滿月從牠背後慢慢上升，月亮剪出牠的身影，並且加了金邊，美得使我屏息，〔……〕（徐仁修〈椰子河屠豹記〉）

小臭鼬、白鼻心不時也會出現，小臭鼬行徑時和肥大的老鼠沒兩樣，但牠會人立，躲在石縫中立起來和你對望，若和牠說話，牠還會左搖右擺的回應；〔……〕（朱天衣〈原住「民」〉）

第一次跟著研究人員進來的時候，我不停緊張向來處望，不知怎麼著腎上腺分泌過多心跳加速，未知的想像令人恐懼，我總幻想一隻從動物園逃生的老虎埋伏突襲要我帶牠回家，或是絕種的雲豹會在我

眼前驚鴻一瞥說自己還存在啊，或是難得一見的白鼻心像是畫好妝的白面小丑遠遠的隱在草叢中。（張英珉〈丹錐山下〉）

他急急走來，是為了貪看那隻跳脫的野兔？還是為了迷上畫眉的短歌？（張曉風〈你要做什麼〉）

山上找不到食物的野獸開始下山進犯山莊，白鼻心、石虎向家畜下手，山鼠、兔子、野豬肆虐菜園，瘋狗在各處出沒，家犬被拴起來，小孩子被禁止外出。（徐仁修〈頑童與石虎〉）

生態

【天敵】自然界中某種動物生性捕食或危害另一種動物，前者即為後者的天敵。如貓是老鼠的天敵。

【遞汰】順次淘汰。

【除汰】除去、淘汰。

【自然淘汰】達爾文對自然界的演化所提出的觀點。認為生物在同種或異種的個體之間作激烈的競爭，又因暴露在環境威脅之下，結果能適應環境者生存，反之便遭到淘汰。也作「天然淘汰」。

【物競天擇】物種互相競爭，適者生存，不適者淘汰。

【適者生存】天賦較優異者應比低劣者，擁有更多的生存機會。

【演化】演變、進化。也指生物種群為了因應時空的變化，而在形態與生存形式上與其遠祖迥異的現象。

【生態平衡】在自然環境中，因環境因素的變動，能抑制生物種群不會過度繁殖，也能防止被全然滅絕，使其保持恆定的數目，以達到生態圈的穩定狀態。也有「自然平衡」、「大自然物種平衡」。

【瀕臨絕種】指生物的種類快要斷絕滅亡。

【絕種】指某些物種消亡滅絕。

【滅絕】斷絕；消失。也有「絕滅」。

【滅種】絕種。

看似平靜的荒野，卻隱藏無限殺機，野生生物永無休止的物競天擇，也不朽地造成大自然物種平衡的生機，在死生交替的不絕中，集體向演化的路程邁進。（陳煌〈石牆蝶的意念〉）

每隻雲豹都意味著，其下大片森林區塊的完整和成熟。牠們的滅絕更讓我們驚心，台灣林區的日漸脆弱。（劉克襄〈雲豹還在嗎？〉）

現在的平地人把山上的大樹都砍掉，種植高經濟作物；山豬追逐的森林變成了橘子園；山羌、水鹿跳躍的草地轉型成大人物的高爾夫球場；而一大片的茶園，過去可能是螞蟻、蜜蜂、蜈蚣、猴子玩耍的天堂，但由於土地的濫墾，動物沒有了森林，也就失去了生存的空間；水土的流失導致動物的滅種、池塘裡的泥鰍和蛙鳴聲都消失了；〔……〕（亞榮隆・撒可努〈山與父親〉）

聲音

【狼嗥】狼的吼叫聲。嗥ㄏㄠˊ。

【哮虎】怒吼的老虎。

【虓】ㄒㄧㄠ，老虎的吼叫聲。

【闞】ㄏㄢˇ，老虎的吼叫聲。

【虓闞】老虎怒吼。虓ㄒㄧㄠ，凶悍、勇猛。

【龍吟虎嘯】龍、虎的吼叫聲。也可形容聲音嘹亮。

【狂嗥】瘋狂怒吼。

【哮吼】獸類的吼叫聲。

【嗥叫】獸類的吼叫。

【號叫】大叫；吼叫。

【嘶吼】吼叫。也作聲音淒厲或沙啞地喊叫。

時聽大蟲哮吼，每聞山鳥時鳴。麂鹿成群穿荊棘，往來跳躍；獐豝結黨尋野食，前後奔跑。佇立草坡，一望並無客旅；行來深凹，四邊俱有豺狼。應非佛祖修行處，盡是飛禽走獸場。（明・吳承恩

《西遊記・第三十六回》）（大蟲，老虎的別稱。犯，通「豝」字，指母豬。）

基本上司光屯島是沒有商業活動，也沒有任何夜生活的，每天完美的夕陽在天際線演出完畢之後，就是星光滿天，島上變成野生動物的天堂，魚群追逐的潑水聲、豺狼對著月亮的嗥叫、夏天晚上揮之不去的臭鼬氣味、浣熊翻動垃圾箱覓食的聲音、徹夜不眠的黑鸝鳥站在枝頭上練嗓子，除此之外，幾乎是全然安靜的，更別說上館子吃飯了。（褚士瑩〈波士頓，踏沙行、學休息、做自己〉）

3 家禽、家畜和寵物

體態

【肥大】粗胖壯實。

【尨然】巨大的樣子。尨ㄆㄤˊ，通「龐」字。

【肥盛】肥壯碩大。

【拙重】拙樸、笨重。

【健碩】健壯結實。

【魁梧】高大壯實。

【矯健】強健有力。

【驃壯】剛烈健壯。

【龐碩】形體巨大的樣子。

【胖油油】肥胖而富有光澤的樣子。

【飽欣欣】飽足而得意自在狀。

【肥額大耳】肥胖的額頭，寬大的耳朵。

【渾圓滾胖】體型非常圓胖。

【滾瓜溜圓】多形容牲畜肥大、碩壯。也有「滾瓜流油」。

【氣昂昂】形容精神抖擻、氣度不凡的樣子。

【雄糾糾】雄壯威武的樣子。

【昂首挺胸】仰著頭，挺起胸膛。也可形容精神飽滿、意氣風發的樣子。

【昂胸凸肚】挺著胸膛，突出肚子。也可形容強壯、威武的樣子。

【耷拉】下垂貌。耷ㄉㄚ。

【彎腰垂肚】弓著身軀，下垂著肚子。

【怪醜】怪異、醜陋。

【憔悴】枯槁、瘦病貌。

【傷痕累累】受傷後留下痕跡很多。

【蹣跚】形容行步搖晃跌撞貌。也作跛行貌。

【瘸腿】跛腳。瘸ㄑㄩㄝˊ，腿腳有傷或殘缺，行步不平衡的樣子。

【老態龍鍾】形容年老體衰，動作緩慢的樣子。

在沁涼如水的夏夜中，有牛郎織女的故事，才顯得星光晶亮；在群山萬壑中，有竹籬茅舍，才顯得詩意盎然。在晨曦的原野中，有拙重的老牛，才顯得純樸可愛。（陳之藩〈失根的蘭花〉）

不過最有情趣的還是豔陽天芳草地裡看牧場。時間最好在太陽剛剛西斜的當兒，成百成千的牛羊駝馬，都吃得飽欣欣地，胖油油地，各有各的美麗，各有各的精神。（梁容若〈塞外的春天〉）

這隻本地種母豬實在醜陋不堪，肥額大耳，彎腰垂肚，從側面看過去，就活像一個大凹子。全身烏皮黑毛髒兮兮的，而且滿臉皺紋。（鍾鐵民〈約克夏的黃昏〉）

「王八蛋」是校工老張養的一隻灰黃有黑斑的土狗，全身傷痕累累，毛都爛脫光了，全校都知道牠叫「王八蛋」，總是看見牠被老張踢來踢去，然後有些頑皮的學生也常學著去踢牠，弄得「王八蛋」成天神經兮兮，滿校東逃西竄，時時哀鳴。（丁亞民〈冬祭〉）

小鴨也誠然是可愛，遍身松花黃，放在地上，便蹣跚的走，互相招呼，總是在一處。（魯迅〈鴨的喜劇〉）

皮毛與味道

【光滑】光澤滑潤。

【油潤】光亮潤澤。

【閃亮】毛色閃閃發亮。

【發亮】毛色光亮。

【豐茂】毛髮濃密。

【豐滿】形容毛羽多而密。

【毛茸茸】形容毛羽柔軟濃密的樣子。

【柔細光澤】形容毛色柔軟纖細，光亮潤澤。

【光潔厚實】光滑潔淨，厚而結實。

【冒著油星】形容動物身上的毛非常光亮，好像透出小點滴的油般。

【蓬鬆】可形容毛羽鬆散、不密實。

【撲朔】形容雄兔腳毛蓬鬆。也有模糊不清的意思。

【戟張】可形容毛羽張開如戟。另可形容樹的分枝如戟般向四周生長。

【烏皮黑毛】形容動物的皮毛烏黑或不潔貌。

【稀稀拉拉】稀少疏落。

【褪毛】脫毛。動物因季節轉換而脫去原有的毛。褪ㄊㄨㄣˋ，脫下。

【褪落】脫落。

【爛脫光了】因皮膚腐爛而使身上的毛都脫掉了。

【理毛】整理皮毛。

【梳理】梳爬、整理。

【整飭】整治使有條理。

【撫理】撫摸、整理。

【騷味】腥臊味。也作「臊味」。

【騷臭】腥臭。

【尿騷味】尿的腥臭味。

【臭烘烘】形容很臭。

【腐臭】腐爛並帶臭味。

【腥味兒】指帶有葷腥的氣味。

【腥糟糟】形容帶有血腥的腐臭味。

當你盡情策馬在這千里草原上馳騁的時候，處處都可以看見千百成群肥壯的羊群、馬群和牛群。它們吃了含有乳汁的酥油草，毛色格外發亮，好像每一根毛尖都冒著油星。（碧野〈天山景物記〉）

可是，我們從籠子邊過來過去了好幾天，才慢慢注意到裡面似乎有個活物，甚至不知是不是什麼死掉的東西。它一動不動蜷在鐵籠子最裡面，定睛仔細一看，這不是我們的兔子是什麼！它原本渾身光潔厚實的皮毛已經給蹭得稀稀拉拉的，身上又潮又髒，眉目不清。（李娟〈離春天只有二十公分的雪兔〉）

回家以後，我看見毛咪熟睡似地蜷縮在紙箱底，神情一如往常：靜謐、馴良，唯獨毛絮蒙上一層毛玻璃似的暗影，怎麼也難以想像牠原本蓬鬆的樣子。（張耀仁〈最美的，最美的〉）

他默默地跟著母親走。雞鴨的腥味兒好濃，接著是牛騷味。它們都是臭的，可是在志驤的嗅覺裡，卻也帶著一種親切味。（鍾肇政《插天山之歌》）

可是一道牆隔開了他們的疼愛，他們完全不知道我現在是那這麼慘、害怕、和舔不完的腥糟糟的液體……（朱西甯〈夕顏再見〉）

氣質

【嫩】可形容經驗少，不老練。

【幼稚】缺乏經驗或思想不成熟。也可形容年紀少。

【荒幼】年幼無知。

【老成】老練穩重。

【老練】經驗豐富。

【友善】友好、親密。

【忠實】忠誠、老實。

【乖順】性情乖巧、和順。

【溫和】溫順、平和。

【溫馴】溫和、馴順。

【馴良】溫順、善良。

【馴善】馴順、善良。

【搖尾】搖擺尾巴。含有示好之意。也作「擺尾」、「搖尾巴」。

【伶俐】聰明；機靈。

【敏感】感覺敏銳。對外界事物反應很快。

【解人】善解人意。

【跩】得意忘形的樣子。也可形容走路搖搖擺擺的樣子。

【頑皮】調皮；愛玩鬧。

【黏膩】依戀、親近。

【撒頑】放肆；恣意玩樂。

【撒嬌】恃寵而故意作出嬌態。

【撒歡】因歡樂而表現出興奮或跑跳的動作。也作「撒歡兒」、「撒了歡兒」。

【戲耍】玩耍。

【歡快】歡樂、痛快。

【莽撞】輕率魯莽。

【囂張】放肆傲慢。

【目中無人】形容狂妄自大的樣子。

【神氣活現】形容得意傲慢的樣子。

【器宇軒昂】形容神采奕奕、氣概不凡的樣子。

【懶散】懶惰散慢的樣子。

【懶洋洋】慵懶貌。精神不振貌。

【無精打采】形容精神不振的樣子。也作「沒精打采」。

【駻】形容馬凶悍、不溫馴。

【挑釁】蓄意引起爭鬥。釁ㄒㄧㄣˋ。

【啀喍】ㄧㄞˊ ㄔㄞˊ，犬鬥貌。

【跋扈】勇武強壯貌。也可形容態度傲慢、專橫。

【搐緊】筋肉抽動緊縮。形容盛怒貌。搐ㄔㄨˋ。

【慓悍】輕捷勇猛。也作「剽悍」、「驃悍」。慓ㄆㄧㄠˋ。

【憤怒】氣憤、發怒。

【其勢洶洶】氣勢強盛猛烈。也作樣子凶猛。

【齜牙咧嘴】露牙張嘴貌。形容凶惡難看或痛苦難受的樣子。齜ㄗ。

【尾巴旗桿似筆直豎起】此形容貓生氣或作防禦時高豎尾巴的樣子。

【疏離】對周遭的人、事物不親近或不關心。

【漠然】冷淡、不關心。

【怯場】在某些場合，顯得緊張、害怕。

【畏縮】因畏怯而退縮。

【膽怯】膽小、怯懦。

【伸頭縮頸】形容膽小窺探狀。

【神經兮兮】容易緊張、不安或情緒激動。

【趦趄不前】形容猶豫畏縮，不敢前進。也有猶豫觀望，小心翼翼之意。趦ㄗ，通「赼」字。趄ㄐㄩ。

【駑駘】資質低劣的馬。也作「駑馬」。駘ㄊㄞˊ。

【喪家狗】本指喪家所養的狗，因主人悲傷過度，無心照料而不得意。後多轉指無家可歸的狗。另可比喻不得志、失去依靠或驚慌失措的人。也作「喪家之犬」、「喪家之狗」。

【流浪狗】指無人飼養或遭到主人棄養因而到處流浪的狗。

【夾著尾巴】指狼、狗等動物受到驚嚇後，夾尾逃走的樣子。也可引申為做了壞事的人被發現或受到指責後，準備趕緊逃離的狼狽模樣。

你們像辦一樁家庭成員的喜事一樣期待著，每日目睹牠身形變化，見牠懶洋洋牆頭曬太陽，牠有點不幼稚了，瞇覷眼不回應你與牠過往的戲耍小把戲，牠腹中藏著小貓和祕密都不告訴你，那是你唯一有悵惘之感的時候。（朱天心〈我的街貓朋友〉）

小馬跟著母馬認真而緊張地跑，不再頑皮、撒歡，一下子變得老練了許多；牧人在不可收拾的潮水中被攔裹，他大喊大叫，卻毫無聲響，他的喊聲像一塊小石片扔進奔騰喧囂的大河。（周濤〈鞏乃斯的

馬〉）

當晚，這可憐的老人死去了，翌晨入殮的時候，小狗萊西也覺出異樣了，牠那馴良、溫和的眼睛，冒出不可遏制的憤怒，當大家預備把死者遺體抬進棺材裡去時，萊西其勢洶洶的發出一聲哀號。直向那著了黑服，遍洒鮮花的尸身撲去，彷彿懷疑人們要謀害牠的主人。（張秀亞〈畸零人〉）

讓一隻貓溺在愛裡然後牠會安靜在你腳跟腿上懷裡枕邊酣睡或在窗前在書桌角字畫下躺椅上安靜陪你。溺愛牠因為牠敏感膽怯因而疏離。溺愛牠讓牠在溺愛裡全心信任。（陳育虹〈魅〉）

倏地，一群漂亮的狗兒你追我逐地奔了來，撒了歡兒地在地上跑著、跳著、撲咬著，盡情地嬉戲，卻沒見有一隻掉下崖去。（韓小蕙〈小村即景〉）

——至於那隻黑的，雖也急忙忙跑到水邊，卻忽然趦趄不前，歪著頭深思起來，隔著五百公尺，我恍惚能看到他莊嚴的表情。對花狗近乎莽撞的行為，他作出一副「我方尚在審慎觀察中」的嘴臉，等花狗把拖鞋撿了回來，他也不置一詞。（張曉風〈偶成〉）

在她熟睡時，一隻剛下過蛋的母雞咯咯地走到她身邊，在周遭繞了一遍又一遍，仔細地觀察奇怪的主人。另一邊，幾隻豐滿跋扈的大公雞則大搖大擺地擠進紗門，走進她的屋子，啄破了米袋，偷吃她的米。（陳淑瑤〈流離〉）

貓最好看的情形，是春天下午它從地毯上午寐醒來，回頭還想伸出懶腰，出去遊玩，猛然看見五步之內，站著一隻傲梗不參的野狗，它不禁大怒，把它二十個利爪一起盡性放開，擂緊在地毯上，尾巴旗杆似筆直豎起，滿身的貓毛也滿溢著它的義憤。（徐志摩〈雨後虹〉）

我高興地伸手去抱牠，可以回家了，以後想吃什麼都可以，不再放你孤單的生病了……然而，牠張大雙眼，齜牙咧嘴，已經斷氣了。（陳雪〈貓死了以後〉）

近年來，收容所裡捕捉的貓狗中，純種比例愈來愈高，其中的主要原因，就是城市民眾飼養混種狗的比例下降，但購買純種狗比例增加，純種狗遭棄養的比例也因此愈來愈高，加上從繁殖場一批批因為「退流行」滯銷而被棄養的犬隻，成為台灣流浪狗的主要來源。（褚士瑩〈用錢買來的一努——寵物繁殖場的真相〉）

四叔把蛤蟆逮回家來之後和二嬸吵了一架，二嬸氣得罵四叔：「書念到狗肚子裡去了。」老黃狗當時正夾著尾巴在灶底下，拿舌頭舐鼻子，斜稜著眼看二嬸，活像不甘心讓人比四叔的樣子。（張大春〈蛤蟆王〉）

覓食

【舐】ㄕˋ，用舌頭舔東西。

【咀嚼】用牙齒咬碎與磨細食物。

【打野食】到外面尋找食物。也作「野食」、「野食兒」。

【舔】用舌頭接觸東西。

【撲咬】衝向前去，用牙齒夾住或切斷東西。

【反芻】牛、羊、鹿、駱駝等動物，把食物粗嚼後吞下去入胃，又將食物返回嘴裡細嚼，然後再行嚥下。又稱「倒嚼」。

【磨】將物研細。也作摩擦而使物品光滑或銳利。

【吞嚥】吞食。

我站在駱駝的面前，看牠們吃草料咀嚼的樣子：那樣醜的臉，那樣長的牙，那樣安靜的態度，牠們咀嚼的時候，上牙和下牙交錯的磨來磨去，大鼻孔裡冒著熱氣，白沫子沾滿在鬍鬚上。我看得呆了，自己的牙齒也動起來。（林海音〈冬陽　童年　駱駝隊〉）

卞儉呆了半晌道：「剛才我想家中這兩隻雞鴨，每日雖在莊田吃些野食，無須喂養，但能生多少蛋？不如把他拿去，倒可賣幾文錢，換些米來，豈不是好？」（清・李汝珍《鏡花緣・第六十四回》）

（喂，此通「餵」字。）

動作

【嗅】用鼻子聞氣味。

【聞】用鼻子嗅。

【扒】挖掘；挖開。

【蹭】ㄘㄥˋ，磨；擦。

【爬搔】用指甲輕抓。

【搔癢】用指甲抓癢處。

【趴】身體向下臥倒。

【蜷】縮伏；身體彎曲。

【伏臥】趴伏。

【趴躺】伏躺在地上。

【瑟縮】收縮；蜷縮。

【蜷臥】彎曲身體臥著。

【蜷縮】蜷曲、緊縮。

【窩聚】形容動物蜷伏著靠在一起。

【窩盤】緊密地陪伴。也有撫慰之意。

【跌趴】跌倒而身體伏在地上。

【挨挨擠擠】很擁擠的樣子。

【仰臥】身體朝上躺著。

【骨碌】不斷滾轉的樣子。也作「骨碌碌」、「骨裡骨碌」。

【一骨碌】翻身一滾。形容動作迅速靈活。

【竄動】擁擠在一起移動。

【鑽動】相聚而動。

【馱】背載。多指牲畜背上載負東西。

【背負】以背馱物。

【負重】背負重物。

【負載】背負。

【蹬】踩；踏。

【踅】ㄒㄩㄝˊ，折轉。

【撅】ㄐㄩㄝ，翹起。

【彳亍】ㄔˋ ㄔㄨˋ，慢步行走；走走停停貌。

【信步】漫步；隨意行走。

【搖擺】搖動。走動。

【昂然獨步】以高傲的姿態獨自走著。

【棲遑】匆忙奔走，無暇安居的樣子。也作「棲棲遑遑」。

【顛躓】跌跌撞撞地行進、奔跑。也可作困頓、挫折。

【汗流氣喘】汗水直流、呼吸急促。此形容走得很辛勞的樣子。

【壯竄】強壯善跑。

【奔馳】快速地奔跑。

【奔騰】馬匹飛奔、急馳的樣子。也可形容波濤洶湧的樣子。

【駸駸】馬跑得很快的樣子。也可比喻時間過得很快。

我們喝著酒，咪咪那隻大黑貓又撅著牠的肥尾搖擺了過來。牠也嗅嗅朱娣，在朱娣的腿上蹭了兩蹭，又轉到我這邊來。（馬森《夜遊》）

我想我的貓必然是愛我的吧。否則牠不會總像一張毛毯般蹭在我懷裡，在我身上留下鬍鬚般斷斷續續的小線頭。當我不在家時，牠把指甲磨得又尖又細十分刺人，等我回到家來，又像登上龍椅般蹬在我膝上，盤旋個老半天只為了調整出一個讓牠滿意地好好蜷臥的姿勢，像鑽帳篷般踅進我衣服裡，追蹤著裡面的舊空氣。（林文珮〈去年在馬倫巴〉）

不時有人從門裡挑出一副很大的扁圓的竹籠，籠口絡著繩網，裡面是松花黃色的，毛茸茸，挨挨擠擠，啾啾亂叫的小雞小鴨。（汪曾祺〈大淖記事〉）

四隻小狗不時被飄進來的雨絲打醒。最後，棕色和黑色小狗受不了，骨碌起來，試著走出去找食物。（劉克襄〈四隻小狗〉）

整天走著，望不見一所煙火人家，但有時，卻可以聽見鈴聲遠遠地搖曳過來，等到峰折路轉的時候，馱著洋線子洋油之類的馬隊，便汗流氣喘地一匹匹現出，又帶著鈴聲響到遠山去。這時就會使獨個兒走著的旅人，感到空山的寂寞和旅途的蒼涼了。（艾蕪〈克欽山道中〉）

除了看牛隻外表外，試牛的耐力更是重要。一輛四輪被拴死的牛車上坐著一群買主。牛則是低著頭，

眼神悲涼，後腿微弓，使了力氣，彳亍舉步。（鍾文音〈漫漫洪荒〉）

在巷子裡，看到棲棲遑遑的喪家之犬，恨不能牽回家來養。讀到旁人文章寫愛犬的伶俐解人，就油然興羨。寫失犬的悲傷，就泫然淚下。（琦君〈失落的愛寵〉）

我看見牠們的時候，又正是駱駝褪毛的季節，一塊一塊將褪落的毛，掛在身上，遠看像落魄的窮漢，穿著破衣在路上顛躓著；牠們很憔悴，又怪又醜，給我極深刻的記憶。（司馬中原〈走進春天的懷裡〉）

聲音

【咿咿】形容蟲鳴、雞叫聲。

【咯咯】ㄍㄜ，形容母雞的叫聲。

【喔喔】形容雞叫聲。

【呷呷】多用來形容鴨的叫聲。

【軋軋】ㄍㄚˊ，此形容鵝、鴨的叫聲。也可形容機器發動時所發出的聲音。

【吠】狗叫。

【听听】一ㄣˇ，狗吠聲。

【汪汪】狗吠聲。

【狂吠】狗亂叫。

【狺狺】一ㄣˊ，狗叫的聲音。

【喵】形容貓的叫聲。

【喵嗚】形容貓的叫聲。

【咩】ㄇ一ㄝ，形容羊的叫聲。通「芈」字。

【哞】形容牛叫聲。

【唔唔】此形容母豬的低吟聲。也可形容吟詠聲。

【噢噢】ㄩˇ，此狀豬的吼叫聲。

【呼嚕呼嚕】此形容豬吃東西時所發出的聲音。也可作鼾聲。

【呦呦】一ㄡ，鹿的叫聲。也指小動物的叫聲。

【馬嘶】馬的叫聲。

【達達】形容馬蹄聲，亦作「噠噠」。

【踢躂】形容人或動物的腳步聲。

【蕭蕭】形容馬的叫聲。也可形容風聲、落葉聲。

【擂鼓似的】形容群馬奔騰而過所發出的聲音，有如作戰時用來壯大聲勢的擊鼓聲。

【哀鳴】悲哀或淒厲的鳴叫。

【哀號】悲啼。

【哀嚎】悲哀地嚎叫。

【咿嗚】形容悲淒的叫聲。也作「嗚咿」。

【嗚嗚】形容低沉的聲音。也可形容人的歌詠聲。

【淒厲】形容聲音淒慘而尖銳刺耳。

【悲鳴】哀叫。

【嗷嗷】形容哀號聲。

【厲聲】淒厲的聲音。也有語氣嚴厲的意思。

【哀哀低鳴】形容聲音悲哀、低沉。

【齆聲齆氣】形容鼻子堵塞時所發出的聲音。此形容動物被宰殺時所發出的哀號聲。齆ㄨㄥˋ，鼻子阻塞而發音不清。

【嘹亮】聲音清澈、響亮。

【響鼻】騾、馬等動物鼻子裡發出很響的聲音。

【金聲玉振】形容聲音嘹亮。也可用來比喻才德兼備，學識淵博。

【高唱入雲】形容聲音嘹亮，直入雲霄。

【悠然遼遠】形容聲音傳遞得很遠。

【震天價響】形容聲音響亮洪大。

【響遏行雲】形容聲音響亮高昂。遏ㄜˋ。

【像雷鳴似的】像震耳的雷聲一樣。

【咆哮】牲畜、獸類的怒吼。

【嘶叫】叫喊；吼叫。

【嚎嗥】大聲吼叫。

【嚎鳴】大聲吼叫。

古人有言：「以鳥鳴春。」現在已過了春分，正是鳥聲的時節了，但我覺得不大能夠聽到，雖然京城的西北隅已經近於鄉村。這所謂鳥當然是指那飛鳴自在的東西，不必說雞鳴咿咿鴨鳴呷呷的家奴，便是熟番似的鴿子之類也算不得數，因為他們都是忘記了四時八節的了。（周作人〈鳥聲〉）（熟番，清代特指臺灣已接受漢人教化的原住民。此指被人類馴養的動物。）

比方今天上午，臨窗讀書，公雞帶了母雞來到窗下喔喔地啼，只隔著一扇窗，啼聲金聲玉振，響遏行雲。或如下午，牠帶了母雞在空田中啼，啼聲悠然遼遠，不由闔書諦聽，心為之傾，神為之引。（陳冠學〈九月十八日〉）

鵝的叫聲，與鴨的叫聲大體相似，都是「軋軋」然的。但音調上大不相同。鴨的「軋軋」，其音調瑣

碎而愉快，有小心翼翼的意味。鵝的「軋軋」，其音調嚴肅鄭重，有似厲聲叱吒。（豐子愷〈沙坪小屋的鵝〉）

漁夫一出現，營區狼犬即嗚嗚咆哮，卻甚少揚聲高吠。漁民們悶聲而行，幾乎不攀談，默默架好木椿，扛船下海。（吳鈞堯〈池塘〉）

家，就在數十步之遙的前方。我急步直衝，惹得鄰家豢養的狗爭相狂吠。有的戒備在各自的屋子前對我怒目而視，齜露白得令人目眩的牙齒，狺狺有聲。（黎紫書〈蛆魘〉）

我的手快握不住車把。天光又灰下了一層。太陽要落山。太陽要歸去。狗在狂吠。嘷嘷得這般異樣地長。我身體不停地抖。我的牙齒不停地格格交戰。（王禎和〈月蝕〉）

上次我帶他到鄉間度假，五十分鐘車程，一路上他哀哀低嗚，「喵嗚，喵嗚……」句句摧人心腸。（馮平〈給吉米的信〉）

在荒漠的大地上，成群的馬兒奔馳，成堆的羊兒咩咩，牧羊狗追逐，一道塵埃揚起，看著遠處飛鷹翔翼，昂首低頭注視著前方，人影在風中屹立，蒙古風情於焉而在。（黃光男〈草原蒙古〉）

田間小徑上疏落的走著荷鋤歸來的農夫，隱約聽到母牛哞哞的在喚著小犢同歸。（楊振聲〈書房的窗子〉）

頭家打量著，提起母豬耳朵，再拉上尾巴，母豬正是暈陶陶的時節，除了低吟的唔唔輕吟外，連一動也不動。（鍾鐵民〈約克夏的黃昏〉）

它是公的，原本該劁掉。不過你去試試看，哪怕你把劁豬刀藏在身後，它也能嗅出來，朝你瞪大眼睛，噢噢地吼起來。（王小波〈一隻特立獨行的豬〉）（劁ㄑㄧㄠˊ，割去牲畜的生殖器。）

朝晨的陽光照著牆壁幾乎透明，可以看見外面的林子，側過頭一看，母親已經不在，凝神聽聽，好像在廚房裡準備早餐。豬們呼嚕呼嚕吃東西的聲音也傳來了。（張文環〈夜猿〉）

才四更時分，曙色尚朦朧，官士們已經開始上早朝，馬蹄噠噠響過京城。不久，敲著木魚，念著梵經的和尚，也上街「報曉」。（李碧華〈懶魚饞燈〉）

風，突然沒有了聲音，我漸漸的什麼也看不見，只聽見屠宰房裡駱駝嘶叫的悲鳴越來越響，越來越高，整個的天空，漸漸充滿了駱駝們哭泣著的巨大的回聲，像雷鳴似的向我罩下來。（三毛〈哭泣的駱駝〉）

那個鼉聲鼉氣卻又肉質豐富的動物嚎嗚仍斷續響起。我轉過頭試圖安慰孩子：「也許是那些侏儒河馬肚子餓了。」但我卻聽到一個尖刻、深諳世事、表情豐富的聲音回答：「得了吧，笨蛋都聽得出來他們正在那兒宰殺動物。」（駱以軍〈長頸鹿〉）

4 昆蟲

外觀

【眨亮】閃動、光眼。

【清炯】清明、光亮。

【透明】透亮。

【斑斕】色彩錯雜鮮麗。

【耀目】光彩耀眼。

【彩色繽紛】顏色鮮艷絢麗。

【清豔閃動】清秀豔麗，閃爍不定。

【陽光都幾為之黯淡】此形容極為光亮。

【舒緩】緩慢。此形容螢飛行的姿態柔美。

【嫻靜】文雅沉靜。

【弱質蕙心】體質柔弱，氣質美好。

【肥糯】此形容蛆蟲身形肥胖而具有黏性的樣子。糯ㄋㄨㄛˋ，黏性的。

【腦滿腸肥】本是形容空有壯盛的外表而無實學。此用來形容螞蟥吸飽血之後的腫脹樣子。

【粗壯結實】體形肥大。

【口器】節肢動物口的周圍，具有捕捉和咀嚼食物的器官。如蜜蜂、蝴蝶、蒼蠅、蝗蟲、蚜蟲等。

【複眼】昆蟲和甲蟲類的主要視覺器官，由許多的小眼結合而成。如蜜蜂、蝴蝶、蜻蜓、蒼蠅、螞蟻等。

流螢的事，潮汛泛起，從四月一直清豔閃動到五月，極盛之期冷麗繁華，不勝金碧輝煌之至。晶碧的光閃呀閃呀，灼灼其華到處奔跑。打小徑上走過，流螢照了顏色，清炯螢光掀上頰面，在墨黝黝的草澤裡照見了自己閃動的臉，景況真是吃驚。（凌拂〈流螢汛起〉）

當珠光鳳蝶從蘭嶼藍得驚人的天空振翅而過時，我和M都以為那是一隻鳥，但恐怕沒有鳥的尾羽，有那麼耀目的、陽光都幾為之黯淡的金黃。（吳明益〈十塊鳳蝶〉）

每個人都喜歡螢火蟲，牠嫻靜、舒緩，點綴著夏夜的童心與浪漫。以前螢多，入夜輒見此起彼落，與螢共玩，曾是美好回憶的一部分。老人們都說螢是腐草所化，以露水為食，因而牠弱質蕙心，想著這些說法，都覺得對螢應該格外的體貼善待。（南方朔〈今夜看螢去〉）

夏天時尿臊便臭盈鼻，蹲個廁所發一身大汗；糞坑裡有蛆蠕動，有時就爬上地面，直爬過長長甬道，爬進稻埕，肥糯身軀讓洋灰地燙得直翻滾，剛離窩的雞雛閑步經過，一啄，就進了牠的肚子裡。（王盛弘〈廁所的故事（二〇一〇）〉）

這下下天我脫鞋準備睡覺時，發現我的腳沾滿了鮮血，逮到了三條早已吸血吸得「腦滿腸肥」的螞蟥。（徐仁修〈未知的叢林〉）（螞蟥，水蛭的別名，也作「螞蝗」。）

捕食

【叮】蚊、蟻或蜜蜂等昆蟲用針形口器吸食。

【嘬】讀音ㄔㄨㄞˋ，語音ㄗㄨㄛ，叮；咬。

【螫】ㄓㄜ，有毒腺的蟲、蛇等刺人或動物。

【如針】此形容被蚊子螫的感覺像是被針刺一樣。

【吸血】吸吮血液。

【吸吮】用口吸取。吮ㄕㄨㄣˇ。

【張合】張開和閉合。

【猖獗】凶惡、放肆。

【撲刺】此指遭蚊子撲過來叮咬。

【蠶食】蠶吃桑葉。也可比喻逐漸侵占。

【以守為攻】以防禦作為攻擊敵人的手段。

【以逸待勞】採取守勢，養精蓄銳，等待敵人疲勞時再出擊。

【蜂擁而上】比喻如蜂般擁擠向前。此形容蚊子的數量眾多。

【活絡而旺盛】動作靈活且繁殖力強盛。此形容山林中蚊蟲繁多。

【充滿血腥暴力】此形容蚊子嗜吸人的血液。

【釀蜜】蜜蜂採集花蕊汁液釀製成蜜。

【博採】廣泛地收集。

【提煉】用物理或化學的方式，從物質中提取所需要的成分。

站在那兒紋風不動地像菩薩，蒼蠅叮，蚊子咬，要像沒事兒一樣；甚至蜈蚣、蝎子螫你一下也不能動。（張拓蕪〈門神〉）（蝎，通「蠍」字。）

如針的蚊子撲刺上他的臉頰，牠們遊盪在黃昏的大地上，衝著他的車燈結集，好多次，他關上車燈，蚊蚋卻叢聚到他的頭頂，在他的頭頂飛舞成個大漩渦。（姜天陸〈夜祭〉）

平常，看到這麼多螞蝗，在自己的小腿吸吮，還有蚊子不斷飛繞臉頰邊，總會埋怨這條山徑的潮溼、多蟲，乃至感嘆山路的崎嶇不平。現在看到牠們活絡而旺盛地出現，且貪婪地攻擊我和隊友，反而有些心平氣和了。好像唯有這樣才能證明，雪山隧道暫時還未對上面的森林造成嚴重影響。（劉克襄〈雪山隧道上的小村〉）

在別處蚊子早已肅清的時候，在「雅舍」則格外猖獗，來客偶不留心，則兩腿傷處累累隆起如玉蜀黍，但是我仍安之。冬天一到，蚊子自然絕跡，明年夏天——誰知道我還是住在「雅舍」！（梁實秋〈雅舍〉）

小型蜘蛛一定明白，在溼冷的灌木叢小世界中，要捕掠獵物比他種環境容易多了，而且只要以守為攻，即能以逸待勞獲得一日所需了，〔……〕（陳煌〈期盼番鵲〉）

天空暗了下來，所有的蚊子全都解放，充滿血腥暴力向我們這群外地人蜂擁而上，讓我們無處可躲，直到車窗緊密冷氣開放才漸漸緩和。（江秀真〈赤道上的雪山〉）

在思想史上、藝術史上，許許多多人都歌頌過蜜蜂。這不僅僅因為蜜蜂能夠釀蜜，而且也由於蜜蜂釀蜜的方法，給予人們重要的啟示。牠能夠博採，又能夠提煉，終於，黃澄澄、香噴噴的蜜糖給釀造出來了。牠的釀蜜可以說是一種卓越的創造。（秦牧〈蜜蜂的讚美〉）

行為

【汛】 ㄒㄩㄣˋ，每年一定時期內，螢火蟲成群地出現。

【躦】 ㄗㄨㄢ，通「鑽」字。穿行；穿進。

【蠕動】 緩慢移動的樣子。

【蠕蠕】 蟲類爬動的樣子。

【蠢動】 蟲類蠕蠕而動的樣子。

【橫行而過】 此指螞蟻橫向排列的爬過去。橫行，肆行無忌。

【蠢蠢欲動】 蟲類要爬行的動作。也可比喻意圖擾動作亂。

【聚集】 集合；湊在一起。

【麇集】 群集；群聚。麇ㄑㄩㄣˊ，成群。

【羽化】 昆蟲由蛹變為成蟲。另有得道成仙之意。

【脫殼】 蟲類蛻皮。

【蛻化】 蟲類脫皮。也有演變、變化之意。

【蛻變】 蟲類在生理期間形態的轉變。也可比喻事物發生形質的改變、轉化。
【倒懸】上下倒置地懸掛著。
【懸吊】懸掛。
【張網】蜘蛛拉網。
【結網】織網。

【狀若燈籠】此形容蜘蛛在樹上所織的網形似燈籠。
【立體狀的大迷宮】此形容蜘蛛網交織複雜而立體，有如一座大型迷宮般。
【求偶】尋求配偶。

【調情】挑逗。
【發情】動物情慾亢奮，適於交配的表現。
【交配】雌雄動、植物交合或進行人工受精。
【交尾】鳥獸、昆蟲等動物交配。

【交群】交配。
【生息】生殖；繁殖。
【滋生】繁殖；生長。也作「孳生」。
【繁衍】繁殖；衍生。
【繁殖】指生物的滋生、增殖。

等他安頓下來，他才覺出這幽谷之靜。草裡小蟲蹪著爬走的聲音及三、四里外，谷口小溪的流水都可以聽得見。（鹿橋〈幽谷〉）

金蒼蠅即青蠅，小兒謎中所謂「頭戴紅纓帽，身穿紫羅袍」者是也。我們把他捉來，摘一片月季花的葉，用月季的刺釘在背上，便見綠葉在桌上蠕蠕而動，（……）（周作人〈蒼蠅〉）

銀蟻們總不能在洞裡坐以待斃吧！為了逃避蜥蜴的「虎」口，銀蟻就發展出一套在逆境中求生的策略。只見牠們選擇在日正當中的時刻才冒熱出擊。那時候，但見一隻隻蜥蜴都已被烤得全身動彈不得，只能眼睜睜的看那銀螞蟻在面前橫行而過。（曾志朗〈螞蟻雄兵〉）

老貓終於再不伸出腳爪去搔癢，任蒼蠅圍繞著牠營營嗡嗡，天色轉黯，蒼蠅斂跡，芝麻大小的蚊蚋麇集。怕是要爛在我的眼前了這貓。（王盛弘〈盛夏的果實〉）

女主人在被樹蔭遮蔽的平坦石頭上，找到一隻剛羽化的蜻蛉，蜷著細皺的翅膀。她說再過幾個小時，翅膀會變得大而透明，蜻蛉就能開始飛翔。（楊婕〈時間情書〉）

在北部冬季已降到十度低溫的時候，森林裡的某些溪谷，仍然維持著二十度的春天。季節在這裡停止運轉，紫蝶在這裡安靜懸吊。（吳明益〈複眼人〉）

蜘蛛則在杉樹到處張網，結成立體狀的大迷宮，有的狀若燈籠，牢固地足以捕捉大牠們百倍的鵪鶉。（劉克襄〈苳濃溪畔的六龜〉）

雙雙對對的蜻蜓和豆娘，在枯枝上、在溼答答的葉片上調情、交尾，滿天飛濺的水花根本澆不熄旺盛的熱情。（霍斯陸曼．伐伐〈戀戀舊排灣〉）（豆娘，昆蟲的一種，形似蜻蜓，又稱「豆娘子」。）

妳看過螳螂吧？因為螳螂的頭會轉三百六十度，常常還在交尾的時候，母螳螂就慢、慢轉過頭來，一口一口，卡滋卡滋的把公螳螂吃掉，而公螳螂的下半身還在繼續交配……（苦苓〈蜘蛛、偶像、毛毛蟲〉）

冬眠和死亡

【蟄伏】 動物冬眠。

【閉蟄】 蟲類藏伏冬眠。

【出蟄】 動物結束冬眠，出來活動。

【啟蟄】 蟲類冬日蟄伏，至春復出。

【落難】 陷於困境；遭遇災禍。

【僵死】 僵硬的屍體。或作倒斃而死。

【僵斃】 倒下死亡。

【暴屍】 暴露屍骸。

瓜棚下僵斃許多昆蟲／硬殼的金龜子仰躺著／黑天牛也落難了（陳義芝〈溪底村〉）

一次颱風過後，我跟大哥推三輪車到「石頭粒仔」，姪兒漢忠尾隨，才走進小路，發現泥地上佈滿數不清的一截截白色樹枝，細看，才知那是毛毛蟲僵死，發霉，看似白色樹枝。（吳鈞堯〈尚饗〉）

聲音

【卜卜】低沉而連續發出的聲音。也作啄木的聲音。

【哼哼】形容微細的聲音或低語聲。

【唧唧】蟲鳴聲。

【唧嗾】形容蟲低鳴或蟲嚙物聲。嗾ㄙㄡˇ。

【卿卿】蟲鳴聲。也作對妻人或朋友親昵的稱呼。

【嚶嚶】一ㄠ，形容蟲鳴聲。

【嗡嗡】昆蟲飛動的聲音。

【營營】往來飛動的聲音。

【嚓嚓】物體和物體相擦而過時所發出的聲響。此指蜻蜓飛時翅膀摩擦所發出的聲音。

【薨薨】形容蟲飛的聲音。

【蚊雷】形容蚊群飛時所發出的巨大聲音。

【知了】蟬的鳴聲。也可指蟬。

【蟬嘶】蟬鳴。

【紡紗似的綞引他們不盡的長吟】此形容蟬鳴聲就好像紡紗時所發出的聲音。綞引，牽引。綞ㄉㄨㄛˇ。

其實蚯蚓並沒有鳴器，自然不會歌唱，但有一種土棲昆蟲，特別是螻蛄，常常竄進蚯蚓穴中，引頸高歌；蟋蟀在天熱的時候，鳴聲是「卜——卜——卜」的，悠揚而和諧，天涼就流露出斷斷續續的無限悲涼；（……）（阿圖〈含笑看我〉）

也等來了蚊子，哼哼哼地，像老和尚念經，或者老秀才讀古文。（茅盾〈雷雨前〉）

那淙淙飛瀑，颯颯松風，關關鳥語，唧唧蟲鳴，那水中五光十色、迷離撲朔、絢麗多姿的碧波，山上宛如嬌羞不語、情竇初開的少女的笑靨的杜鵑花萼，那隱現在水霧氤氳的瀑面上，酷似七彩神龍夭矯天半的虹彩，（……）（王充閭〈清風白水〉）

臥鋪裡來了兩隻蒼蠅，很快變成一群，飛來飛去，嗡嗡作響。（黃寶蓮〈邪惡的天堂〉）

家鄉的蜻蜓有三種。一種極大，頭胸濃綠色，腹部有黑色的環紋，尾部兩側有革質的小圓片，叫做「綠豆鋼」。這傢伙厲害得很，飛時巨大的翅膀磨得嚓嚓地響。或捉之置室內，它會對著窗玻璃猛

撞。（汪曾祺〈夏天的昆蟲〉）

剝了非常酸的，並非「南豐」的小橘子吃著，一面不停地驅趕一直向臉上撲來的蚊群。一點都不誇張，這裡正是蚊雷成陣。也真怪，已經是晚秋了，玄武湖還有這樣多的蚊子。（黃裳〈重過雞鳴寺〉）

煙水漫漫，柳影幽幽，如置幻鄉。風乍起，柳浪傳波，一聲聲此起彼伏的「知了——知了——」一聲，經霓裳羽衣舞袖般的輕柔柳條抖落水面，又為多情的蜻蜓拾起，點在波間，頃刻之間盪漾了一湖幽夢般的水上音樂。（莊因〈夢、蟬、故鄉〉）

六〇年代的夏日在蟬嘶中升溫／貧窮的女人為飢餓的政府賺外匯去了／發育中的孩子穿著美援麵粉袋縫製的內褲／湧進教堂領麵包（焦桐〈路過七賢三路〉）

嫵媚的馬櫻，只是幽幽的微囅著，蠅蟲也斂翅不飛。祇有遠近樹裡的秋蟬在紡紗似的縺引他們不盡的長吟。（徐志摩〈北戴河海濱的幻想〉）（囅ㄔㄢˇ，笑貌。）

5 水生動物

外觀

【壯麗】 此形容魚群陣容壯盛而美麗。

【照眼】 光彩耀眼。

【鮮麗】 色彩鮮明亮麗。

【鱗光】 鱗片所折射出的鮮豔色彩。

【燦爛金黃】 形容顏色像黃金一樣光彩美麗。

【黑黝黝】 形容烏黑發亮。也作「黑油油」。

【灰溜溜】 形容顏色黑暗無光。

【滑溜】非常光滑。

【滑膩膩】滑溜黏膩。

【金屬光澤的流線形身軀】此形容鮪魚其帶有金屬光彩的圓弧形魚身。

【像金屬打造的蛇滑軀體】此形容白帶魚呈長條狀的光亮滑溜魚身。

【紡錘形】兩端尖而中間粗，形似紡錘形狀。紡錘，一種兩端細而中間粗的紡紗工具。

色彩鮮麗的熱帶魚多如樹林裡的蚊蚋，見怪不怪，約一尺長的黑鯛魚群從海底斷崖深處游來，迎面逼近，陣容亦壯麗驚喜。（林詮居〈綠島散走〉）

當這個時候，飲馬溪邊，你坐在馬鞍上，就可以俯視那陽光透射到的清澈的水底，在五彩斑斕的水石間，魚群閃閃的鱗光映著雪水清流，給寂靜的天山添上了無限生機。（碧野〈天山景物記〉）

那是一群鮪魚；平伸著鐮刀似的胸鰭，黑黝黝發著金屬光澤的流線形身軀，真像是一艘艘陰狠的潛水艇；〔……〕（廖鴻基〈漂流監獄〉）

那隻魚握在手裡，還活蹦亂跳的，魚皮上有一層滑膩膩的黏膜。雖然我已經剖過好多條新鮮的魚，但抓在手裡，還是有些令人噁心的感覺，〔……〕（王宣一〈魚〉）

數十萬尾的白帶魚，以芭蕾舞者的姿勢在空中扭曲著像金屬打造的蛇滑軀體，時間似乎凝在那個扭動的定格裡，白帶魚像一群拜月的信徒，從海裡飛出。（吳明益〈複眼人〉）

覓食

【唼】ㄕㄚˋ，魚或水鳥在水中覓食。

【喁】ㄩㄥˊ，魚口向上，露出水面。

【嚅動】嘴巴微動。

【吞噬】吞吃；整個地吞下去。

【吐納】吐出和吞進。也有

呼吸之意。

【咬噬】咬。

【啃噬】用牙齒咬食。

【撕扯】撕開、扯裂。

【撕裂】撕開、扯裂。

河海交匯處，湧泛著各級水生生物的新生代。幼蝦、幼蟹、幼魚、幼螺；時而驅散，時而聚攏。透明的、脆弱的、擁塞的，聽天由命地任由高一級的消費者大口吞噬，同時也從容地、僥倖地長大，延續族群不悔的生命。（洪素麗〈溯河的季節〉）

當我走到盡頭，請投我於任何一處水澤，讓我永遠安睡於溫柔的懷裡，或沉或醉。讓珊瑚、葵花扮我，讓魚族龍群葬我。我在牠們日夜的吐納中也就化成水。（簡媜〈雲遊〉）

然而，我心有不甘地再次游向沙魚消失的深溝海面，不得了，兩條沙魚正在撕裂那尾浪人鰺，毫不留情地啃噬。（夏曼・藍波安〈浪人鰺與兩條沙魚〉）

游動

【巡游】到處游來游去。

【泅泳】浮游於水上。

【泅游】泅浮、游水。

【穿梭】往來頻繁。此指魚游來游去。

【浮游】在水面上飄浮移動。

【魚游】魚在水中游動。

【漂浮】漂流、浮動。也作「飄浮」。

【優游】悠閑自在。或作遊玩。

【竄游】鑽動、游走。

【飄游】飄浮、游動。

【上溯】逆水而上。

【戧】ㄑㄧㄤ，逆；不順。

【逆流】逆水而上。

【洄游】海洋中一些生物為適應其生活上的需要，如覓食、產卵或季節變化的影響等，而沿一定方向有規律的往返移動。

【洄溯】逆流而上。

【蹦】跳躍。

【竄】躍起。

【抖跳】抖動、跳躍。

【豚躍】海豚在水中騰躍。

【掙扎】奮力抵抗。竭力支

撐或擺脫。

【掙跳】掙扎、跳躍。此指魚欲掙脫出魚網。

【竄躍】逃竄、跳躍。此指魚欲跳竄出魚網。

【翻跳】翻動、跳躍。

【拔水躍起】挺出水面跳躍起來。

【活蹦亂跳】蹦蹦跳跳，生氣勃勃的樣子。

【以芭蕾舞者的姿勢】可形容白帶魚躍出水面的身姿，就像是在跳芭蕾舞般。

【回身】轉過身去。也作「迴身」。

【扭身】轉動身軀。

【扭擺】扭動、搖擺。

【側閃】往旁邊閃避。

【偏翻】以傾斜之姿翻身。

【橫切】橫向切斷或穿過。

【立身迴轉】挺起身子，掉轉回頭。

【迎面逼近】從正面靠近而來。

【勁猛】強悍、勇猛。

【渾身是勁】全身都充滿力量。

【萬夫莫敵】一萬個人也難以與其匹敵。此比喻大鯨的勇猛無敵。

【橫行無阻】任意肆行而不受任何阻礙。

【橫衝直撞】胡亂地四處衝擊碰撞。

弱小的浮游生物，有時攝取海溝邊的海藻，尤其在寒流來襲之際數量更多。這種魚喜歡棲息在海流暢通的海域，且皆是逆流泅泳，牠們在下午四時左右會大量地游至近海，游進礁岩洞休息、過夜。（夏曼・藍波安〈大紅魚〉）

倖存的小魚們在牠們同伴屍身間竄游，像在垂掛著鐘乳石的迷宮森林裡穿梭。（駱以軍〈長頸鹿〉）

我每回到西湖，必往玉泉觀魚，一半是喜歡看魚的動作，一半是可憐他們失去了優游深潭浚壑的快樂。（林語堂〈杭州的寺僧〉）

本來山鎮這段被汙染了的溪流是不會有魚的，魚兒都是被洪水從山溝、池塘、小溪刮捲到這裡的，水驟然的停息了，它們又沒有上溯能力只好停在這裡了。（王幼華《兩鎮演談》）

不知從哪裡來的那麼多的鯉魚。它們戧著急水往上竄，不斷地蹦到岸上。桶店家的男人、女人、大

人、小孩，都奔到溝邊來捉魚。（汪曾祺〈故里雜記〉）

每年中秋過後，丁挽隨著黑潮洄游靠近花蓮海岸。這時節，東北季風吹起，冷鋒鋒面帶動一波波翻湧的浪潮降臨，這是個漁船繫緊纜繩及上架歲修的季節。（廖鴻基〈丁挽〉）

七星潭灣裡發現海豚，船上掀起一陣歡呼。這裡出沒的飛旋海豚家族，多年相處，和賞鯨船已經熟識；牠們豚躍前進朝向船首，像一陣煙火讚許，朝向你們飛奔過來。（廖鴻基〈出航〉）

我往海底看，湛藍的海，一尾腹部全黃的Arayo在海中掙扎。當我用磬自小吃飛刀魚的力道後，大魚逐漸的靠近了我的船身；但當我要將牠撈上船邊時，牠又渾身是勁的把魚線拉下海中。（夏曼・藍波安〈飛魚季Arayo〉）（Arayo，鬼頭刀魚。）

頭次網起的的魚最肥，魚販仔一拉平魚網，魚們就在半空掙跳、竄躍，等跌回網上，論斤算萬的魚身相互堆疊時，就又彼此推擠，那在最底層的，因為較瘦小，竟可以再從網眼溜掉，回到熟絡的池水裡；〔……〕（蕭麗紅《千江有水千江月》）

距離還遠，這一跳太過唐突，無論眼睛、鏡頭或是心情都還來不及抓住牠拔水躍起的影像。牠已爆炸樣摔落大盆水花。（廖鴻基〈黑與白——虎鯨〉）

鯨身磨擦水面與空氣發出的聲響，以及巨大背鰭，尤其是牠橫衝直撞，萬夫莫敵的態勢，讓船長驚呼一聲，面露愴惶神色，緊張的同時加快引擎速度，調整方向，〔……〕（梁琴霞〈航海日記：十月十四日〉）

聲音

【唼喋】 形容魚或水鳥吃食的聲音。也有「唼唼」。喋ㄓㄚˊ。

【唧喋】 可形容魚吃食的聲音。

【撥刺】 形容魚的撥水聲。也有「潑剌」。

【潑潑】 魚甩尾聲。

【唿喇喇】 形容大魚自水面躍起，拍擊水面所發出的聲音。

【鞳鞳】 ㄊㄚˋ，本形容鐘鼓聲。此形容魚被捕上船後，魚身猛烈拍打船板的聲音。

【聲納】 此指水生哺乳動物如鯨、豚等，其能發出聲波來觀察、探尋海底環境，當聲波遇到物體反射到其聽覺系統後，可提供牠們有關物體的行蹤、大小甚至材質等訊息。另可指藉著水中物體所產生或反射的聲波，以探測物體的存在和位置的一種儀器。

在暗淡的燈光之下，一切的水禽皆已棲息了，只有魚兒唼喋的聲音，躍波的聲音，雜著曼長的水蚓的輕嘶，可以聽到。（朱湘〈北海紀遊〉）

一到夜間更加熱鬧，蛙聲真像打鼓似的，一陣喧鬧，一陣沉寂，沉寂時可以聽見魚兒唧喋。唿喇喇一聲巨響，一條大魚躍出水面，那響聲可以驚醒樹上的宿鳥，吱吱不安，直到蛙聲再起時才會平息。（陸文夫〈夢中的天地〉）

滿籃潑刺的錦鱗／與滿眼蒼翠搖曳的湖光孰為多少得失？（周夢蝶〈垂釣者 之二〉）

他們用尾鰭、身體和頭顱猛力敲打船板，發出一陣陣像是驟雨急鼓似的鞳鞳聲；猩紅血水飛灑噴濺；他們像是裹著血衣，翻跳在自己和兄弟們的大片血泊裡。（廖鴻基〈漂流監獄〉）

人類與海豚共游時，腦波會出現變化，血液裡的化學物質也會跟著改變，主要原因是來自海豚的聲納。海豚能夠發出精確的聲波搜尋海底情境，可以找到一公里外的鯊魚行蹤，並且知道鯊魚的肚子是不是飽飽的。一條饑餓的，或者是剛吃飽的鯊魚，這可是影響海豚生死的大問題，想要這麼做，海豚

發出的聲納必須能夠穿過鯊魚的身軀。（呂政達〈與海豚交談的男孩〉）

6 兩棲與爬行動物

外觀

【長後腿掉尾巴】 此指蛙或蟾蜍的幼體蝌蚪在蛻變時先長出後肢，其後尾巴逐漸縮小至消失。前肢則是到蝌蚪發育末期才會成型，最後長成蛙或蟾蜍。

【鼓腹】 鼓起肚子。也作飽食。

【蛻皮】 許多爬行動物或蟲類在生長期間，一次或多次蛻脫舊表皮，長出新表皮的過程或現象。

【皮甲堅厚】 此形容鱷魚外皮堅硬厚實。

【蛇信】 蛇的舌頭。

【綠粼粼】 可形容蛇的外皮油綠、光亮。

【翡翠通碧】 此形容蛇的全身像是青綠的翠玉般。

【如轉動的玉石】 此形容蛇皮光亮動人，像是會移動的美玉。

【如乍驚乍收的電光】 此形容蛇皮閃閃發亮，其光芒像剛出現又消失的閃電般。

【宛如一條翠玉上鑲嵌著兩粒紅色的寶石】 此形容蛇的翠綠色外皮與其鮮紅色的眼睛。

植物園的好去處很多，蓮花池捉蝌蚪是一大樂事，每逢季節就和小朋友們脫光屁股下池塘，抓了一堆放在臉盆裡，觀察蝌蚪長後腿掉尾巴，但是多數夭折。（王正方〈國語童年〉）

我站在荷花畔，全神看一隻青蛙，坐在荷葉上，忘形地鼓腹鳴唱。忽然颼地一聲飛來彈石，青蛙倏然跌進水中死去。一個頑童的彈弓，就將青蛙的生命和我的早讀心情，同時射殺。（程明琤〈曇花之

夜〉）

楊過雖中情花劇毒，武功卻絲毫未失，適才這一踢實有數百斤的力道，踢中鱷魚後足尖隱隱生疼，那鱷魚跌入潭中後卻仍是游泳自如，想見其皮甲之堅厚，（……）（金庸《神鵰俠侶・第十九章》）

我想起當時因為裙子仍溼，坐在那裡曬太陽，一條修練得身軀翡翠通碧的青蛇游移而來。陽光下，牠美麗發亮如轉動的玉石，如乍驚乍收的電光，（……）（張曉風〈山的春、秋記事〉）

有一種蛇，生活在竹葉上，遍體翠綠，唯有兩隻眼睛是鮮紅的，宛如一條翠玉上鑲嵌著兩粒紅色的寶石，蛇藏在竹葉中，很難發現。（莫言〈脆蛇〉）

活動

【匍匐】 ㄆㄨˊ ㄈㄨˊ，爬行；以腹貼地前進。也作「匍伏」。

【游移】 移動。另有遲疑不決之意。

【綽約】 此形容盪在竹枝上的蛇姿態柔婉、優美。

【蜿蜒】 蛇類曲折爬行的樣子。

【蜿蜿】 龍蛇行走的樣子。

【蜷蜿】 環繞盤旋貌。也作「蜿蜷」。

【盤蜷】 盤旋、蜷曲。

【盤踞】 盤結、占據。

【吞吐】 此可指蛇的舌頭的吞進、吐入。為蛇找尋食物與辨別氣味的方式。

偶爾，有好事的人，頂著斗笠，提著柴刀，來山中尋幾枝春筍回去。那時候，蛇很多的，綠粼粼地盪在竹枝上，稍一眼花，真要當成嫩竹綽約的呢！（簡媜〈竹濤〉）

「汪汪——汪！」那隻平日溫馴有教養的老黃狗怎麼打破沉默？才想著那聲音出奇不尋常的凶狠，瞬

間，腳背一陣冰涼，待回過神，咻地！半條蛇身已蜿蜒滑過足踝。（黃春美〈蕨貓情事〉）

有時就這麼盤蜷過冬／孵一枚小小的／太陽之卵／另些時候則沿著弄蛇者的笛音／爬升／及至舞成／一朵薔薇（洛夫〈蛇之騷動〉）

我在皖南山區還聽到過對這該蛇的許多近乎神話的傳說，說它能布陣，在它盤踞的周圍，吐出比蜘蛛網還細的絲，散布在草莖上，活物一旦碰上，它就閃電一般立刻出擊。（高行健《靈山》）

小蛇反過頭來朝我瞪著一雙豆黑的小眼睛，一條慘白的蛇信一吞一吐地顫抖著。我感到說不出的一種麻煞，急忙倒退了兩步，〔……〕（馬森《夜遊》）

聲音

【格格】 此形容蛤蟆的叫聲。也可形容鳥鳴聲。

【閣閣】 形容蛙鳴的聲音。

【嘓嘓】 青蛙的鳴叫聲。

【撲通】 形容物體落入水中或落地的聲音。

【打鼓似的】 形容蛙鳴好像打鼓時所發出的聲音。

【兩部鼓吹】 比喻蛙鳴。本指古代有坐、立兩部樂隊合奏的音樂，氣勢浩大，後被南朝齊人孔稚珪用來美稱其庭院中青蛙的鳴叫聲。

【嘓囉嘎啦】 形容青蛙的叫聲。

我們院子裡的蛤蟆現在只見花條的一種，它的叫聲更不漂亮，只是格格格這個叫法，可以說是革音，平常自一聲至三聲，不會更多，唯在下雨的早晨，聽它一口氣叫上十二三聲，可見它是實在喜歡極了。（周作人〈苦雨〉）

長時間的靜默。草蟲似乎早已停止奏樂。近在池邊的一頭蛙，忽然使勁地閣閣地叫了幾聲，此後一切

都是靜寂。（茅盾〈幻滅〉）

這樣好的日子啊，天與地為我所獨享，青蛙嘓嘓，蟋蟀唧唧，雲雀啾啾啾，薔薇呼喚蜜蜂，扶桑招引蝴蝶，爬牆虎在嘿咻嘿咻奮力往上攀。（王盛弘〈好日子〉）

那是一個佈滿青苔的古老池塘，陽光透過其上的葉隙，靜靜地篩了下來。時間好像不再前進，這一切宛如不屬於現在。然而，豈料一隻小青蛙突然跳入池塘，這撲通一聲與那水面上波動的漣漪，把古老的過往和當下的瞬間連結在一起，再也無法分割。（北小安〈蛙〉）

三 景物與人

1 行旅

出遊

【𨑨迌】ㄓˋ ㄊㄨˋ，遊玩。

【兜風】乘車兜圈子遊逛。沿路賞玩。

【閑蕩】閑逛；遊蕩。

【溜達】閑逛、漫步。也作「蹓躂」。

【郊遊】遊覽郊外的名勝或風景區。

【冶遊】男女在春天或節日出外遊樂。另有狎妓之意。

【野遊】到野外遊玩。

【遠足】路途較遠的徒步郊遊。

【踏青】春日到野外郊遊。

【野宿】在野外過夜。

【宿營】在野外住宿。

【露宿】在室外或郊野住宿。

【露營】在野外搭建帳篷作為臨時居所的露宿活動。

【秉燭夜遊】拿著點燃的蠟燭在夜裡遊樂。意謂時光易逝，故應須及時行樂。也作「炳燭夜遊」。

【探奇】遊覽奇景。

【探勝】尋求。

【尋幽】探尋美景。

【攬勝】欣賞勝景。

【旅行】遠行；到外地辦事或遊覽。

【偕行】同行。

【遠行】出遠門。

【遠遊】到遠處旅行。

【周遊】四處遊歷。

【散遊】到處遊逛。

【雲遊】行跡無定，任意遨遊。

【遊息】遊玩和休息。

【遊歷】考察遊覽。

【遊覽】遊逛參觀。

【漫遊】隨意遨遊。

【暢遊】逍遙自在的嬉戲遊玩。

【遨遊】逍遙自在的嬉戲遊玩。

【薄遊】漫遊；隨意遊覽。也有為薄祿而宦遊於外之意。

【觀光】觀賞、遊覽各地的政教、習俗、文物與風光等。

【四處行腳】行走各地。

【遊山玩水】遊覽山水景緻。

【蜜月旅行】泛指新婚後的旅行。

【環島旅行】環繞整個島嶼的旅遊行程。

【步行】徒步行走。

【徒步】步行。

【踏月】月下散步；踏著月色。

【健行】以徒步方式出外旅遊。

【騎車】騎乘單車或摩托車。

【雙輪舞】指騎腳踏車出遊。

【單騎】獨自騎馬。一人獨騎一馬。

【垂釣】垂竿釣魚。

【海釣】在海邊或海上垂釣。

【浮泛】乘舟漫遊。

【孤舟】孤獨的船。

【衝浪】利用薄板在海面順著浪濤滑行的運動。

【潛水】潛入水面以下。

【潛泳】不露出水面的游泳。

【浮潛】不攜帶氧氣筒的潛水。通常只在淺海附近進行，其目的多是為了觀察水中生物與的岩石。

【登山】徒步爬山。攀登山嶺。

【攀岩】攀爬陡峭岩壁。

【攀爬】抓住物體向前或往上爬。

【攀登】用手抓住或握住某物往上爬。

【攻頂】登上山的最高處。

【滑雪】穿滑雪板在雪上滑行前進的運動。

【洗塵】宴請遠來的人或是遠行歸來的人。

【接風】設宴接待遠來或遠行歸來的人。

【臥遊】不能親身去旅遊，單從遊記、圖片等資料中去想像。

【神往】心中嚮往；心神出遊。

【神遊】足跡未到，而心神如遊其地。

只要九點前出門，一路帶著走，北部濱海的一天會有截然不同的味道，不為一餐或一景所耽擱，用十足的心情看海兜風，讓行進中的景物混合在腦中，刪除所有等一下的負擔，愉悅將如浪潮般地湧現，〔……〕（李岳奇〈濱海一日帶著走〉）

原本害怕路上都是陌生人，走出去才會知道其實都是同路人。我們心裡都缺了一口，也只有旅行時，容易承認那缺口。給自己也給缺口足夠的時間閑蕩，就有可能再度勇敢起來。（瞿筱葳〈吉星與貴人（騰衝）〉）

溫暖和煦的春天，玉蘭不能靜靜地呆在家裡。為了消遣，她到城內去蹓躂，看到文武街上穿旗袍的女人增加了好多。那旗袍柔軟的線是一種新感覺的象徵，特別觸目。（吳濁流〈菠茨坦科長〉）

年輕時，你頗愛野遊，四處行腳倒也參拜過不少湍流美景。你最恨那些不知靠哪座山選出的基層民代、鄉鎮長、縣市長，此「熱愛鄉梓、為民服務」之輩酷愛糾集黑道、白道（或灰道）整治山川、粉飾太平，又喜於溪流、瀑布風景區建涼亭豎碑石表彰己功。（簡媜〈水證據〉）

走上工業化道路之後，浪漫主義者滿足浪漫情懷的辦法，大概只剩出國尋幽探勝和染上肺病了。肺病婦女花容蒼白，弱不禁風，才顯得高雅時髦。（董橋〈旅行叢話〉）

在我來說，旅行真正的快樂不在於目的地，而在於它的過程。遇見不同的人，遭遇到奇奇怪怪的事，克服種種的困難，聽聽不同的語言，在我都是很大的快樂。（三毛〈赴歐旅途見聞錄〉）

不同的種族，不同的背景，不同的年紀，不同的性別，不同的思想，卻同樣的坐在一架飛機上，飛往同一目的地，這就是所謂的觀光旅行。（隱地〈旅行九章〉）

我蜜月旅行時曾帶著新婚妻子散遊香港。我們所有的旅程幾乎全參照著三、四本旅遊書歸納設計。每天早晨，我們上美心或陸羽茶館飲茶；然後我會陪著妻在尖沙嘴購物，我們應景吃了粥、煲湯、龜苓膏和許留仙的芒果撈。（駱以軍〈第三書〉）

生命過於短暫，不應浪費在速度上。對我而言步行最大的意義是你增加了遇到人、遇到各種生物的機會，而能從容地等待一隻西藏綠蛺蝶停下來。那些印象可以一再複習，就彷彿是時間的延展、拉長。（吳明益〈步行，以及巨大的時間回聲〉）

徒步是一個愉快，但騎自轉車是一個更大的愉快。在康橋騎車是普通的技術，婦人，稚子，老翁，一致享受這雙輪舞的快樂。（徐志摩〈我所知道的康橋〉）

男男女女都出來踏月，看燈，看燄火，街上的人擁擠不動。在舊社會裡，女人們輕易不出門，她們可以在燈節裡得到些自由。（老舍〈北京的春節〉）

舟筏浮泛為接觸海洋的主要方式，猶如在一面廣大且揚動不息的平面位移；但我心裡面的海，不只一個平面而已。海岸、甲板、海床，許多次在外海漂流木下浮潛，曾在深邃的大洋裡與鯨豚同游。（廖鴻基〈深淺浮沉〉）

一個老友對我說起他被情人遺棄的低落日子裡，獨自一人跑出東北角某處海濱岬角下潛泳，他沒如其他潛泳客攜著氧氣瓶，只穿一條泳褲戴著蛙鏡便鑽進兩三樓層高度落差的海底。（駱以軍〈啊，我記得……〉）

大部分的人起先是沿著碎石坡的左側攀登，但是漸漸地就各自走個人認為較容易的路。一些地方由於過多人的踐踏而露出岩層變得難以攀爬，幾顆大石頭則暫止於斜坡上，似乎不小心觸動它就會滾到山腳下。（林乙華〈數著步伐上雲端〉）

花榮便請宋江去後堂裡坐，喚出渾家崔氏，來拜伯伯。拜罷，花榮又叫妹子出來拜了哥哥。便請宋江更換衣裳鞋襪，香湯沐浴，在後堂安排筵席洗塵。（元末明初・施耐庵《水滸傳・第三十三回》）

我們在水裡輕鬆地載浮載沉，望著近在眼前的雪山，怎能相信這是九月底在中亞一千六百公尺的山

上？從小就看著地圖上這個東西廣、南北狹的湖泊神遊，現在居然能在這兒游泳！（杜蘊慈〈地圖上的藍眼睛〉）

探險

【觀察】調查；細察事物的現象或動向。

【探查】深入查看。

【探勘】勘察能源、礦產、路線或未被發掘的各種地理現象。也有「勘探」。

【追尋】追蹤查尋。

【追蹤】按蹤跡或線索追尋。

【勘查】實地調查。也作「勘察」。

【調查】為了解情況而進行考查。

【踏查】實地查看。

【枯守】乾等；空守。

【枯待】空等；長時間的等待。

【冒險】冒失敗的風險。

【獨自】單獨一個人。

【單槍匹馬】比喻孤身一人或單獨行動。

【探索】多方尋求答案；搜尋。

【獵奇】刻意地搜求奇異特殊的事物。

【對抗自然環境】和自然環境競爭、抗衡。

【征服】戰勝；使折服或屈服。

【超越】超過；勝過。

【潛能激發】引發自我潛在的能力或能量。

【磨練】在艱難環境中經過鍛鍊。也作「磨煉」、「磨鍊」。

【考驗】指通過具體事件、行動或困難環境的驗證。

【失路】迷路。

【迷途】分不清方向，走錯了路。

【失足】因不慎而墜落。

【泡在稀泥裡】此指失足陷入沙漠的泥淖中。

【凍僵】身體因受凍而僵硬。

【凍斃】因受寒而死。

【受凍而亡】受寒冷侵襲而死亡。

【劫難】佛家用語，指宿世惡業所導致的災難。現多泛指災難。

【出生入死】本指人出生到老的過程。後多用來形容冒著極大的危險，隨時有死的可能。也可用來稱揚不顧個人生命安危的英勇精神。

【行將窒息】因外界氧氣不足，而快要停止呼吸。

【缺氧而死】氧氣不足而死亡。

【滅頂】淹死。也可比喻災禍嚴重。

【溺斃】淹死。

【橫死】遭遇意外事故或自殺、被害而死亡。

【罹難】遭逢禍難而死。

【蠻荒】偏僻荒涼的地方。

【雨林】一種分布在終年高溫多雨地區的森林類型。雨林大多分布在靠近赤道的潮溼熱帶，一年中多有幾個月會暴發洪水，故有「綠色地獄」之稱。

【瘴癘】山林間因溼熱蒸發毒氣能使人致病。

【極地】地球南北兩極圈內的區域。極地的氣候寒冷，常年為冰雪覆蓋，少有植物生長。

我現在才了解到，要做為一位學識和經驗豐富的鳥類專業人員，除了要深切體認人鳥之間的關係外，還需具備對人文理念與自然生態的親密認識，另外尚得對黑枕藍鶲這種行動飄忽不定，比任何野鳥還精靈的小身影，懂得追蹤、枯待、觀察才行。（陳煌〈一對大彎嘴〉）

我的田野踏查，從此走入一個我從未想到的結果。感覺我像是向偉大的黑猩猩研究者珍古德（Jane Goodall）伸出好奇之手的那隻小猩猩，不知道自己正在改寫自己的小歷史，以及人與猩猩的大關係。我在這一帶的勘查從此完全變了：由單純問路，到和一群年輕泰雅讀資料、看地圖、有機會一起上山探勘，到我們想把所有老部落在叢林中全定位出來（後來他們真的做到了），把僅存的耆老記憶留在地圖上；〔……〕（林克孝〈Gon-gulu〉）

以前，我常常閱讀到一些歐美的自然科學工作者，為了追尋或調查特殊物種，不斷冒險進入鮮為人知的熱帶雨林，或蠻荒瘴癘之地，最後橫死異地的感人故事或傳奇。（劉克襄〈飛回玉山〉）

這不是一個好的行程規劃，尤其對獨木舟航行而言，一方面時間太趕，再加上又是一人獨自航行。即便是在熟悉到如後院般的澎湖灣裡，這樣的行程仍嫌過於冒險。（張祖德〈獨航大倉嶼〉）

二○○五年，我循小三通到廈門，大陸遊客驅船金廈海域，「一國兩制」與「三民主義統一中國」海

上共陳，遊客獵奇拍照，不時議論嘻笑。（吳鈞堯〈我與金門的四個年代〉）

中國人對山水的看法和西方人有所不同。中國人遊山玩水，是持著純欣賞的態度，而不是持著運動的態度。而西方人則是抱著健行和征服的「壯志」。（羅蘭〈中國人與山水〉）

高山地區每次抵達都須花很多時間在攀爬。那是一種體能和意志的考驗。而不為攻頂，只為了看一隻鳥，竟付出這麼大的心血上山，的確是不可思議的事。這是一種超越。去進行過去認為不可能做，也不可能達到的目標。（劉克襄〈山黃麻家書〉）

登高山還有另一層意義，所謂「挑戰自己的極限」；如我這種每天晨起都覺疲憊、下班連路都走不穩的死老百姓上班族，竟然可以完成挑戰雪山、玉山、大霸、富士山……的壯舉，常常覺得不可思議；但那證明了自己其實還有無窮的可能——聽起來像潛能激發課程，卻是最真切的感受。（工頭堅〈眾神的花園——驚豔雪山〉）

夕陽黃昏本是美景，但是我當時的心情卻無法欣賞它。寒風一陣陣吹過來，我看看自己單薄的衣服，再看看泡在稀泥裡的荷西，再回望太陽，它像獨眼怪人的大紅眼睛，正要閉上了。（三毛〈荒山之夜〉）

我想起有位雪巴人安利達說過，他曾困在聖母峰頂上整夜未眠，於是就像跳迪斯可般地舞動手腳，以暖和身體，終於安然度過那次劫難。（高銘和〈一個人的冰坡〉）

頭兩天，我在雨林中覺得相當的痛苦，悶、熱、黏、受困般的難受，無止無盡不見天日的沉沉壓迫感，令人有行將窒息的難過。（徐仁修〈未知的叢林〉）

然而寂寂空谷，一無人跡，前瞻十里的山途，無人留駐，左右四百餘里的奇岩絕壁，更是人類不能征服的曠野蠻荒，〔……〕（梁丹丰〈天下第一的雷泉瀑布〉）

旅居

【打尖】旅途中間的短暫休息或進食。也作「打打尖」。

【棲身】暫居，託身。

【旅人】客居在外的人。也作旅行在途的人。

【旅次】旅途中暫作停留。也可指旅途中暫居的地方。

【寄寓】暫時寓居。

【過客】短暫停留的旅人。

【歇腳】行路疲乏時暫時休息。

【落腳】停留、休息或暫住。

【客居】作客異鄉。

【寓居】寄居。

【羈旅】寄居他鄉。

【淹留】長期逗留；羈留。

【背井離鄉】離開故鄉，到外地生活。

【出走】出奔；或為情勢、環境所逼而離開原來居住之地。

【放浪】浪遊；浪跡。也有放縱、不受拘束之意。

【放逐】流放。古代把罪犯流放到邊遠地方。也有放縱、放任之意。

【流亡】被迫離開家鄉而逃亡流落在外。

【流放】放逐。古時把罪犯放逐到偏遠之地。也有放縱、放任之意。

【流泊】流離、飄泊。

【流浪】飄泊，沒有固定的居所。

【流徙】四處流離遷徙。

【流落】飄泊外地。

【浪跡】行蹤無定，到處流浪。

【浪遊】漫無目的的四方遊蕩。

【游離】離開原本依附的。比喻無所依附。

【漂泊】比喻居無定所，猶如在水上漂流。亦作「飄泊」。

【漂流】比喻居無定所。

【蒙塵】比喻帝王失位流亡在外。

【飄零】飄泊流落。另有凋零之意。

【飄蕩】流浪；飄泊不定。另有隨風擺動之意。

【不繫之舟】比喻飄泊不定。

【四海為家】稱人飄泊無定所。

【居無定所】沒有固定的住處。

【流離失所】流轉離散，沒有安身之處。

【流離顛沛】形容生活困頓窘迫，四處流浪。也作「顛沛流離」。

【書劍飄零】本指因出仕或從軍而飄泊在外。後亦指為求取功名而客居他鄉。書劍，本指書籍和寶劍，借指讀書出仕與仗劍從軍。

【斷梗飄萍】比喻飄泊不定。

【漂鳥般的日子】形容過著像鳥類為求食而漂流各地的生活。

【前不著村，後不著店】前面沒有村子，後面沒有旅店。形容走到半路，找不到歇息住宿的地方。也作「前不巴村，後不巴店」。

隨著驛運的發達，公路的增修，在某些山崖水角，宜於給旅人休息一下，打打尖的地方，都造起了新的茶館。（黃裳〈茶館〉）

不久太陽就下山，而今晚還不知道要在哪裡落腳，害怕夜裡困在前不著村後不著店的路上，只能用盡力氣不斷往前騎。（張子午〈緩慢的騎行〉）

當落山風再起／你們已淹留他鄉／不過夢中，你們必定繾綣／一個永恆的春天，有城市／飄在雲端，有風／掠過耳旁（傅怡禎〈車過恆春〉）

由於餓殍遍野，於是老百姓們把僅少的家財賤賣，充作盤費，背井離鄉，為了覓食越洋渡海到天涯海角；各各踏上流離顛沛的遊程了，杜南遠的曾祖父也是其中之一。（龍瑛宗〈夜流〉）（殍ㄆㄧㄠˇ，餓死的人。）

一次次的出走，孤獨的背包旅行，讓我看到許多山川和臉孔，見識到不同的文化，以及不同文化背後共通的人性。旅行為我打開一扇善門。回了家，我閱讀，追尋曾經碰觸過的文化，關心去過的國家，遠地的戰爭彷彿也與我有關。（林懷民〈出走與回家〉）

是誰把我們放逐在這裡／這一個叫做寂寞的城市／是誰讓我們繼續地流浪／流浪於不能停止的欲望（夏宇〈寂寞城市〉）

父親並不想接受這樣的安排，但溫順的他只有藉求學念書之故，一直在外地住宿來逃避劉金娥。抗日戰爭爆發，爸爸流亡大江南北，沒機會再回家了。（蔡怡〈兩百里地的雲和月〉）

他已經有了中人以上的年紀，戶外流泊的生活於他不再感到興趣，英勇和冒險的生活不再引起他的熱情，於是從一個時候起他便把自己關在門裡。（陸蠡〈門與叩者〉）

大宇如網，星橫黯天，南國初夏／念十載浪跡，廿年浮名，方圓縱橫，已成煙霞／琴棋殘落，書劍飄零，那隻身又是天涯／莫回頭，看野荷如詩，新月如畫（吳望堯〈大宇如網——贈所有在台的詩人們〉）

孟克、格利葛都經歷這樣的出走再回返的歷程。他們最尋常的是去歐洲，孟克年輕時即以巴黎和柏林為其主要的藝術學習、發表與浪遊之地，這一浪遊十多年忽過。（鍾文音〈在奧斯陸〉）

永和沒有變，許多人的生活也沒有改變，只是，我像浪子，漂泊得太遠，離開那座市場，我就像斷線的風箏，甚至已脫離自己能掌控的界域。（楊索〈回頭張望〉）

我的半生，漂流過很多國家。高度文明的社會，我住過，看透，也嘗夠了，我的感動不是沒有，我的生活方式，多多少少也受到它們的影響。但是我始終沒有在一個固定的地方，將我的心也留下來給我居住的城市。（三毛〈白手成家〉）

火車飛快地奔馳著，躍過長長的北迴鐵路，帶我回花蓮。故鄉近了，漂鳥般的日子遠了。（吳鳴〈帶我回花蓮〉）

旅者心情

【抒放】抒發解放。

【放空】放鬆。也可作暫時忘掉一切，好好讓自己休息一陣。或意指拋掉世俗一切，讓心靈沉澱。

【透氣】比喻紓解、鬆弛。

【解放】釋放；放鬆。

【慢遊】本指浪蕩遨遊。現多指放慢步調，抱持悠閑、輕鬆的心情旅遊。

【調劑】調適；調節。

【安步當車】慢慢地走，當作坐車。多用來形容不著急、不慌忙。

【沉澱】把溶液中不易溶解的物質析出而沉於溶液底層。也可比喻放下煩雜紛亂的思緒，使心靈清澈純淨。

【消遣】排遣愁悶。

【靜定】平靜、安定。

【洗滌心靈】掃除心中的雜念或煩憂。

【怡情】怡悅心情。

【怡然】喜悅自在的樣子。

【活潑】具有生氣和活力。

【清趣】雅興。

【喜悅】愉悅、快活。

【滋潤】浸潤。也作舒服、舒適。

【野趣】野外活動所興起的樂趣。

【童趣】童年的感情與樂趣。

【靜趣】從大自然的靜寂中所得到的興味。

【充實】充盈、豐足。

【精彩】形容事物出色美妙。也作「精采」。

【豐富】充裕的；多彩的。

【充電】本指給蓄電池補充電力的過程。也可用來形容充實實力或精神能量。

【沉思】深刻地思考。

【玩味】細心體會其中意義和趣味。此偏指出遊體會各地食物的美味。

【冥想】深思。

【體味】親自仔細體會、尋味。

【朝聖】教徒朝拜聖地。也可指探訪對某人生命或信仰有重要意義的地方。

【知性之旅】指富於學習與探索各類知識的旅遊活動。如欣賞古蹟、建築以及各地風土人情等，通常這類活動多會安排專業人員隨行導覽解說。

【醞釀能量】達到所能發揮的能力或作用的準備過程。

【尋求自我】找尋探求精神上真正的自己。

【認識自己】了解精神上真正的自己。

【挑戰自己】激發自己和自己競爭，以期超越當下的自己。挑戰，引發作戰，激使競爭。

【對抗自己】與自己對立、抗衡。

【實現自我】追求自身潛

能的充分發展，進而達成更高層次的狀態。

【沐浴】比喻沉浸在某種環境中。另有泛指洗澡。

【陶醉】比喻沉醉於某種事物或情境中。

【著人】令人陶醉。

【發酵】本指微生物分解有機物質的過程。後可比喻事物受外力影響而發生某種發展變化。

【暢寄】陶醉於某種景色或事物中。

【引人入勝】把人引進佳境。多用來指文藝作品或自然風景特別吸引人。

【神怡心醉】精神愉快，內心陶醉。

【流連忘返】沉迷於遊樂而忘了返家。後多用來形容徘徊、留戀，捨不得離去。也作「留連忘返」。

【迷醉】極度的沉醉。

【痴迷】入迷。迷戀到呆傻的程度。

【心醉魂迷】極其迷戀。

【如痴如醉】形容人沉迷於某種事物而失去自制的神態。也作「如醉如痴」、「似醉如痴」。

【孤獨】隻身獨處；孤單寂寞。

【寂寞】冷清、孤單。

【鄉思】思念家鄉的心情。

【鄉愁】思鄉而引起的愁緒。

【感愴】感傷。

【蒼涼】蒼傷、淒涼。

【懷舊】念舊；懷念往昔或故人。

【弔古傷今】憑弔古跡，追憶往昔，進而對現今人事有所感傷。

【思古幽情】因懷古而發出幽深的情意。也有「懷古幽情」。

【乏味】缺乏情趣、興味。

【沉悶】沉重、煩悶，心情不舒暢。

【枯燥】單調、無趣味。

【單調】單一、重複，缺少變化。

【膚淺】淺薄而不深刻。

【走馬看花】比喻匆忙和粗淺地了解事物。亦作「走馬觀花」。

【蜻蜓點水】蜻蜓飛行水面產卵，尾部觸及水面即起。現多用來比喻膚淺而不深入。

【敗興】高興時遇到意外不愉快的事而興致低落。

【掃興】原有的興致因某種干擾而打消。

【殺風景】使美景大為減色。指損害景物，敗壞興致。亦可比喻在歡樂的場合或氣氛中，有人說了掃興的話或出現讓人掃興的事物。也作「煞風景」。

【奔波】辛苦地往來奔走。

【倦乏】疲倦。

【跋涉】登山涉水。形容旅途艱辛。

【勞累】因過度勞動而感到疲累。

【日炙風吹】日晒風吹。

形容長途跋涉的艱苦。

【沐雨櫛風】以雨洗頭，以風梳髮。比喻在外奔波，飽經風雨，歷盡辛苦。亦作「櫛風沐雨」、「風櫛雨沐」。

【吸風飲露】本是道家認為仙人能不食五穀。後用來形容人一路奔波勞苦，沒時間飲食。

【風塵僕僕】到處奔波。形容旅途勞累。也作「僕僕風塵」。

【風餐露宿】形容野外生活或行旅的辛苦。也作「露宿風餐」、「餐風飲露」。

【飢餐渴飲】飢則進食，渴則飲水。常用來形容旅程的長途跋涉與勞累。

【倍道兼進】為加快速度，用一天的時間趕了兩天的行程。也作「倍道兼行」。

【上車睡覺，下車尿尿】戲稱只為了趕行程而對所到之處根本無法深刻觀察、體驗的旅行。

人能夠與更大的歷史譜系連結，意識到在時間空間中自己渺小的位置，再回到現實生活小世界裡，人還是會有些變化。最大的變化，就是接受了死亡也是自然。在旅途中的放空之後，終於心裡空出空間，能有餘裕地看待這些原本自然的事情。（瞿筱葳〈大世界的哈哈鏡〉）

與此同時，台灣的城市生活的步調也在改變，旅人們漸漸的厭倦了走馬看花、越休假越勞累的旅行方式，台灣人逐漸懂得把腳步放慢，開始學會細細享受咀嚼的慢遊滋味，於是禪修的體驗，茶藝的品茗，文化、自然的探索，自行車環島之旅……慢慢的都成了旅遊的新主張。（嚴長壽〈慢遊，花蓮〉）

長途健行是一種自我沉思，一種心靈的沉澱。相較於城市生活的忙亂、喧囂，山野給人的是一種清新、原始和寧靜的自我空間。（林滿秋〈又回到山道上〉）

對我而言，花蓮的好山好水，就是充電的好地方，太魯閣的美麗風光，更是醞釀能量的好所在，除了

讓我洗滌心靈之外，還能激發我的靈感。（張正傑〈心靈充電站——太魯閣〉）

海岸線不僅是天然資源，也是今天面臨觀光時代的恆春的經濟資源。當人類的文明愈發展，使人不能經常和大自然接觸，便愈有怡情山水，寄身自然的傾向。（心岱〈美麗新世界〉）

日常生活或旅行，原本是不同的情境，但因為心，因而都會呈現風景。有風景，日常性的沉悶、單調、枯燥，也會有非日常性的活潑、豐富、滋潤，並充滿喜悅。旅行，是把日常性轉變為非日常性的生活方式。（李敏勇〈風景〉）

神社前有方形水池，矮牆外是荷花池，跨越荷花池的是白色水泥橋，橋的另一頭才是參拜大道。參拜大道兩側，都是高大的老樹，落葉遍地，充滿野趣。（子敏〈文風拂面話城南〉）

整個鼋頭渚就是個園林，可是比一般園林自然得多，又何況有浩淼無際的太湖做它的前景呢。在沿湖的石上坐下，聽湖波拍岸，單調可是有韻律，彷彿覺得這就是所謂靜趣。（葉聖陶〈三湖印象〉）

青年救國團活動也提供了青年玩味的機會，去中橫、去蘭嶼等等都要自己搭火車、公車去集合地，可以一路吃台中、彰化、嘉義、高雄的美食，當時大陸的紅衛兵串連沒吃沒喝，寶島青年卻可以一路狂吃。（韓良露〈旅行臺灣——人生七味之旅〉）

畢卡索博物館我去了，蜿蜒古老巷弄間一顆神采璀璨的明珠；米羅美術館我去了，啊！那與伊比利半島陽光相映襯的奕奕精神；菲格雷斯的達利圓形劇場當然也乘火車前往朝聖了，達利的眼睛和我們的眼睛是一樣的嗎？（王盛弘〈建築嘉年華〉）

黑暗中，你無法獲得休息，體力早已不堪負荷。呼吸，滑行，煞車的聲音彼此交織，聽來彷彿就像夢裡的聲音，如此遙遠，如此渙散。你在對抗自然環境，還是在對抗自己。（謝旺霖〈梅里雪山前的失

足〉）

這社稷壇現在已經沒有一點兒神祕莊嚴的色彩了。它只是一個奇特的歷史遺跡。節日裡，歡樂的人群在上面舞獅，少年們在上面嬉戲追逐。平時則有三三兩兩的遊人在那裡低徊。對，這真是一個引發人們思古幽情的好所在！作為一個中國人，可以讓這種使人微醉的感情發酵的去處可真多呢！（秦牧〈社稷壇抒情〉）

手上緊握的筆，往往承載著無以排遣的鄉思。三千里遠洋，十餘年天涯，豈是一枝衰弱的筆能夠抵禦？（陳芳明〈書寫就是旅行〉）

我之所以把這個小博物館排入行程，原因自然與年少時期對「博多夜船」的深刻印象有關。雖然嵐山不是博多，但「博多夜船」原唱者美空雲雀文物萃集於此，「音容宛在」，來此做一個小小的懷舊之旅，自然有所感覺了。（邱坤良〈博多夜船〉）

時隔百年，三板橋渾然天成的古樸裡還流露著原始的森林氣息，實為古橋裡的一奇。這裡最近也成為名勝風景區，例假日常有人到溪邊大啖烤肉，殺了風景也罷，壞了附近的自然才教人難過。（劉克襄〈古橋之戀〉）

「旅行」這兩個字總令人覺得好奇而又充滿想像。在台灣，旅行的人次很多，但真正懂得旅行的人是少之又少。許多年前的旅行諷刺語：「上車睡覺，下車尿尿，不然就買藥」，似乎今天多少還是用得上。（徐仁修〈簡單卻難忘的旅行〉）

2 謀生

農耕

【屯墾】聚居墾荒。也作屯兵墾荒。

【拓荒】開墾荒地。

【開發】開拓；開闢。

【開墾】把荒地開闢成可以種植的農地。

【劈山】開墾荒山。

【墾荒】開墾荒地。

【墾植】將荒蕪的土地開墾成可耕種的農地。

【披荊斬棘】砍倒荊棘開路。比喻克服種種困難。

【墾熟】從開墾荒地到農作物已熟成。

【引灌】引水灌溉。

【浸溉】灌溉。

【澆水】以水澆灌。

【灌水】將水灌入。

【灌浸】灌溉。也作水貫通流注。另有淹沒之意。

【灌溉】供給農作物必需的水量。

【水耕】無土栽培的一種。將植物生長所需要的各種養分，直接調配在水中，以作為植物養分來吸收，而不需要土壤。

【耙】ㄆㄚˊ，用耙平整土地或聚攏農作物。

【耕耘】耕田和鋤草。泛指一切農耕之事。

【犁田】耕田。犁，耕土、翻土。

【整地】耕翻平整土地，為播種做準備。

【翻耕】使草皮翻入土裡，或把土翻上來。

【刈草】割草。刈，ㄧˋ，割取。

【除草】割除田裡的雜草。

【鋤草】用鋤頭為農作物除草。

【鋤耘】用鋤頭除草。

【耘耔】翻土除草。泛指耕種。

【握鋤荷犁】手上拿著鋤頭，肩上扛著犁具。

【種】把種子或秧苗的根埋在土裡。

【插秧】將稻的秧苗插植於水田中。

【播種】散布種子於土中。

【堆肥】通常是把糞便、雜草、莖葉泥土等堆起來，經過腐化而當作肥料或改良土質。

【施肥】灑放肥料。

【收成】收割農作物。也指農、漁業收穫的成果。

【收割】割取收穫成熟的農

作物。

【拾穗】收割後撿取田中的遺餘的稻穗。

【曬穀】將稻穀散鋪曝晒於日光下，使水分蒸發。曬，通「晒」字。

【莊稼活兒】農耕方面的工作。莊稼，指農作物。

【休耕】可耕地為了要恢復地力，或客觀環境不良而暫停耕作。

【除蟲】消除蟲害。

【防治病蟲害】預防和治療農作物的病害與蟲害。

【栽】種植。

【蒔】ㄕˋ，種植。

【栽種】種植。

【修剪】用剪子剪枝葉。

【剪枝】修剪花木的贅枝。

【整枝】修剪植物的枝葉，使生長得更好。

【修枝剪柯】修剪樹枝。柯，樹枝。

【扦插】截取植物的葉、枝、根等插入土壤中，使其長出新的植株。扦ㄑㄧㄢ。

【嫁接】以人為方式，把枝或芽接到另一個植物體上，以使繁殖。

【烘焙】用火烘乾。

【照料】照顧、料理。

【照養】照顧、養護。

【春耕】春季農人在播種前，先翻鬆土壤。

【夏耘】夏季鋤田除草。

【秋收】秋季收割農作物。也作「秋成」。

【冬藏】冬季貯藏糧食。

【農閑】一般指冬季農事較少的日子。

【閑月】農事清閑期間。

【大熟】穀物大收成的時候。

【飽實】飽滿充足。

【豐收】收穫豐盈。

【豐年】農作物收成豐足的年歲。也有「豐歲」。

【豐稔】農作物豐收。稔ㄖㄣˇ。

【豐穰】豐收。穰ㄖㄤˊ。

【大有之年】豐收的年歲。

【風調雨順】指風雨適時而適量，有利農事。形容作物收成好。

【平年】農作物收成平平的年歲。

【敗歲】農作物收成不好的年歲。

【歲歉】收成不好的年歲。

【歉收】收成不好。

【饑荒】農作物收成不好。也作「飢荒」。

【欠收成】農作物收穫不好。

【歹年冬】收成不好的年歲。

【風雨失調】指風雨調配不當，影響農事。形容作物收成不好。

【饑饉之歲】收成不好的年歲。

【大荒】大饑荒。

【蟲害】害蟲對農作物所造成的災害。也作「蟲災」。

【採摘】摘取。

【採掇】採摘、拾取。掇ㄉㄨㄛˊ。

【採摭】採摘、拾取。摭ㄓˊ。

【採擷】摘取。

【搯採】採取、採取。搯ㄊㄠ，同「掏」字。

【摧折】折斷；毀壞。

【摧殘】摧折、破壞。

【拔除】拔掉、除去。完全除去。

【作踐】蹧蹋；浪費。

【蹧踐】作踐。也作「糟踐」。

【蹧蹋】浪費；損壞。也作「蹧踏」、「蹧塌」、「糟踏」、「糟蹋」。

【暴殄天物】任意蹧蹋東西。殄ㄊㄧㄢˇ。

初代創業開墾者，一輩子忙忙碌碌地披荊斬棘，竟攢下莫大的田地和山林。但到了後裔就坐食著享福祖公業，家裡的財產管理和家庭的煩雜事，就雇傭掌櫃來處理，〔……〕（龍瑛宗〈夜流〉）

現在，這人人看不起的將近三千坪的不毛之地已經墾熟，種滿了幾百種花木，一年四季都有花開。水電灌溉設備已充足。（楊逵〈墾園記〉）

搬到台北，空間只宜於蒔花種樹，母親晨起澆水、施肥、剪枝、除蟲，一切在安靜中進行，有如她下廚、洗衣、掃地。突然，有一天，在例常的匆忙出門時，我發現搬入時龜裂的泥地，在母親晨昏灌溉下已經長了青苔，而側院早已草木扶疏，一片綠意。（林懷民〈母親的花圃〉）

一般灌溉用的水圳，在冬天農閑期，都要放乾水在檢修，順便把岸壁上的水草清除掉。（鄭清文〈髮〉）

海岸線的風車折疊了鹽田，時時吐納廢物和精華。濯足的水響引發鹽工手中的鐵耙，不停地耙著，耙著海水的淚，粒粒鹹鹹的結晶。（羊子喬〈鹽田風景線〉）

每年盛夏期間，正是吾鄉最緊迫的農忙期，猛烈的陽光下，大家忙著趕緊收割、曬穀、收稻草；緊接

著又要準備下一期的耕作，培育秧苗、犁田、整地、除草，趕時趕陣，一天也不得拖延，唯恐誤了插秧期。（吳晟〈挑秧苗〉）

開春時父親第一件要做的事便是將堆肥用篩子濾過，讓細質的堆肥自竹篩中流出。此時我通常在家，幫著父親用圓鍬將堆肥鏟到竹篩上，父親兩手迴旋晃動，篩出一堆堆如山丘的細質堆肥來，粗質的則扔到一旁。（吳鳴〈泥土〉）

蘇州園林栽種和修剪樹木也著眼在畫意。高樹與低樹俯仰生姿。落葉樹與常綠樹相間，花時不同的多種花樹相間，這就一年四季不感到寂寞。（葉聖陶〈《蘇州園林》序〉）

離屋基近一些的，則有兩棵小葉欖仁，這外來樹種長得快速，在台地的許多道路旁都可看見，只是它們往往不堪強風摧折，東北季風一吹，頓時面目慘澹，枝葉拚命向西南傾斜，幸好在修枝剪柯之後，春來又是好漢。（林韻梅〈記錄一幢屋子的從無到有〉）

洋紫荊是異種羊蹄甲植物雜交後的「變種」，因為混血所以格外碩大美豔，但也因此缺乏自行繁殖的能力，必須以人工扦插嫁接。如果你看到「遍山洋紫荊」迎風招展，一定是出於人工而非自然。（蔡珠兒〈紫荊與香木〉）

不久前，我到一個產製茶葉的地方，茶農對我說，好天氣採摘的茶葉與陰天採摘的，烘焙出來的茶就是不同，同是一株茶，春茶與冬茶也全然兩樣，則似乎一天與一天的陽光味覺不同，一季與一季的陽光更天差地別了，〔……〕（林清玄〈光之四書〉）

那樣的年代草衣木食，為的是常有歲歉，而我學習生活的單致，是因了現下過度富裕的社會。過度需要節制，垂禱裡清貧意志的昇起，才會瞭解自然。（凌拂〈絡草經綸〉）

那時候，我還小，有一年風雨失調，田裡歉收，割起來的穀子全部給頭家還不夠。雖然頭家不要我們補償不足額，但穀子畢竟叫他全部收去，一粒沒剩。（鍾理和〈菸樓〉）

然而，唐山的米穀欠收成，四季歹年冬，唯一的前途就是離開家鄉。（阿盛〈唱起唐山謠〉）

鹽寮這自然的恩賜能任我們揮霍到幾時？這樣的殺雞取卵的採擷，豈不是在野百合還來不及孕育下一代時，就已被拔除了嗎？（孟東籬〈鹽寮的野百合〉）

林業

【保林】保護森林資源。

【護林】維護林木資源。

【植樹】種植樹木。

【造林】藉由人力種植，培育森林。

【保育】自然生態景觀和天然資源的合理利用與保護，以免造成物種滅絕以及環境破壞與汙染。

【水土保持】一種採用增加土地吸水能力，防止土壤受侵蝕、沖刷，以克服水旱等自然災害的措施。如人工造林、修建梯田、植草等。

【砍伐】用鋸、斧等劈砍樹木。

【斤伐】砍伐。

【斫伐】砍伐。斫ㄓㄨㄛˊ，以刀斧砍削。

【挖掘】挖；掏。

【斲傷】傷害。斲ㄓㄨㄛˊ，砍劈木材。

【鑿斲】挖掘砍削。

【濫伐】過度而毫無限制的砍伐。

【濫墾】過度且不當的開墾。

【火焚】焚燒。

【焚劫】焚燒搶掠。

【盜伐】偷砍；違法砍伐。

【盜採】非法開採。

【水土流失】土壤受到沖刷、侵蝕等外力而流失，造成土地貧瘠、河道淤塞等災害。

【破壞生態】指人類對自然環境的不當開發與毀壞。

三年來，一群群可敬的各行各業朋友，挺身投入保林、護林的行動，卻罕見有林業、學界人士參與。更不幸的是，林務單位即使改制，原始森林並未停伐，卻誤導大眾以為臺灣森林已見太平；另一方面，文過飾非的技巧更加高明。（陳玉峰〈玉山圓柏的故事〉）

未曾虧待你們呀／是你們狠狠砍伐／盤根錯節的涵水命脈／是你們放肆挖掘／牢牢護持的山坡土石／是你們縱容水泥柏油占據綠野／阻斷水源的循環不息（吳晟〈水啊！水啊！〉）

熱帶的溫帶地方，四季分明，珍貴的動植物資源分佈豐富，這裡生長了玉山地區最高大的喬木，同時也是森林被斲傷最嚴重的森林廢墟帶。（洪素麗〈惟山永恆〉）

另一邊，那些自遠古以來獨能免於無數次野火的焚劫和居民的濫伐，或雖燒而復生伐而復榮的樹：楠、櫸、樟、鐵刀木、樫、竹等，卻以巨人的緘默和沉著君臨在那些菅草上面，堅持最後的勝利。（鍾理和《笠山農場》）

畜牧

【畜養】飼養牲畜。

【圈養】關在圈裡飼養。

【飼養】餵養動物與照料。

【豢養】餵養牲畜。豢ㄏㄨㄢˋ。

【馴養】畜養。也有撫養以求其馴服之意。

【餵養】飼養牲畜。

【囚困】拘禁、限制。

【囹圄】ㄌㄧㄥˊ ㄩˇ，本指監牢、監獄。可引申關動物的牢籠。

【出籠】從籠子中出來。也作脫離籠子。

【回塒】雞回到窩中。塒ㄕˊ，在牆上挖洞作成的雞窩。

【肥育】利用大量及易肥的飼料，使家畜或家禽在屠宰之前快速蓄積脂肪。

【湯鍋】宰殺牲畜時，盛放滾水以除毛的大鍋。也指屠宰牛、馬等大牲畜的場所。

【放】帶牲畜到野外。也可

比喻任性畜自由活動。

【放牧】把牲畜放到草地上吃草與活動。也作「牧放」。

【放封】本指監獄中的規矩，在固定時間內放犯人到牢外活動。此指讓自家飼養的動物放到戶外活動。也作「放風」。

【放養】把有經濟價值的動、植物放到某一特定的地方，使其生長繁殖。

【牧養】放牧飼養。

【野放】在野外放牧。也指將已捉獲或經過飼養的動物放回野外生活。

【遊牧】過著逐水草而居或山牧季移等居無定處的畜牧生活型態。或作「游牧」。

【粗放】指沒有一定居所，一邊移動、一邊飼養的畜牧方式。也可指投入勞力和生產成本較少，土地面積較大的畜牧或耕作方式；多適用在氣候乾燥、土地廣大以及人口密度低的地方。

【靠山吃山，靠水吃水】比喻依賴所在地方的客觀環境而生存。

【棄養】丟棄而不照顧。另有父母逝世，子女不得奉養之意。

【遺棄】丟棄。

【拴】ㄕㄨㄢ，繫；綁。

【策】鞭打、驅使。

【羈】繫綁。

【駕馭】驅使車、馬前進。

【揚鞭】揮鞭。也有「一鞭揚起」。

【鞭笞】用鞭子抽打。笞ㄔ。

【鞭箠】用鞭子抽打。

【鞭撻】用鞭子抽打。撻ㄊㄚˋ。

【馴服】使順從。

【跑馬】騎著馬跑。另有賽馬之意。

【馳射】騎馬射箭。

【馳騁】騎馬奔馳。

【精騎善射】精通騎馬，擅長射箭。

保育中心主要是保護受傷，被遺棄、被囚困，以及失去母親的孤兒，負責醫治和扶育，希望牠們康復後，學習、長大，可以野放，返回雨林。在保育中心的幼兒，要從幼稚班、小學、中學、一步一步學習如何成為一頭猩猩，而不是倚賴人類變成圈養的寵物。（西西〈紅毛猩猩〉）

目前農村所零星飼養的黑豬，便是杜洛克老兄與本地種母豬合作所生結晶，也都滿足了農村的需要。想想我族子孫在本地區繁衍的盛況，悲哀中不免又感到驕傲自豪。雖然最後難免挨受屠殺之苦，但生

命能得延續不是仍然很值得嗎？（鍾鐵民〈約克夏的黃昏〉）

我們家的女王狗「華光」，當初就因為流浪在外，吃了鄰人三十多隻雞，且聽說每當牠得手時，會把雞甩在脖子後，以便縱逃，這行徑自是讓人恨得牙癢癢的，我們只得用誘捕籠把牠逮回來，不然早晚會被人毒死。把牠帶回家後，好生馴養，吃食不缺的但就是忘不了打野食的樂趣，只要一放封，便要到鄰人處獵食，為此，也不知賠了多少錢和菸酒，〔……〕（朱天衣〈紅冠家族〉）

傳統的民間習慣，總是把失去勞力的老牛賣到「湯鍋」裡去。而所謂的「湯鍋」就是屠宰場，也就是把失去勞力的老牛殺掉賣肉。（林希〈淚的重量〉）

我想起故鄉放雛鴨的人了。一大群黃色的雛鴨游牧在溪流間。清淺的水，兩岸青青的草，一根長長的竹竿在牧人的手裡。他的小隊伍是多麼歡欣地發出啾啁聲，又多麼馴服地追隨著他的竿頭越過一個田野又一個山坡！（何其芳〈雨前〉）

東嶼坪街道兩旁的房屋，有種在台灣其他地方都看不到的斑駁。房屋後的山坡放養了很多的山羊，學山羊咩咩叫兩聲，就聽到山坡上的羊群回應，安靜的島上突然也熱鬧起來。（褚士瑩〈東嶼坪——台灣的復活島〉）

長髮披遍我兩眼之前，／遂隔斷了一切羞惡之疾視，／與鮮血之急流，枯骨之沉睡。／黑夜與蚊蟲聯步徐來，／越此短牆之角，／狂呼在我清白之耳後，／如荒野狂風怒號：／戰慄了無數遊牧。／靠一根草兒，與上帝之靈往返在空谷裡。／我的哀戚唯遊蜂之腦能深印著；／或與山泉長瀉在懸崖，／然後隨紅葉而俱去。（李金髮〈棄婦〉）

我們且聽號角匯集，在這一偉大的時辰，共同學著策馬，日行三萬里的新八駿的騎者將是我們，不再是長眠於歷史中的周穆王，讓長風捲動復國的旗幟，讓馬蹄踏碎赤色暴力凝結在祖國大地上的冰霜。（司馬中原〈歷史的配樂者——馬群〉）

一鞭揚起，真像霹靂弦驚，颼颼的那耳邊風絲，恰應著一個滿心的矜持與歡快。馳騁往返，非到了馬放大汗不歇。畢剝的鞭炮聲中，馬打著響鼻，像是凱旋，人散了。那是一幅春郊試馬圖。（吳伯簫〈馬〉）

牡牛是歐多桑寵愛的家畜，看著歐多桑對牠的殷勤，刷洗著牠的背，替牠修理蹄下的口鐵，有時還要江進拉起井水，替牠沖澡。這時，江進便有被牠鄙視的感覺，不免要趁歐多桑不在的時候，偷襲牠一鞭，或故意扯牠的尾巴，還得提防牠揚起後腳。這時，江進便有了鞭笞牠的理由。（履彊《少年軍人紀事》）

打獵

【出獵】出外打獵。

【田獵】打獵。

【行獵】打獵。

【伏擊】偷襲獵物；靜悄悄地追逐獵物。

【放獵】打獵。

【畋獵】打獵。

【狩取】捕捉。

【狩獵】捕獵野生動物。

【飛放】驅放鷹、隼到野外捕獵。

【射獵】打獵。

【兜捕】圍捕。

【野獵】到郊外打獵。

【採獵】狩獵。

【遊畋】遊戲田獵。

【遊獵】出遊打獵。或作馳逐打獵。

【追捕】追蹤捕殺。

【逮】捉。

【誘捕】引誘、捕捉。

【獵捕】捕捉。

【獵較】本指相互爭奪獵物；後泛指打獵。

【放鷹逐犬】放出蒼鷹和獵犬打獵。亦作「飛蒼走黃」、「飛鷹走犬」、「擎蒼牽黃」。

【自投羅網】自己主動進入對方布下的陷阱裡。羅網，捕鳥捉魚的器具。也可用來比喻自取禍害。
【火攻】用火攻擊。
【烤火】在火堆或火爐旁取暖。

【篝火】本指用竹籠罩著的火。現指在野外架木柴燃燒的火堆。篝ㄍㄡ。
【煙燻】用煙和火燻烤。
【格鬥】打鬥。
【搏戰】格鬥。
【廝鬥】打鬥。

【廝殺】交戰。相互搏鬥。
【宰殺】屠宰。
【屠殺】屠宰。
【殺戮】屠殺。大量殺害。
【濫捕】過度獵捕。
【濫殺】過度殺戮。
【盜獵】非法捕獵動物。

【出草】早期臺灣原住民殺人獵首的別稱。也就是埋伏於草叢中，捕殺入侵者或獵取他族的頭顱。
微臣自幼兒好習弓馬，**採獵**為生。那十三年前，帶領家童數十，**放鷹逐犬**，忽見一隻斑斕猛虎，身馱著一個女子，往山坡下走。是微臣兜弓一箭，射倒猛虎，將女子帶上本莊，把溫水溫湯灌醒，救了他性命。（明・吳承恩《西遊記・第三十回》）

雖然這回沒有派上用場，但火在他們的手上，還有**煙燻火攻**的作用，不只可以打獵，後來才知對捕蜂採蜜來說更是必需。火，這種化學現象，在他們手上，卻是生命的一部分。（林克孝〈火邊的故事〉）

父親拔起番刀，用大拇指在刀尖畫了一下，這時候累倒的大公豬好像知道牠的生命隨時會被父親任何的舉動所終止，牠開始亂吼、亂撞、亂衝；父親要我爬到樹上，我在樹上看著父親和大公豬**格鬥**的過程。（亞榮隆・撒可努〈山豬學校〉）

飛鼠突然地消失，原因有很多，人為的破壞、十字弓的氾濫以及不肖獵人的**濫捕**都是原因，白天捉晚上打，就算飛鼠再多也會被捉完。（亞榮隆・撒可努〈飛鼠大學〉）

我在屏東加吶埔的鳳梨田上看見的大武山最為真實；昔日加吶沼澤地的馬卡道獵人打鹿的起伏草埔，

如今變成植滿鳳梨的丘陵。大武山的山腳就在以往平埔人與傀儡族互相出草的丘陵界線；（……）
（王家祥〈飄浮的大武山〉）

捕魚

【釣】用餌捕取魚類或其他水生動物。
【捕】捕捉；捉拿。
【捕捉】追捕、捉拿。
【捕獲】捕捉。
【擒拿】捉拿。
【網】本指用繩線編成捕捉動物的器具。作動詞意指用網捕捉。
【拋撒】拋擲、放開。
【撈捕】打撈捕捉。也作「捕撈」。
【撒網】張網。
【觸網】此指水中生物碰觸魚網而被捕。
【收網】拉網。用力拖或牽拽魚網，拉出水面。
【射】放箭。
【戳】ㄔㄨㄛ，用銳器的尖端觸刺。
【鏨】ㄗㄢˋ，鑿入。
【出鏢】把鏢投擲出去。鏢，為一種金屬製成的投擲武器，形狀像長槍的頭，具殺傷力。
【射鏢】射出鏢槍。
【討海】靠海生活。
【漁汛】在一定時期內，某些魚類成群出現在一定海域而適合於捕撈。
【漁撈】規模較大的捕魚活動。
【漁獲】捕撈魚類得到的收穫。

如果看他沒什麼停頓的一直撒網，就知道他的網沒捕到什麼魚；如果看到他收網後停了一陣子，且伸手翻著網翻好一陣子，就知道網子裡有魚了。停下來網子翻愈久，那他這次可是網到不少魚了。（林正盛〈馬武窟溪〉）

原來日裡隱藏在大岩下的一些小漁船，在半夜前早已靜悄悄地下了攔江網。到了半夜，把一個從船頭伸在水面的鐵兜，盛上燃著熊熊烈火的油柴，一面用木棒槌有節奏地敲著船舷各處漂去。身在水中見了火光而來與受了柝聲吃驚四竄的魚類，便在這種情形中觸了網，成為漁人的俘虜。當地人把這種捕魚方法叫「趕白」。（沈從文〈鴨窠圍的夜〉）（文中「當地人」指的是中國湘西地區。）

然而古老的經驗告訴我，被捕捉的大海龜會潸然落淚。大樹在砍伐前夕，會變得焦黃枯乾，甚至微微顫抖。大洋中的海豚曾拯救落水的漁民回陸地。（王家祥〈文明荒野〉）

整個旗津海岸線連成一扇門／他和他的漁船輕輕一推／便在門外寬闊無邊的汪洋了／拋撒生活巨網／撈捕蹦跳鮮蝦／擒拿飛躍活魚（王希成〈旗津冬日海岸〉）

引擎聲嘎然止住，腳下一陣翻騰浪花，鏨入丁挽身軀的魚叉溢流著鮮血，丁挽旋身躍出水面。（廖鴻基〈丁挽〉）

這條白旗魚比原先那兩條小，才一百多斤，但比先前的兩條要乖張多了，當接近可射鏢距離時，我慢慢把鏢竿往前伸，左手在前支撐，右手在後推身體稍往後蹲，準備在適當時機一鼓作氣往牠身上刺，哪知道牠突然急速往右彎，兜著船隻大圈游，旗魚偏右游，除非鏢手是左撇子，否則出鏢均有不順手的感覺，〔……〕（林福蔭〈憶　刺丁挽〉）

漁人的作息和種植無關，不是日出而作，日落而息，他們的作息決定在漁汛。通常是夜半出航，日出返港。白日所見懶洋洋的漁人，是因為他們在休息，不要誤會了，南方澳沒有慵懶的漁人。（李潼〈漁港早市〉）

跑船

【駛】操縱車、船或飛機等交通工具。也有「駕駛」。

【操控】操縱控制。

【操縱】駕馭；控制。

【掌舵】掌握船舵，控制航行的方向。

【出海】船隻離開停船地點，駛往海上。

【出航】船駛離港口或飛機離開機場航行。

【起錨】把沉在海底的鐵錨拔起，船隻準備開航。

【解纜】解去繫船的纜繩。指開船。

【引航】船舶進出港口時，經由熟悉航道的人員或有駕駛船舶經驗的人引導出入，以確保航行安全。也作「引水」。

【巡弋】巡邏。

【巡航】船艦、飛機等的巡邏航行。

【逡巡】徘徊；滯留。逡ㄑㄩㄣ。

【橫渡】從江河湖海的此岸到達彼岸。

【過渡】橫越江河。

【擺渡】用船由此岸渡到彼岸。

【筏渡】用筏子渡水。筏，以竹、木或塑膠筒等材料作成的簡易水上交通工具。

【撐船】用長篙頂到河底來推動船隻前進。泛指駕船。

【搖櫓】划船使之前進。櫓，划水使船前進的器具。

【欸乃】開船時的搖櫓聲。或指划船時的歌唱聲。

【拉縴】在河的兩岸，縴夫用繩子拉船前進。尤其在水勢湍急處，由下游往上游行船時，經常需要使用這種方式。縴ㄑㄧㄢˋ，拉船前進的粗繩。

【顛盪】搖動、震盪。

【張帆】張掛船帆。帆，掛在船桅上的大布幔。為利用風力，使船前進的設備。

【揚帆】張開船帆行船。

【張掛風帆】張開掛上船帆。

【滿帆】迎風張起全帆。

【落帆】降下船帆。

【順風】風向與行進的方向相同。

【走風】順風。

【逆風】迎面對著風。

【鬥風】逆風。

【頂風】逆風。

【搶風】逆風。

【打頭風】逆風。

【帆檣雲集】形容船隻密集如雲。帆檣，掛帆幔的桅竿。

【舳艫千里】船隻前後綿延千里。形容船數眾多。

【泊】停船靠岸。

【放纜】船隻放下繫船用的繩索，準備靠岸。

【拋纜】船隻拋下繫船用的纜繩。

【回航】船隻或飛機到達目

的地後再返回出發地。

【返航】船隻駛回或飛機飛回原本出發的地方。

【返港】船隻駛回出發的港口。

【歸泊】船隻歸返靠岸。

【歸航】船隻或飛機返回原地。

【歇航】船隻歇泊停航。

【擱淺】船舶進入水淺處，無法行進。也可比喻事情遭到阻礙而中途停頓。

【渡頭】渡口。

【野渡】村野的渡口或荒僻之處。也作「野渡口」。

【要津】重要的渡口。泛指水陸交通要道。也可比喻顯要的地位。

【不凍港】較冷地區長年不結冰的港口。

【相撞】互相碰擊。

【觸礁】船隻在航行時撞上暗礁。

【翻覆】翻轉傾覆。

【擊沉】船隻受到攻擊而沒入水中。

【沉沒】沒入水中。

【落水】跌入水中。

【墜海】落入海中。

【溺水】落入水中。

一年一度的鯡魚季，自一月開始，至三月止，屬近海作業，你不必把船駛出金門橋，只在金山灣、金銀島一帶逡巡。（鍾曉陽〈哀歌〉）

我坐在路邊觀看你駕駛你的小船，帶著帆上的落日餘暉橫渡那黑水，我看見你沉默的身影，站在舵邊，突然間我覺得你的眼神凝視著我，我留下我的歌曲，呼喊你帶我過渡……（朱天心〈彼岸世界〉）

出航把平靜的村子喧擾得沸騰滾滾，打辮子的小姑娘，梳短髮的大姑娘都登上岸來，日頭逐向中天，預備起錨了，船上已有人往岸上仍糖果，鞭炮此起彼落的交相鳴放，十二串長炮的吼聲，震耳欲聾，交談歡呼的聲音好像與炮聲競逐，一時岸上船上都陷入興奮過度的混亂。（蔡素芬《鹽田兒女》）

當渡船解纜／風笛催客／只等你前來相送／在茫茫的渡頭／看我漸漸地離岸／水闊，天長／對我揮手
（余光中〈三生石　當渡船解纜〉）

到了明天，作家想起擺渡人已跟那有權的走掉，沒有人擺渡了，那怎麼行呢？於是他自就自動去做擺渡人。從此改了行。〔……〕過了一陣之後，作家又覺得自己並未改行，原來創作同擺渡一樣，目的都是把人渡到前面的彼岸去。（高曉聲〈擺渡〉）

縴搭肩的尾首處扣著一個麻竹結，拉縴的時候，只要把那麻竹結往縴繩上一反，便鎖得緊緊的了。於是，我們拾草鞋時學會的本領，便派上了用場。拉呀！拉呀！只有這個時候，我們才真正地感到了生活的嚴峻。〔……〕興許，歲月也是縴繩罷，漸漸地，我爸爸以及和爸爸他們一道拉縴的縴夫們，眼角額頭，都勒進了深深淺淺的「縴痕」。（廖靜仁〈縴痕〉）

飛行

【滑行】滑動前進。

【領航】引導船舶、飛機等按預定航線、速度航行。

【導航】引導航行。

【起飛】飛機離開地面。

【加速】加快速度。

【爬升】指飛機、火箭等向高處飛行。

【凌空直上】一路高升的空中。

【衝上天際】朝向天邊直行。

【航行】飛機在空中行駛。或船在水上行走。

【如鷹盤旋】形容裝有炸彈的轟炸機，就像等待獵取食物的老鷹一樣在空中旋繞，準備對地面展開攻擊。

【空襲】利用飛機、導彈等對敵方目標進行襲擊。

【轟炸】自飛機上投擲炸彈以擊中各種目標。

【降落】從天而降。落下。

【落地】從高處落到地面。

【觸地】飛機降落後接觸地面。

【迷航】飛機、船隻等迷失航行方向。

【氣流不穩定】運動著的空氣流起伏不定，容易造成飛行障礙。

【亂流】大氣當中局部性的不穩定運動，會在瞬間產生極為紊亂的起伏變化，容易引發航空事故。

【失速】飛機飛行時，因氣

流與機翼間的角度太大等因素產生氣流分離，使飛機失去升力而向下墜落。

【失事】發生意外事故。

【撞機】兩架飛機相互衝撞。

【墜毀】指飛機等掉落而毀壞。

波音七四七銀色肥胖的身軀，在黑夜裡緩慢地滑行著，漸漸離開舊金山機場的停機坪。到了跑道盡頭，一個原地大迴轉，機頭對準了跑道的中心。（張至璋〈飛〉）

有一次我從凌空直上的飛機的艙窗裡俯瞰珠江三角洲，當時蒼穹明淨，我望了下去，真禁不住喝彩，珠江三角洲壯觀秀麗得幾乎難以形容。（秦牧〈土地〉）

當美軍飛機空襲花蓮的次數不斷升高的時候，我的父母終於決定糾合親戚一起疏散到瑞穗或者玉里附近的山地區域。（楊牧〈接近了秀姑巒〉）

日本人派飛機來轟炸昆明，其實沒有什麼實際的軍事意義，用意不過是嚇唬嚇唬昆明人，施加威脅，使人產生恐懼。他們不知道中國人的心理是有很大的彈性的，不那麼容易被嚇得魂不附體。（汪曾祺〈跑警報〉）

往香港的飛機上，我坐在窗邊，全身顫抖，窗外氣流也不穩定，機艙裡不時傳來機長要大家安靜坐在位置上安心等候的聲音。我預感著飛機的失事，想自己身上攜帶的死亡氣息太強烈，連搭飛機也使這班乘客籠罩上死亡的氣息，〔……〕（邱妙津〈第十書〉）

國家圖書館出版品預行編目資料

如何捷進寫作詞彙. 景物篇 / 黃淑貞編.
-- 二版. -- 臺北市：商周出版,城邦文化事業股份有限公司出版：英屬蓋曼群島商家庭傳媒股份有限公司城邦分公司發行, 2023.11
面； 公分 -- （中文可以更好；29）

ISBN 978-626-318-928-7（平裝）

1.CST：漢語 2.CST：作文 3.CST：寫作法 4.CST：詞彙

802.7 112017830

中文可以更好 29

如何捷進寫作詞彙——景物篇

編　　者／黃淑貞
責任編輯／鍾宜君（初版）、林瑾俐（二版）

版　　權／吳亭儀
行銷業務／周丹蘋、賴正祐
總 編 輯／楊如玉
總 經 理／彭之琬
事業群總經理／黃淑貞
發 行 人／何飛鵬
法律顧問／元禾法律事務所 王子文律師
出　　版／商周出版
城邦文化事業股份有限公司
臺北市中山區民生東路二段141號9樓
電話：(02)2500-7008 傳真：(02)2500-7759
E-mail：bwp.service@cite.com.tw
發　　行／英屬蓋曼群島商家庭傳媒股份有限公司城邦分公司
臺北市中山區民生東路二段141號11樓
書虫客服服務專線：(02)25007718・(02)25007719
24小時傳真服務：(02)25001990・(02)25001991
服務時間：週一至週五上午09:30-12:00・下午13:30-17:00
郵撥帳號：19863813　戶名：書虫股份有限公司
讀者服務信箱E-mail：service@readingclub.com.tw
歡迎光臨城邦讀書花園　網址：www.cite.com.tw
香港發行所／城邦（香港）出版集團有限公司
香港九龍九龍城土瓜灣道86號順聯工業大廈6樓A室
Email：hkcite@biznetvigator.com
電話：(852) 25086231　傳真：(852) 25789337
馬新發行所／城邦（馬新）出版集團 Cite (M) Sdn. Bhd.
41,Jalan Radin Anum,Bandar Baru Sri Petaling,
57000 Kuala Lumpur, Malaysia.　Email：cite@cite.com.my
電話：(603)9057 8822　傳真：(603) 9057 6622

封面設計／杜浩瑋
插　　畫／陳婷衣
排　　版／唯翔工作室
印　　刷／韋懋實業有限公司
經 銷 商／聯合發行股份有限公司
電話：(02)2917-8022 傳真：(02)2911-0053

■2023年11月2日二版

ISBN　978-626-318-928-7
定價／320元

城邦讀書花園
www.cite.com.tw